書下ろし

北新宿多国籍同盟

岡崎大五

祥伝社文庫

目次

第1章　落ちる所まで落ちた男

1

新宿駅西口には超高層ビルが林立している。

中でももっとも有名なのが、東京都庁のツインタワーだろう。一際目を引くのが、新宿駅にほど近い場所にある、繭《まゆ》のようなかたちをした東京モード学園コクーン（繭）タワーだ。

その隣にLの字型のビルが建っている。これが新宿エルタワー。地上三十一階建てと五十階建てのコクーンタワーよりやや低い。

児玉翔《こだまかける》は、新宿エルタワーの二十三階の窓から北新宿方面をぼんやりと眺めていた。自分のアパートまでは見分けがつかなかったが、近所の円照寺《えんしょうじ》の黒い屋根瓦はよく見えた。

東洋光学《とうようこうがく》の社宅があった初台《はつだい》から、北新宿に越してきて早一ヶ月である。

つい今し方、翔は言い逃れできない烙印《らくいん》を押された。この階にある新宿ハローワークの雇用保険給付課で、失業保険の給付が認められたのだ。

申請したのが五月三十一日である。それから四週間後のこの日、六月二十九日に、翔は不本意ながらも正式に「失業者」になった。せめてこの四週間で新しい勤め先が見つかれば、政府の統計にも失業者の一員としてカウントされなかったはずだ。

だからこそ翔は、給料が多少は安くなるのも覚悟の上で、必死の思いで五社を当たった。

しかし現実に、勤めていた東洋光学より待遇がいいところなど一つもなかった。労働市場の自由化、終身雇用からの脱却が叫ばれているわりに、中途の採用条件はきわめて厳しい。しかも、五社ともに面接までも到達できずに玉砕《ぎょくさい》したのだ。

翔は、未曾有《みぞう》の不況がこれほどのものとは思っていなかった。ましてや三ヶ月前までは、この不況が、直接我が身に降りかかってくるとは予想だにしていなかったのである。

東洋光学の業績は、中国市場を新規開拓したことから好調だった。かつて中国東洋光学社長で、帰国後、取締役総務人事部長に就《つ》いていた山下高志《やましたたかし》が、並み居る上席の取締役たちをごぼう抜きして、昨年から三千五百人を率いる東洋光学の社長の座に納まっている。

彼は就任第一弾として、いったんは契約期間満了により退職させた、派遣社員五百人のうち三百人を社員に登用、新聞やテレビなどのメディアから賞賛を受けた。しかし反面、百人の事務方正社員を解雇する方針を打ち出したのだ。

彼いわく、百人の事務方よりも、三百人の工員のほうが、コスト面でも事業面でも有用なのである。ましてや前社長によって解雇された派遣社員は、新しい職が決まらず路頭に迷っている者も多かった。技術者として有能な人材も多数いた。

彼らに比べて事務方は、高学歴のため再就職も容易だと思われた。

翔が退職勧告を受けたのが三月下旬、総務人事課長の佐藤《さとう》譲《ゆずる》に呼ばれてのことだった。

「児玉君。君は先だっての中国への赴任の話を断ったよね。私がせっかく宴席まで設けて勧めたのにね。君には期待していただけに残念だよ」

「でも課長、中国赴任なんて、体《てい》のいい左遷《させん》じゃないですか。僕はエンジニアではないんです。海外、それも中国なんか、総務人事課の僕が行ってどうなるんですか!?」

「あのね、君。総務人事課は百人からの事務職の首を切らねばならんのだ。それを我が課だけがのうのうと済ますわけにはいかんだろ。中国へは立山《たてやま》君に行ってもらうことになった。結婚したばかりだというのにね。第一、中国東洋光学は、山下社長が肝《きも》いりで成功させた会社だ。左遷だなんて、君の勘違いも甚《はなは》だしいよ。今では出世の登竜門《とうりゅうもん》と言えるくらいだ」

「いったい何の話なんですか？」

「うちの課で、君以外に独身の者はいないのだよ。わかるだろ……」

総務人事課は、仕事の性質上、年配の社員が多かった。

「まさか……それって、首っていうことですか?」

「私の口からはっきり言える訳がないだろう。なっ、察してくれよ。ただ、君は若いし、優秀だ。新規プロジェクトが順調に動き出したのも君の功績が大きかった。君なら他社でも間違いなく通用すると思うよ。それに失業保険金についても、特定受給資格者となるから、受給期間が本来なら九十日のところ、百二十日間になる。条件のいいところをゆっくり探せばいいんだからね」


当初、翔は、課長の言うことなど無視を決め込んでいた。ところが次第に仕事は回ってこなくなるし、課内の視線も冷たいものに変わった。誰かが首を切られるのはすでに決定事項なのである。

一ヶ月も経つと、翔はそんな状況に嫌気がさした。

ゴールデンウィーク中には退職の決断をし、申し出たのだ。今になって思えば、我慢できないところがいかにも若気の至りだが、再就職先はすぐに決まるだろうと高を括《くく》っていた。

これまで二十八年の人生で、失敗《しくじ》ったことなどなかったからである。

高校も進学校で、大学もギリギリだったが運よく一流の早明《そうめい》大に入学できた。就職先の東洋光学も一部上場の安定したレンズメーカーである。世界一のビデオカメラメーカー

「エクソニー（EXONY）」にレンズを供給しているのだ。メーカーにしては給料もよかった。意外に給料がいい地方公務員と天秤《てんびん》にかけた末の決断だった。

しかし就職活動を始めて一ヶ月経っても、結局目処《めど》が立ったのは、数口後に失業保険金が振り込まれることだけである。その額、四週間分でわずかに十七万六千百二十円。東洋光学時代の給与の半分にも満たない。

窓から眺める東京の町並みは、緑が少なく白っぽかった。梅雨《つゆ》時で湿気が多いせいかもしれない。翔の目にうっすらと涙が浮かんだ。

なぜ自分がこんな仕打ちを受けなければならないのか。仕事上での大きなミスなどなかった。いや一年かけてエコプロジェクトを軌道《きどう》に乗せたばかりなのである。

翔は左手で目を拭《ぬぐ》った。それにしても忌々《いまいま》しい景観だ。

総務人事課にいたので、ハローワークには通っていたことがある。その時は職を求める立場ではなく、人を求める立場であった。だから気づかなかったのだろう。

失業者が東京副都心を見下ろしても、やるせない気持ちが倍増するだけである。

この町に自分の居場所などあるのだろうかと不安を覚えるくらいだ。ここのハローワークで仕事が見つからなかった人間が、どれだけ線路に飛び込んでいることだろう。山手線《やまのて》や中央線、総武線《そうぶ》、埼京線《さいきょう》の線路がよく見える。

そう考えてしまうほど、新宿ハローワークは、無神経にも見晴らしのいい場所にある。

失業者の気分とは正反対の好立地だ。

「フーッ！」

と大きくため息をつき、翔は窓際から目を逸《そ》らし、エレベーターのほうを見た。

一様に硬い表情をした老若男女《ろうにゃくなんにょ》の求職者たち……。負のエネルギーがハローワークの入口からエレベーター前まで噴《ふ》き出しているようだ。

唯一のんびり見えるのは、数十年もまともに勤めたことなどなさそうな中年男たちくらいのものである。

一応こざっぱりとした身なりはしているが、彼らは路上生活者に間違いなかった。単にハローワークに涼みに来ているのだ。職員が「もう困っちゃいますよ」と以前言っていたことがある。

落ちる所まで落ちてしまえば、案外と人生は気楽なものなのかもしれない。翔は紙袋を持った中年男たちを見ながら思った。しかし思うと同時に首を振り、妄想《もうそう》を取り払った。

「……冗談じゃない！」

小さく呟《つぶや》くと、翔は来たエレベーターに乗り込んだ。どことなく空気が重い。全員同じく二階まで降りる。エレベーターが二階までとなっているところが憎かった。ハローワークに通っているうちは、落ちる所までは落ちなくてすむ……それを暗示しているかのようである。

二階の出入り口は歩道橋に直結している。スーツ姿のサラリーマンが脇目も振らずに歩いているのが輝いて見える。

翔はジーンズにポロシャツだ。肩に掛けたトートバッグから灰色のヤンキースのキャップを出してかぶった。以前はポール・スミスのスーツが定番だったのに……。ただし革製のコーチのトートバッグは勤めていたときと同じ物である。

そしてバッグの中には、鬱憤《うっぷん》晴らしに佐藤課長のデスクの引出しから盗み出した社外秘の文書が入っている。中国語で書かれた意味不明な書類だ。

あれは最後の出勤日になった五月二十日のことである。

一人寂しく段ボール箱に私物をまとめていると、課長以下課内の全員が、一斉にランチに出て行ったのである。前夜に形ばかりの飲み会を開いてもらったが、最後の日くらい、せめて花束を贈られるとか、定年退職した人と同じ扱いを受けるだろうと思っていたのでショックであった。

翔はこそこそと逃げるように部屋を出て行った彼らに対して無性に腹が立ち、課長がそのターゲットになった。

課長の席に座ると、鍵のかかった一番下の引出しを開けて「社外秘」と判を押された書類を三通盗んだ。鍵は、一番上の引出しに仕舞ってあることなど先刻承知だったのである。

書類には〝大連日相机〟という単語が頻繁《ひんぱん》に書かれていることから、中国一のビデオメーカー、大連日相机関連のものだとわかった。日相机とは、中国語でビデオカメラのことである。東洋光学が中国でもっとも関係の深い企業だ。

課長は文書を失くしてさぞや困っていることだろう。

翔としては、首にさせられたことに対して、かなり強烈な仕返しを見舞ったつもりだ。しかし何も言ってこないところをみると、大した書類ではないのかもしれない。

翔は、この書類を、新しい就職先が決まるまでのお守りのような気持ちで扱っていた。

曇天《どんてん》の空からは、今にも雨が降り出しそうだ。

天気予報では午後から雨になっている。だからこそ朝一番でハローワークに来たのだ。見栄で買ったロレックス・エクスプローラーを見ると十時を指している。

歩道橋の階段を降り、ビルとビルの間に隠した自転車に向かった。マニア垂涎《すいぜん》のピンク色のデ・ローザ・マウリシアという愛車だ。

クロスバイクという種類で、タイヤは太めでフラットハンドルだ。ドロップハンドルでタイヤが細いロードバイクと、荒地を走るモトクロスの中間になる。ロレックスと同額くらいの値がするイタリア製である。

東洋光学で自転車通勤を制度化したので、昨年冬のボーナスで大枚《たいまい》をはたいて購入したのだ。

最近は、自転車通勤するサラリーマンのことを「ツーキニスト」と呼んでいる。自転車通勤は燃料を使用しないし、環境にもやさしい。社会におけるエコ活動に貢献《こうけん》できる上、健康にいいことからメタボ対策にもなる。ひいては会社としては社員の健康管理費が少なくてすむ。

天王洲《てんのうず》にある東洋光学本社、ならびに品川《しながわ》工場には自転車置き場を設置し、またシャワールームや更衣室を完備した。ツーキニストの社員には、交通費の代わりに「エコ通勤手当」が支給されている。

今朝の東京経済新聞には、新社長の山下高志がインタビューを受けて、会社のエコアピールをしている姿が掲載されていた。いわく、

「実はこのエコ通勤は、意外にも技術系の社員に好評でしてね。彼らは日々、研究室で製品開発に打ち込んでいるからでしょうか？　風を浴びるのが心地いいらしいです。発案したのは私の古巣、総務人事部で、そういった観点から言えば、文系と理系の人間がほどよくミックスされている弊社だからこそ、誕生した制度と言えるかもしれません……」

自転車による「エコ通勤」は、一昨年「東京シティサイクリング」を見た翔が思い立って提案し、一年がかりで取り組んで実現させたものである。

翔は一緒に東京シティサイクリングを見物した、東洋光学本社一の美人と言われた藤堂《とうどう》香《かおり》のことも頭に浮かんだ。彼女は一ヶ月前、首が決まった翔からあっさりと離れていっ

た。

いちいちが忌々しいことばかりで、自転車のチェーン鍵に差し込む右手が震《ふる》えた。

会社のアピールになるようなエコ通勤を発案した自分が、なぜ失業者になっているのか!?

自転車に乗る。

フッと後ろを振り返る。

一ヶ月前に引っ越してきてからずっと誰かにつけられているような、監視されているような人の目を感じていたのだ。しかしこの時も、それらしき人間などいなかった。

失業中の身分が神経を過敏にしているのかもしれないと翔は思った。

細い路地から新宿駅西口前の小滝橋《おたきばし》通りに出る。

なんだかむしゃくしゃするので、この日は小滝橋通りを疾走《しっそう》しよう。ツーキニストに遭遇しても絶対に負けない。いや、車にだって追い越させない。

翔はトートバッグをたすき掛けにして背中に回し、腰を浮かしてペダルを踏み込んだ。

2

新宿駅西口から小滝橋通りを下っていくと、右側に新宿大ガードが見える。この界隈《かいわい》はラーメン激戦区として有名である。いったん部屋に戻って、激辛カレーつけ麺《めん》を食べに来よう。そんなことを考えつつ走っていくと、しばらくして大久保《おおくぼ》通りと交わる。ツーキニストはもちろんのこと、車にもオートバイにも追い越されずに、翔は大久保通りを左折した。

片側一車線と停車線がある小滝橋通りと違って、大久保通りは片側一車線だけの細い通りだ。この交差点を境に、大久保通りも神田川《かんだがわ》に向かって下り坂になる。ハローワークに通うのに、行きは登り坂が多いが、帰りは楽である。

両側には瀟洒《しょうしゃ》な大型マンションやちょっと古びた大手企業の社宅、それに戦後すぐから続いているような畳屋、豆腐《とうふ》屋などがある。

翔が住む北新宿には、古い建物と新しい建物、安普請《やすぶしん》のアパートと高級マンション、新興宗教の施設や教会、寺、学校、保育園、公園、市場などがない交ぜにあった。狭い道幅、起伏のある地形、時には歩いて通るしかない階段の道もある。場所によっては、その昔に反政府活動家が潜伏していたような雰囲気すら漂《ただよ》っている。いくつもある児童公園は、特定の路上生活者のねぐらになっているようだった。

住む人々もまた日本人だけでなく様々である。

北新宿に隣接するのは今やコリアンタウンと化した新大久保だ。韓国人を中心に、中国人、タイ人、マレーシア人、ミャンマー人、インド人、ナイジェリア人など肌の色が濃い連中がうろついている。アパートのすぐそばには東京日本語教育センターがあるので、そこに通う外国人も多かった。

翔のアパート『北新宿JJハウス』にも、韓国人の若い女と中国人と思われる中年女性のほかに、日本語がペラペラの怪しい白人とコロンビア人のマリアが住んでいた。

そもそも達磨《だるま》みたいな顔をしたオーナーの神宮次郎《じんぐうじろう》からしても、目力が異様に強く、日本人離れした風貌《ふうぼう》である。

翔が東洋光学を退社したのは、正式には五月三十一日だった。しかし有給休暇が残っていたので、最後に出社したのが二十日。その翌日に、新宿西口、小滝橋通りに面した不動産屋で物件を見ていた時に、翔に声を掛けてきたのがマリアだ。

ジーンズに黒い長袖Tシャツ、その上にラフな白色のジャケットを羽織っていた。

「部屋、探しているの？」

「そうだけど……」

怪しいものでも見るような翔に対して、彼女は初対面とも思えない、包み込むような極上の笑顔を見せた。

「このアパートいいよ。歩くと、ここから三十分くらいだけど、自転車ならすぐよ。オーナーも親切だし、家賃も高くない。私のお勧め」

それだけ言って、彼女は駅方面に歩いていった。

不動産屋に、彼女に勧められた物件を見せてもらうと、翔も気に入った。

こぢんまりとした造りだが、外観は高級感のあるレンガ造りで、三階がオーナーの屋上庭園となっていた。1DKの室内はきれいであった。家賃も七万円と、周囲の相場から言えば安い方である。加えて、名前の頭に「新宿」が付いているのもよかった。本当は「北新宿」だが、田舎に住んでいる人間にとっては新宿も北新宿も同じことである。

この時、翔の頭に浮かんでいたのが、母親の顔である。リストラされて郊外のアパートになど暮らしたら、それこそ何を言われるかわかったものではなかった。都落ちしたなどと、絶対に言われたくなかったのである。

ただし入居には、一つだけ変な条件が付いていた。

それが、「汝《なんじ》の隣人を愛せよ」である。

キリスト教の教えのようだが、不動産屋の説明によると、『北新宿JJハウス』に住む者は、お互いが困った時には助け合わなければならないというのだ。

翔は具体的な場面など思い浮かばず、安易に契約書にサインした。

そこで入居したのだが、喜ぶべきことに、あのマリアが隣の部屋だった。

越してから一週間ほどして、マリアは静岡に行った土産《みやげ》だと言って、うなぎパイを持ってきた。

それから話をするようになり、一緒にDVDを観たり、買物に行ったりするようになり、会って十日ほどで結ばれた。

翔はマリアのことを頭に思い浮かべると、自然と頬《ほお》が緩んだ。美人度は東洋光学本社一の美人、藤堂香と比べても遜色《そんしょく》がなく、なおかつ性格とそのダイナマイトボディーは、彼女とは段違いによかったのである。

マリアは毎日遊びに来ては、ごく自然な振る舞いで食事を作ってくれた。コロンビア名物の焼肉アサードや、豚肉がたっぷり入ったカレー味のチャーハン、豆のスープや豪華なサラダ、茹《ゆ》ですぎのスパゲティーも愛嬌《あいきょう》があってよかった。

ビールが飲みたいなと思った時にはビールが出てくる。DVDが観たいなと思うと、もう用意している。ティッシュがほしい時も、言うより早くにティッシュが翔の手元に届いた。

膝枕《ひざまくら》をしてもらい、まるで猿の子供のように毛づくろいしてもらうのは、よだれが垂れるほど気持ちがよかった。プライドだけが高かった藤堂香とは大違いだ。

いつも翔の気持ちを汲《く》んで先回りするマリアは、まさに理想の女であった。掃除や洗濯も、もちろん彼女がしてくれた。会社を辞めて以来、唯一にして最大の希望と喜び、慰《なぐさ》めがマリアだったのである。

二週間前の誕生日には、ヤンキースのグレーのキャップをプレゼントされ、いつか二人で彼女の故郷コロンビアに行こうと、翔は生まれて初めてパスポートを取った。海外に興味はなかったが、マリアとの愛の約束なら仕方なかった。

出会ってからまだ一ヶ月ちょっとしか経ってなかったが、翔にとっては間違いなくかけがえのない女となったのだ。

昨夜もマリアは遊びに来た。ビーフシチューを作ってくれ、食事のあとのセックスはいつもどおりに濃厚だった。彼女の全身から醸《かも》し出される、ねっとりとした甘い香りは今でも鼻腔《びこう》に残ったままだ。

マリアは自分の仕事のことを詳しく話そうとはしなかった。どうやら近くの店で夜の商売をしているようだったが、そんなことは関係なかった。

昨夜も彼女は、十一時過ぎに携帯に連絡が入ると、翔の部屋から直接出勤していった。彼女の勤める店は、終電以降朝までが賑わうらしかった。

遠くのほうで聞こえていたサイレン音が、翔の背後に迫った。下り坂にまかせて、ペダルをゆっくり漕《こ》いでいたところだ。

「道を開けてください！」

と、拡声器から声が響いた。

翔はブレーキをかけて、コンビニの前に愛車を滑《すべ》り込ませた。

パトカーは、翔の横を通り過ぎると、坂の下の交差点で右折した。北新宿公園のほうが騒がしい。

ブルーの制服を着た若い男の店員が、店から外に出てきた。胸には「曹《ソウ》」と名札を付けている。曹とは顔見知りだ。彼は中国人である。この近辺のコンビニでバイトするのは、韓国人か中国人の若者と相場は決まっている。翔ももはやこの店の常連である。

「何かあったのか？」

翔は自転車にまたがったまま、ぞんざいな調子で訊《たず》ねた。

「殺人事件があったよ。今朝、犬の散歩をしていたおばさんが死体を見つけた。おばさんよりも、犬が見つけたのかな。殺されたの、新大久保の立ちんぼさんよ。イラン人の用心棒が話してた。その人、焦《あせ》って、今から大阪に逃げるって」

「だったら、そのイラン人が犯人じゃないか！」

と翔は、慌《あわ》てて曹を見返した。

「そうじゃなくって、犯人と疑われて捕まったら、滞在許可があるかどうか確かめられる。もし不法滞在だったら、入管が黙ってないでしょ。だから逃げたのよ。ウウウッ、恐いな。入管」

入管とは……すなわち法務省入国管理局のことである。空港での出入国管理、外国人の滞在許可、不法滞在外国人を摘発《てきはつ》するのもこの組織だ。

曹が背中を丸めて店内に戻ったので、翔は北新宿公園のほうに目を向けた。

近所で殺人事件が起こるとは、あまりに物騒である。恐いもの見たさの気持ちが働くと同時に、することなどない失業中の身だ。

　翔は横断歩道を渡ると、北新宿公園につながる小道に入った。

　北新宿公園はちょっとした緑に覆《おお》われている。その公園の入口に通じる道路には黒山の人だかりができていた。近隣の住民たちが話をしている。

「まったくあんなところで死体が出てくるなんてねえ」

「そうよ、昨日だったら、子供たちが野球の試合をやっていたのよ。子供たちには見せられないでしょ」

「でも保育園から見えない場所でよかったわね」

「それにしたって、公園の草むらに死体を捨てるとは、あんまり酷《ひど》いじゃないか」

「あなた、殺されたのが若い女性だったから、そんなことを言ってるんでしょう？」

「あのな、おまえ、俺は殺された女のことを心底気の毒に思っているんだ。日本に働きに来て殺されたんじゃ、本国にいる両親がかわいそ過ぎるじゃねえかよ」

　翔はしばらく自転車にまたがったまま、彼らの声に耳を傾けた。

　公園の入口には、制服警官が黄色い規制線の前で立っている。

　警官が厳しい目つきで野次馬たちを観察しているせいか、外国人と思われる通行人は、制服警官の様子を見ながら、わりと短時間でその場を立ち去っていく。

　残っているのは近所の熟年男女だ。みんな老人と呼ぶにはまだ早過ぎるほどに意気軒昂《いきけんこう》である。

耳に入ってくる彼らの話を総合すると、事件は次のようなあらましだった。

殺されたのは、新大久保の路上で商売していた街娼《がいしょう》の外国人女性だという。

新大久保までは徒歩で十五分ほど。どうしてその街娼が、北新宿公園で殺されていたのか。犯行は紐《ひも》のようなものによる絞殺《こうさつ》である。

午前九時過ぎ、北新宿公園に犬の散歩に来ていた浅香《あさか》の奥さんが、奥の草むらに横たわる死体を発見。実際は、黒のラブラドール・レトリーバーのゴン太が、浅香の奥さんが油断した隙《すき》に綱をつけたまま逃走し、死体の前で大声で吠《ほ》え続けたのがきっかけだった。

ゴン太は、近所でもよく知られた札《ふだ》付きのバカ犬である。自分の気分次第で吠えまくり、気に入った人には二本足で立ち、その大きな体で抱きついてくる。近所ではマリアにもっとも懐いているようだった。

また、ちょくちょく浅香家から脱走しては、恐がる近所の子供たちに吠えて威嚇《いかく》し、泣き出す子供が出ると、うれしそうにその場を立ち去る。

翔にも吠えたので、家からすっかり使わなくなったゴルフクラブを持ち出して、思い切り引っぱたく真似をして脅《おど》してやったことがあった。翔は決して運動神経がいいわけではなかったが、中学時代からやっていた剣道では初段の腕前なのだ。

ゴン太は吠えるというより鳴き叫び、ざまあみろと思ったところで、浅香の奥さんに見つかった。

「あなた、動物虐待《ぎゃくたい》で訴えるわよ。あー、ゴンちゃん、かわいちょ、かわいちょ」

何が「かわいちょ、かわいちょ」だよと翔は思ったが、「すみませんでした」とその場は謝り、ゴン太を見るとほくそ笑んでいるように見えた。

ただしそれ以来、ゴン太は翔と擦《す》れ違っても睨《にら》むだけで吠えなくなった。

翔はゴン太のことを思い出して虫唾《むしず》が走ったが、問題はゴン太より事件だ。

午前九時十五分に、近所の交番の斉藤《さいしょう》巡査が現場に到着。二十分には機動捜査隊が、続いて鑑識課が現場に入った。九時半には北新宿公園の周囲に制服警官が立ち、現場の保全が図られた。

中々素早い初動捜査だったと熟年の野次馬たちは感想を漏《も》らした。

北新宿公園は、北新宿にある公園のうち、北柏木《きたかしわぎ》公園と並んで規模が大きな公園である。隣には北新宿第二保育園がある。

傾斜地を利用して、下が野球の専用グラウンド、上がほんの小さな観客席と緑が植えられた遊歩道になっている。下のグラウンドから上までは、階段とスロープ状の道でつながっており、本来自転車やバイクの乗り入れは禁止されているが、自転車に乗ってスロープを行き来している主婦や学生は多い。

公園内で殺されたと見ることができるが、スロープがある以上、どこか別の場所で殺されて、オートバイなどで運ばれ、公園内に死体が遺棄《いき》された可能性も否定できない。

熟年の男女は、素人《しろうと》探偵なりに頭を捻《ひね》っていた。

ストーカーに殺《や》られたのではないか。客とトラブって殺されたのではないか。商売敵《がたき》の街娼の怨《うら》みを買って殺された。貧しい外国人留学生による強盗殺人。はたまた新宿歌舞伎《かぶき》町《ちょう》界隈を牛耳《ぎゅうじ》っている、日中韓の地下組織同士の抗争の見せしめとして……。

翔も顎《あご》に手を当て考え込んだ。

そこへ、ＪＪハウスの真向かいでクリーニング店を営んでいる林要一《はやしよういち》が姿を見せた。彼は配達用のスーパーカブに乗っている。

エンジンをつけたまま、開口一番こう言った。

「おい、被害者の身元が割れたぞ！」

林とは顔見知りだ。痩《や》せた人のよさそうな中年男だ。しかし林は翔と目が合うと、すっと目線を外した。

「誰だよ、要ちゃん。もったいぶらないでさっさと言えよ」

野次馬の一人から声が飛ぶ。

「それがよう……」

と林は翔のほうを見た。

野次馬全員の視線が翔に集まった。

翔の心臓がドクンと鳴った。嫌な予感に包まれた。

「殺されたのは……マリアちゃんだった。あの飛びっきりいい女のマリアちゃんだったんだよ」

林は目に涙を浮かべていた。マリアは林とよく店の前で立ち話をしていたのだ。

「今、次郎ちゃんが警察の安置所に遺体の確認に行っている。まず間違いねえよ。交番の斉藤巡査から聞いたんだ」

次郎ちゃんとは、『北新宿ＪＪハウス』のオーナー、神宮次郎のことである。

翔は話を聞いたとたんに、頭が真っ白になった。

なんと殺されたのはマリアだったのだ。

……なぜマリアは殺されなければならなかったのか。

昨晩一緒にビーフシチューを食べ、セックスしたばかりだ。あの笑顔もあの甘い香りのする体も、二度と永遠に会うことはかなわなくなった……。

翔は頭が真っ白になっただけでなく、体も妙に軽くなったように感じた。言いようのない喪失感に囚われる。

加えてマリアは新大久保の街娼だった！　どこかの飲み屋に勤めていたのではなかった。

「ウソをこいたらあかん。なんでや！」

と翔は目を落として呟いた。思わず故郷の名古屋弁が口をついて出た。

「そういえば、あんた昨夜マリアちゃんと一緒だったんじゃなかったのか？　何か知っているんじゃ……」

林が急に疑うような目を翔に向けた。

翔は頭を振って訴えた。

「俺は何も知らない！」

「あ、斉藤さん」

と野次馬の一人が言った。

北新宿交番の斉藤巡査が、目つきの鋭い刑事らしき男を二人伴っていた。

刑事の一人は坊主頭で四十歳くらい。ヤクザと見間違えそうなほどの強面《こわもて》だ。身長は一七〇センチくらいだが、厚みのある体つきをしている。黒いスーツの上下に、白いワイシャツ、ノーネクタイだ。

もう一人は頭のよさそうな若い刑事で、一八〇センチ近くあり、スマートな体型だ。彼は濃紺のスーツにストライプの入ったブルーとグレーのネクタイを締めている。

「あ、あんた……」

と斉藤巡査が、翔に向かって右手を出した。

「たしかＪＪハウスのマリアの隣の部屋だった……」

斉藤巡査の話に、坊主頭の刑事が眼光鋭く翔を睨んだ。

「マリア・ドミンゲスさんが殺された。あんた、何か知らないか？」

斉藤巡査は、抑揚《よくよう》のない声を響かせた。翔に警戒心を起こさせないようにといった配慮がうかがえる。

しかし翔は自然と体が後ずさりした。マリアが何者かに殺されたのは、昨夜翔の部屋を出てから、遺体が発見された午前九時までの間だ。死体があった現場からすれば、場合によっては、翔がマリアと会った最後の人物である。

しかも、マリアを殺していないということを証明できる手立ては何もない……翔はパニックになりかけていた。

犯人にされる……そんな強迫観念が体中を駆け巡った。

グレーのキャップを目深《まぶか》にかぶり直して、自転車をまたぐと、斉藤巡査と二名の刑事に背を向けた。

「あ、あんた、どこへ行く？」

と、斉藤巡査の声が背後から聞こえた。

その時にはもう、翔は腰を浮かして全力でペダルを漕《こ》ぎはじめていた。警察に連れて行かれたら終わりだ、とにかく逃げるしかないと思った。

「待ちなさい！」

と怒鳴る斉藤巡査の声は、湿っぽい空気の中にかき消された。

翔は路地を全速力でペダルを漕いだ。遠くでサイレンの音が鳴り始めている。擦れ違う人々が驚きの眼差しを翔に向けた。路地から路地へと入り込む。細い階段を飛ぶように降りる。ロードバイクではこうはいかない。クロスバイクを買っておいて正解だった。

神田川の遊歩道に入った。

大久保通りに出て、中野坂上《なかのさかうえ》方面に向かおうと思ったら、パトカーがいた。急ブレーキをかけ、来た道を戻る。今度はタワービルの建つ東中野《ひがしなかの》駅方面を見た。しかしこちらにも制服警官がいた。翔の姿を認めて、肩の無線に向かって何か叫びながら走って追いかけてくる。

こうなると、警官の向こう側にある淀橋《よどばし》市場《しじょう》方面ももはや無理である。淀橋市場から小滝橋通りに出て、落合《おちあい》か早稲田《わせだ》方面という案がもろくも崩《くず》れる。

いったん住宅地に戻って、廃屋《はいおく》にでも身を潜《ひそ》めるしかなさそうだった。

ギアーをチェンジし、息を切らして階段を登った。フレームがしっかりと作られているので、愛車はびくともしなかった。

廃屋になっているアパートが視界に入った。

「もう一歩だ！」

と翔は心の中で叫んだ。

その時、黒い犬が翔の視界を横切った。バカ犬ゴン太だ。奴はいつにも増して、大声で吠えた。

翔は階段を昇りきると、マリアの匂いを嗅《か》ぎ取ったのかもしれない。

翔の体にマリアの匂いを嗅ぎ取ったのかもしれない。

翔は階段を昇りきると、ゴン太を避けて手前の路地を左折した。しかし十メートルも走るとそこは行き止まりだった。行き止まりが多いのもこの界隈の特徴である。

翔は急ブレーキをかけ、タイヤを地面に滑らせながら車体を反転させた。

ゴン太が吠えながら向かってくる。

ゴン太を蹴飛ばして振り切ろう。

サドルから腰を浮かしてペダルを深く踏み込む。徐々にスピードが加速する。ゴン太の首を目がけて右足を思い切り蹴り上げた。

とゴン太は、わずかに翔の蹴りをかわして足首に嚙《か》み付いた。

「痛ー、この野郎！」

と叫びつつ、翔は自転車から転げ落ちる。

ゴン太は翔の足首に食い付いたままだ。

そこに斉藤巡査と二人の刑事が入ってきた。

「貴様！」

と、坊主頭の刑事が怒鳴った。

若い刑事が駆け寄って来て、翔の体を触った。

翔がゴン太を払い除けようとして出した右手が、若い刑事の右腕に当たった。

「公妨だ！」

と若い刑事の声が轟《とどろ》いた。

そのまま手を後ろに回され締め上げられる。

「現行犯逮捕！」

若い刑事の声に、

「十時二十七分です」

と斉藤巡査が時計をたしかめた。

路地の入口には、スーパーカブにまたがっているクリーニング屋の林をはじめ、近所の熟年男女の顔があった。中には携帯で写真を撮っている者もいる。

「離せ！　離せ！　畜生《ちくしょう》！　ふざけんな！」

と翔は大声を出し、思い通りにならない体を揺らした。

背中に回された手首に、冷たい金属の感触がした。次いで軽くガシャンと音がした。

手錠をはめられたのだ。

翔は急速に体中から力が抜けていくのを感じた。

ゴン太がふっと笑みを漏らしたような気がした。

そしてゆっくりと、翔の足首から口を離した。

3

翔が新宿警察署に連行されたのは、午前十時四十分である。

すぐさま四階にある取調室に通されて、手錠を外され、腰縄をパイプ椅子《いす》に括り付けられた。

取調室の外は慌しい様子であった。

坊主頭の岩本三郎《いわもとさぶろう》警部補が、正面の椅子に座った。まずは氏名、年齢、住所、職業等を質問され、翔は答えた。持っていた運転免許証で確認される。

「逮捕事由は、公妨すなわち公務執行妨害の現行犯だ。わかるね。君には黙秘権がある。弁護人を選任できる権限を持つ」

と岩本警部補は鋭い眼差《まなざ》しを翔に送った。

「弁護人と言われても……」

と翔は小さく呟いた。

東洋光学は首になったのである。会社の顧問弁護士ならば、総会屋対策、雇用契約や取引契約、売買契約の作成などでも世話になっており、知ってはいたが、今は連絡しても断られるだけだろう。

「君は、青山《あおやま》巡査部長の職務執行に際して、暴行を働いた。それは認めるね」

岩本警部補は大きな目に力を込めて言った。強面なだけに、相当な迫力である。部屋の片隅でパソコンを打っている若い刑事が青山巡査部長というのだろう。

「暴行を働いたというか、手が当たっただけだと思います」

と翔は、探るような目つきで答えた。

事実、暴行を働いたという意識などなかったのだ。

「手が当たっただけ？　手が当たることを殴《なぐ》ると言うんじゃないのかね？　どうかね」

警部補は、ジェスチャーを交えながら、自らの解釈で強引に説明していく。

「そりゃ、そうかもしれませんが、暴行と言うほどのことでは……」

と翔は抵抗した。

「暴行じゃないと……。だったら何と言ったらいいのかね。否認するんなら、こっちだって徹底的にやるよ。人、一人が、殺されているんだ！　これは殺しの山なんだ。わかるか!?　警察で四十八時間、それから起訴して検察に十日間、拘置《こうち》延長が認められればさらに十日間。合計二十二日間君を拘束できるんだ。罪を早く認めれば、それだけ早く自由になれる可能性はある」

岩本警部補は一気に捲《まく》し立てた。

マリア殺人事件と、公妨がどこでどう連動しているのかよくわからない。しかし翔は、手錠をはめられ、捕縛されたのだ。

冷静に頭をめぐらせられる状態ではなかった。

岩本警部補の気迫に、ただただ押し潰《つぶ》されそうなのである。

二十二日間も拘束される現実はあまりに重すぎる。

「どうだ。青山巡査部長に暴行を働いたことを認めるか？」

翔はもはや抵抗する気力が起きなかった。早くここから逃げ出したい。その気持ちだけが勝った。

力なく頷《うなず》いた。

部屋の隅でパソコンを打っていた青山巡査部長がプリントアウトした書類を持ってくる。

それを岩本警部補が読み上げた。

「……私はここに、暴行を働いたことを認めます。さ、ここに署名捺印《なついん》して」

ペンと朱肉が目の前に置かれる。

翔が署名捺印すると、取調べはおわったようだった。

「これは任意だが、採尿してもらえんか。それと携帯を証拠として提出してくれ」

と岩本が翔の顔を見た。

翔は惰性《だせい》で承諾し、携帯電話を渡した。もう一枚、尿採取の承諾書類に署名捺印する。

再び手錠をかけられ、腰に縄を付けたままトイレに連れていかれ、青山が見守る前で小便を容器に入れた。

青山巡査部長は嬉々とした表情で、後生大事に翔の小便を持っていく。その後、翔はエレベーターで三階に連れて行かれた。青山巡査部長が付いてきたのはここまでだ。制服警官と交替である。

持ち物を一つ残らず提出し、文書に書いてサインした。別室で服を脱ぎ全裸になった。身長と体重を計測されたのち、台の上に載った。口、鼻、耳の中を調べられ、性器を持ち上げられる。両足を開いて前のめりになって、肛門まで徹底的に調べられた。

翔は抜け殻《がら》になったような気分を味わった。自由を奪われ、自尊心を砕《くだ》かれた。心を占《し》めるのは、絶望と疎外感《そがいかん》、自暴自棄《じぼうじき》な気持ちだけである。

バッグやベルト、キャップ、時計、財布、靴紐を預けさせられ、服を着る。

その後、スキャナーによる指紋採取、629という番号札を体の前に手で持っての写真撮影は、正面、横、斜めと三方向からである。

再び手錠をはめられ、腰に縄を結わえつけられ、看守の手引きで留置場へと向かった。

いくつもある房には、日本人だけでない、多種多様な国籍の男たちが、いかにも犯罪者然とした顔つきで寝そべったり、話をしていた。

朝一番で「失業者」の烙印を押されたばかりだというのに、翔は昼前には「路上生活者」を通り越して「犯罪者」である。

自分の置かれた境遇が情けなくて、歩きながら下を向いて嗚咽《おえつ》した。それほど留置場に居る連中が、人間として下の下に見えたのだ。そして自分も今日からその世界の一員である。

「あんた、人生、もうツヤだがね」

と名古屋弁で言う母親の姿が、翔の頭に浮かんだ。「ワヤ」とは「台無し」という意味である。嫌味な性格の女だが、それでもたった一人の肉親、母親である。父親は翔が幼い時に交通事故で亡くなっている。彼女は名古屋市内の繁華街、女子大小路《じょしだいこうじ》でスナックをやっている。

看守によって、閂《かんぬき》が差し込まれた。

頑強そうな鉄格子の向こうには、目つきの悪い茶髪の若い青年が、人差し指と親指で床を叩きながら、ブツブツ独り言を言っていた。

年配の男は背中を丸めて座っていた。

青年はジーンズに黒いTシャツ姿だ。年配の男のほうは「トメ」と書かれたスウェットの上下を着ている。

新宿警察署のビル自体が新しいせいか清潔である。広さは十畳ほど。クーラーがほどよく効いて涼しい。

「629番、587番によく話を聞いて、過ごすんだ。いいな」

看守はそう言い残し、手錠と腰縄を解くと、翔を牢の中に入れ、重々しくドアを閉めた。

「ガチャン」と閉まるドアの音が、人間界からの追放を意味しているようである。

部屋の隅には透明な衝立《ついたて》のある洋式トイレと、洗面台があった。洗面台に蛇口はないが、壁に穴が空いており、センサーで水が出るようである。それ以外、男たちが読んでいる雑誌を除いて何もなかった。

翔は房に入ると、ひとまず５８７番に向かって、

「よろしくお願いします」

と丁重に頭を下げた。

「あんたもちょうどいい時間に来たもんだな。そろそろ昼飯時間だ」

と５８７番は言った。

見回しても、あたりに時計はなかった。

「ところで兄ちゃんは、何をしでかしたんや。傷害か？　暴行か？　ヤクか？　新宿署ではこの三つが重要視されとるからな。俺はウカンムリ……すなわち窃盗《せっとう》や。前科三犯。窃盗は数が多くても、ここでは亜流や。刑事も適当にしか相手にせんのや。対暴力を全面に押し出している署やからの、刑事も腕っぷしが強くて、いかつい連中が揃《そろ》っとる」

岩本警部補など、その典型のようである。

「あんたは見たところ初犯やな。さしずめ大卒。ええとこの会社にでも勤めておるんじゃないのか？　わしはこれでも人を見る目はあるんだわ。金がありそうかどうかを見抜くんがこの商売のイロハやからな。そのほっそりした体からだと、本格的にスポーツに取り組んだことはなさそうやな。七三分けの髪形から、表面上真面目に仕事はしているようや。ただし人間を上下で見る悪い癖《くせ》がありそうやな。自意識過剰で器も小さい」

悔しいがほとんどその通りだ。翔は目を丸くして５８７番を見た。

「なーに。年の功ちゅう奴よ」

と男はうれしそうに胸を張る。

「それより兄ちゃん、これで晴れてイカモノ……イカモノとは前科者のこと。前科一犯なんやで。兄弟親戚は警官にはなれんちゅうこっちゃ。履歴書の賞罰の欄《らん》には、前科、前歴は必ず書きこまなあかん。これであんたが失業中の身だったら、再就職も容易じゃないて」

翔はがっくりと肩を落とした。

「なんや兄ちゃん、失業中だったんかいの。坂を転がりだしたら早いからの。更生して社会復帰するんは容易じゃないわ。ムショに入ったら、それこそ腐ったミカンが伝染するからの。ただし兄ちゃんはまだ若い。遅かれ早かれシャバに戻ることになる。先輩の俺から一個だけ、いいことを教えちょいちゃる。犯罪はな、捕まって初めて犯罪になるんや。捕まらなんだら、犯罪にはならんのや。つまり、捕まらんようにやるっちゅうこっちゃ」

男は最後に、前科三犯の泥棒らしい台詞《セリフ》を吐いた。

猿みたいな顔で、日焼けしていた。年齢はクリーニング店の林と同じく団塊《だんかい》の世代といったところだ。小柄で俊敏そうである。

茶髪の若者が、青白い顔でガタガタ体を震わせ始める。

「こいつアホやろ？　シャブ中で挙動不審で職質受けてその場でシャブが見つかって逮捕や。素人やろ。シャブ持って町をうろつくシャブ中がどこにおるんか。尿の採取は任意やからな。拒絶してもなんら罪には問われん。それなのに、シャブを持っているのを見つかったら、現行犯逮捕や。シャブはこっそり家でやれっちゅうのに、ほんま、アホやなあ」

茶髪の青年は、洗面台に駆け寄ると水を飲み、次には鉄格子に向かってしがみついた。

「ウオーッ！　ウオーッ！」

と雄叫《おたけ》びを上げながら、ゴリラのように鉄格子を揺すった。

「フラッシュバックなんやろな」

と５８７番が説明した。

台車の音がこだました。

「６０３番、静かにするように」

と看守が言った。

「昼食だ」

と看守が、鉄格子の間の小さな窓からプラスチックのトレーに入った食事を差し入れた。

「ようやく飯だ。飯と煙草《たばこ》と運動が何よりの楽しみだからな。兄ちゃんも、心ゆくまで留置場生活を楽しめよ。このあと拘置所、刑務所に行くにしたがって、さらに行動が制限されるようになる。シャブ中の兄ちゃんみたいに、房内での自由な行動すら許されんようになるんや。正座して座っとらなあかん。飯も不味《まず》うなるし、煙草も吸えんようになる」

603番は、食事には目もくれず、今度は床にそのまま横になって寝息を立て始めた。

翔はトレーを持ってきて座った。

食パンが四枚にジャムとマーガリン、オレンジジュースにミートボールが三個付いている。

予定では激辛カレーつけ麺だったはずなのに、何が悲しくて留置場の昼飯を食べているのか。翔はトレーを見つめて、自問自答した。

「もしそれで足らんようやったら、看守に言ったらいいぞ。出前は実費で頼めるんやからな。この情報を教えてやった代わりと言っちゃなんだが、カップラーメンをご馳走《ちそう》してくれよ。なあ、兄ちゃん。留置場でのカップ麺、これがまたなぜか知らんうまいんや」

翔は言われるままに看守を呼んで、カップ麺を二個注文した。

「シーフード味やからな、間違えんなよ。あったはずや。兄ちゃんも好きな銘柄言いや。あれば運んできてくれる」

しかし翔には、そこまでの図々しさはなかった。ほどなくカップ麺が運ばれてきて、翔も587番と一緒に啜《すす》った。

食事が終わると、587番は留置場での生活を翔に説明した。

起床は六時半、布団を片付け、洗面と房内及びトイレの掃除、七時から朝食、その後九時半から煙草タイムと運動。日によっては入浴。十二時昼食、十八時夕食、二十一時就寝。取調べは午前中に三時間と午後に五時間。これは日によってまちまちだ。

起訴されれば、東京地検での取調べが待っている。地検には、東京都内から刑法犯だけで毎日二百人からの容疑者が集められている。

「地検に行くと、留置場なんか目じゃないわ。ようもこれだけワルばかりが集められたなと感心するで」

「ところで、そのスウェットの上下にトメと書いてあるのは、どうしてですか」

翔は、房に入れられた時から気になっていたことを訊ねた。

「ああ、これか。これは留置場の備品だから留……すなわちトメということなんや。ハハハ、お恥ずかしながら、金がない上に、まともに着る服もなくってな」

だから587番は、翔にカップ麺をたかったのだろう。

「そんなことより、兄ちゃんの逮捕理由を聞いてなかったな」

と587番が話題を変えた。

「公務執行妨害です……」

と翔は言葉少なに返事した。

587番のねちっこい声が耳障《ざわ》りでならなかった。彼と話すより、一人静かに、なぜこうなったのか考えたかった。自分は泥棒稼業が本職の彼と同類などではないのだ。

翔にはまだ少しだけ自尊心が残されていたのかもしれない。

「公妨か。そりゃまた、えらいこっちゃや。公妨じゃ、起訴猶予《ゆうよ》はまず無理やろう。起訴猶予いうのはな、犯罪性は認められるものの、罰するまでにはいかんちゅうことで、釈放されることなんや。これが初犯の軽犯罪の場合、わりとある。起訴猶予なら、前科にはならん。前歴や。あと、転び公妨ちゅう線で、検察相手に戦えば、運がよければ不起訴もあるわな。これなら前科前歴はきれいなままや。いわゆる無罪や。公妨は、言うなれば、国家に対する反逆罪や。思った以上に重いんやで。だからこそ昔は起訴猶予の扱いはあり得なかった。懲役《ちょうえき》刑になっとったが、近ごろじゃ、罰金、あるいは執行猶予が付くことが多くなった。ただそれでも前科一犯に変わりはないわな」

翔は、「前科一犯」という単語に衝撃を覚えた。そうなれば、完全に犯罪者の仲間入りである。藁《わら》をも摑《つか》むような気持ちで訊ねる。

「ちょっと待ってくださいよ。転び公妨ってなんですか？　無罪になるやつ」

　587番は、門前の小僧の譬《たと》えよろしく、実際的な法の運用についてよく知っていた。

声のねちっこさを我慢してでも、彼の知識を授かりたかった。

「転び公妨ちゅうのはな、警官がわざと脅迫《きょうはく》、暴行を受けたような状況を作って、逮捕するやり方よ。ここで重要なのは、何が脅迫で、何が暴行かということや。胸倉を掴んだり、殺すぞ！　と叫んだりしたら脅迫になる。また意思を持って殴ったりしたら暴行や」

　翔はハッとした。

「ぼ、僕は脅迫も暴行もしてません！」

「せやけど、警察でそのことを主張したんかいの？」

　587番の声は、一層ねちっこくなった。

「……い、いえ、それが。つい、暴行を認めてしまいました」

と翔はすがるように彼を見つめた。

「なるほどな。刑事に言い包《くる》められたんやろ。おまえの気持ちはよくわかるとか言われて。刑事の常套句《じょうとうく》や。ほんでもって、罪を認めなければ、拘留期間が長くなるぞと脅される……」

　翔は素直に頷いた。

「アホやなあ。それが奴らの手やないかい。自白は証拠の女王とも呼ばれるくらい重要視されておる。これを法廷証拠主義と呼ぶ。いったん自白したなら、それが一番の証拠になるんや」

「では、どうしたらいいと」

「その先は、弁護士先生に聞いてくれ。ところで兄ちゃん、私選弁護士を雇えるんかい？　それに国家権力と戦う勇気はあるんかい？　大した公妨でもなさそうやから、兄ちゃんは、悪くて執行猶予、よければ罰金だけですみそうやないかい。それなのに、いきり立って争って何になる？　あるいは兄ちゃんには、別件で容疑がかかっとるのかもしれん。何ぞ検査されなんだか？」

「尿検査をされました」

「ハハーン、兄ちゃんもシャブ中やったんかいの？」

そこまで話したところで、

「629番！」

と看守に呼ばれた。

「取調べだ」

翔はすでに戦意喪失していた。国家権力と戦えるわけなどないのだ。

自分自身の人生に絶望しかかっていた。

4

翔は午前中と同じ取調室に連れて行かれた。尋問するのも同じく岩本三郎警部補だ。

「児玉、昼飯はどうだった？　うまかったか？　もし口に合わないようだったら、好きなものを出前で注文したらいいんだぞ。自費になるがな」

ヤクザのような強面が、猫撫《ねこな》で声とともにやわらかくなっていた。

「一応、カップ麺はいただきましたので」

と翔は、岩本の顔を探るように見ながら答えた。

「それでだ。これから聞きたいのは殺人事件の被害者、マリア・ドミンゲスさんとの関係だ」

岩本警部補はようやく本題に入ったというように、大きく息を吸い込んだ。

公務執行妨害罪についての尋問だと思っていた翔にとっては意外な展開である。しかしことの成り行きを考えれば、妥当《だとう》な流れとも言えた。

「ドミンゲスさんが殺されたのは午前○時頃と推察されているんだが、その時間、あんたはどこにいた？」

「部屋にいました。今日のハローワークで必要な書類等を確認してました。一人暮らしですので、証明できる人はいませんが……」

「そうか、書類をね。ところでドミンゲスさんとの関係は？」

「友人……、いえ恋人です」

「ほほーっ。新大久保の街娼が恋人か」

岩本警部補は茶化した風な言い方をした。目を細めて翔のほうを見る。

「街娼って、いったい彼女は……」

翔は不安そうに岩本を見つめた。

マリアが本当は何をしていたか、野次馬の話から薄々はわかっていたが、はっきりと聞かずにはおれなかったのだ。

「街娼っていやあ、立ちんぼだ。彼女は、西大久保公園あたりを職場にしていたんだと。通りすがりの男に声を掛け、ホテルにしけこんでいたのさ」

あまりのことに、翔は言葉を失った。

しばらく下を向いて押し黙った。

「……街娼だったなんて、ずっと知りませんでした」

翔は硬い表情で答えた。それが事実だからだ。

「恋人なのに、そんなことも知らなかったのか？」

「はい……」

と翔は短く答えた。

「恋人というよりは、ヒモじゃなかったのかね。あんたは失業中の身だ。生活だって楽じゃなかったはずだ」

岩本は挑発的な言い方をした。

人のことを見下すような言い方に、翔は反発を覚えた。

「ヒモだなんて、冗談じゃない！　失職したのは、わずか四週間前のことです。多少の蓄えもありますし、当面経済的にも困っていません。マリアとはあくまで対等な関係でした」

本当は貯金など五十万円くらいしかなかった。会社を首になることなど考えていなかったので、高価なものでも平気で買っていたのだ。

しかし翔はこの場で弱みを見せたくなかった。

「わかった、わかった。それは認める」

岩本は、翔の剣幕を軽くいなすように、両手を上下に揺らした。火照《ほて》った翔の気持ちを鎮めるようなジェスチャーだ。

翔は自分が軽く見られていると覚《さと》った。

四十歳くらいの海千山千の警部補と、二十八歳の失業者では、人生経験が違いすぎる。

しかしマリアのことも見下すように話す岩本の口ぶりには、翔は我慢ならなかった。

　愛した女をほんの半日前に失ったばかりなのである。死者を貶《おとし》めるような発言は許せない。

「憶測で言うなんて、あんまりじゃないですか。僕はマリアを心から愛していたんです。マリアも愛してくれていたと思います。彼女が街娼だったことも、僕が失業中の身だってことも、事件とは関係ないでしょう。刑事さんには、ぼくたちの恋愛関係なんて、わからないのかもしれない。警部補ともなれば、年収八百万円は越えるんでしょう？　刑事さんから見たら、失業者が街娼と付き合えば、全員ヒモに見えても仕方がないんでしょうね」

「おまえなあ、自分の立場がわかっていないようだな」

　と岩本に強面が戻った。声にも力強さが漲《みなぎ》っている。

「おまえは殺しの立派な容疑者なんだよ。昨夜十一時頃、おまえの部屋から出てくるガイシャを見た人がいるんだ」

　翔は、その証言をしたのはクリーニング屋の林にちがいないと思った。彼の店から翔の部屋の玄関ドアは、よく見えるのだ。

「その後、おまえは彼女を追って北新宿公園に向かった。そうじゃねえのか？　ガイシャが北新宿公園で若い男と話しているところを目撃されている。近所のコンビニで働いている中国人が見たんだってよ。おら、若造、正直に話したらどうだ。おまえもマリアと一緒にシャブをやってたんだろうが。シャブ中じゃ、多少の蓄えはあってもすぐに底を突くってもんさなあ」

「北新宿公園なんか行ってないし、第一、な、な、なんで僕がシャブ中なんですか？」

「ガイシャの遺体から甘い匂いがプーンとしたんだ。あれは間違いねえ。シャブ中の匂いだ。今、科捜研で本格的に調べさせている。おまえは会社を首になり、暇でどうしようもなかった。彼女と付き合い始めたことでシャブの味を覚えちまったんだな。マリアはおまえにシャブを流して、いいお客さんにしていたわけだ。あの女は、体も売ったし、クスリも売ってたんじゃねえのか？」

翔は岩本警部補の指摘に、体を硬直させた。街娼に加えてシャブ中だった……。パニックになる、すんでのところで自分自身を制御した。

公務執行妨害罪から覚醒剤取締法違反、さらに殺人罪の嫌疑までかけられている。58番が指摘したとおりだ。

「おっと児玉、ようやく自分の深刻な状況がわかったみたいだな。全部お見通しなんだよ。抵抗しようたって、そうはいかねえ。正直に話しちまいなよ。わかるよ、おまえさんの気持ちはよ。心から愛した女、マリア様が亡くなったんだ。こんなところで尋問されずに、供養《くよう》したいんだろう？」

またもや岩本の声がやわらかくなる。

「シャブってのはな、厄介《やっかい》な麻薬なんだよ。正式な名称はメタンフェタミンという化学物質でな、発明したのは日本人さ。知ってたか？　第二次世界大戦で日本軍に採用されて、それが戦後のどさくさで市中に流れた。今から六十年近く前には、中毒者が五十万人もいたと言われているくらいだ。あんたは若いから知らないかもしれないが、学校で習った太宰治《だざいおさむ》や坂口安吾《さかぐちあんご》なんて作家も中毒だった。当時はヒロポンと呼ばれていてな。いったん中毒になると、抜けるのが半端じゃなく厄介だ。フラッシュバックと言って、幻覚や幻聴に悩まされる。誰かに襲《おそ》われるような錯覚にも陥《おちい》る。無差別殺人をしでかすトンチキまで現れる始末だ。幻覚や幻聴は、シャブを止めてから五年経っても、ある時突然パッと頭に巡《めぐ》ってくるらしい。これは苦しいな。苦しいのは我慢ならない。で、またシャブに手を出す。延々とローリングゲームが繰り返されるのさ」

翔は岩本警部補の話を静かに聞いていた。しかし金輪際《こんりんざい》マリアと一緒にシャブなどやったことはないのだ。

そう言えば、留置場に入れられる前に身体検査を受けた時、丹念に肘《ひじ》の内側や足の甲、鼠径部《そけいぶ》を調べられた。いずれも静脈注射をしやすい部位だ。

「よーく聞け、兄ちゃんよ。シャブ中はいつだってシャブが欲しいのさ。マリア様におねだりして買ってたんだろう？　だが金があるうちはよかった。マリア様も喜んで売ってくれた。ところがおまえの資金が費《つい》えた。金がない奴にはシャブは売れねえ。商売だから当然さ。断られたおまえは、シャブほしさに我を忘れて、ガイシャの背後に回ってネクタイか何かで絞め殺した。そうじゃねえのか!? 犯罪っていうのはな、初犯の時はどんな奴でも、我を忘れてしでかすものだ。我を忘れる……この瞬間が犯罪につながるんだよ。よーく覚えておくんだな。最初から冷静に凶行に向かう奴は滅多にいねえ。たまにはいるがな。いたとしても、そんな奴は骨の髄《ずい》から凶悪犯だ。更生の道はねえ！」

翔は、岩本警部補の推理が、あながち間違っていないように聞こえてくるのが不思議であった。これまで何百人もの犯罪者と対面してきた経験が物を言っている。

しかし事実は違うのだ。

翔は声に力を込めた。

「ちょっと待ってください！ 僕はマリアがシャブ中だったことも、警部補に言われるまで知らなかったんです。本当です」

「恋人同士のわりに、知らないづくしなんだな」

岩本警部補は、そう言ってポケットからハイライトの箱を取り出した。左手にライターを持ちながら、デスクの上で煙草の吸い口を叩いた。

それが合図だったかのように、青山巡査部長が部屋から出て行く。

「パクられてから一本も吸ってないんだろ。どうだい？ 一本」

岩本警部補は硬軟織り交ぜてくる。

「いいえ、煙草はやらないもので」

と翔は右手を振って答えた。岩本は煙草を箱に戻した。

子供の頃から、母親の撒《ま》き散らす煙草の匂いが嫌《いや》で堪《たま》らなかったのだ。

翔にとっては、煙草は母親の象徴で、その母親の職場が煙草の匂いと切っても切れないスナックである。

それでも、水商売をしているマリアにまったく抵抗を感じなかったのは、子供の頃から水商売が身近にあったからかもしれない。

翔はぼんやりマリアと母親の顔を交互に思い浮かべた。

青山巡査部長が盆に湯飲みと急須をのせて戻ってきた。立ち上がった岩本の耳元で何か囁《ささや》く。

香りのない番茶が翔の前にも置かれた。

岩本警部補は立ったまま、受け取った茶をズズッと啜った。

「なんで生活保安課の警部殿までお出ましなんだよ。この山は一課のものだろう。そうじゃねえのか青山！」

「はい。でも殺人事件ですので、帳場が立ちます。本庁からどっと人が集まっているところです。ガイシャが外国人の立ちんぼでしたから、生活保安課も捜査本部には入ってくるんでしょう」

「バカ野郎！　殺しだぞ。殺しはこちとらが本職じゃねえかよ」

　翔は、いったい何のことかと思った。取調べより、内輪もめの話を容疑者の前でするとは、岩本警部補は案外ぼんくらなのかもしれない。

「さてと、児玉。こうなったからには、徹底的にやってやるからな。今のところ容疑者を押さえているのは俺たちだから。四十八時間プラス十日と十日、おまえを尋問できる権利があるんだ。わかるか？　合計二十二日間も知らぬ存ぜぬを通せるかな」

「でも僕は、絶対にマリアを殺してなんかいません！」

　翔は岩本警部補を睨んで、声を荒げた。

「ま、今のうちに吠えておけ。少しずつ証拠固めしてやるからよ。何と言っても、おまえは公務執行妨害罪で自白しているんだ。こっちは正式な手続きを踏んだ上で、おまえの身柄を拘束できるんだ」

　５８７番が言っていた、「転び公妨」の真の意味とはこのことだったのである。

「別件逮捕じゃないですか！」

　と翔は叫んだ。

「別件だと？　エラそうな口を叩くんじゃねえ。この人殺しが！　俺はな、弱い人間に暴力を振るう奴は許せねえんだ。とくにこの新宿署管内では、傷害や暴行、脅迫、恐喝《きょうかつ》、凶器を持ち歩く粗暴犯が、ほかの地域に比べて圧倒的に多い。殺しはよ、その線上の先にある、もっとも重大な犯罪だ。殺しを許しちゃ、人の世が人の世ではなくなる。そうじゃねえのか。日本の安全神話は、粗暴犯、つまりは暴力がはびこっていねえことにあるんだよ。日本の平和を守っているのが俺たち警察だ。真夜中だろうが俺たちは、事件があれば急行する。給料が高いなんざ言わせねえ。いつだって、命懸けでホシを追いかけているんだ」

翔は話が終わるのを待って、茶を啜った。

彼がいきり立つと、逆に冷静になってくる。こんな嫌疑さえかけられていなければ、岩本警部補も使命感に燃えた良い刑事と言えなくもないようである。

誰かが部屋をノックした。書類を一枚、青山巡査部長に渡した。

「警部補、ようやく出ました」

「児玉、これでおまえも地獄の一丁目といったところじゃねえのか。青山、さっさとしろ。すぐに出かけるぞ。立て、児玉」

翔は岩本警部補に言われて、意味もわからぬまま椅子から立ち上がった。

再び手錠をかけられ、腰縄がパイプ椅子から解かれる。

縄の先を青山巡査部長が持った。

「児玉翔。今、裁判所からあんたの部屋の家宅捜索令状が出た。それがこの書類だ」

岩本警部補が、翔の目の前に紙を広げて見せた。

「あんた本人の目の前で捜索させてもらう。これで証拠品かシャブが出てきたら、あんたも一巻の終わりだ」

翔は岩本警部補の軽い言葉に、体が凍った。

証拠品などあるはずもなかったが、マリアマリアが自分の部屋のように自由に行き来していたのだ。もし彼女が覚醒剤の売人だったとすれば、が自分の部屋ではなく、翔の部屋に隠していた自分の部屋に隠していたと考えられなくもない。他人の部屋に隠しておけば、自分の覚醒剤にはならないからだ。

587番が言っていたとおり、シャブの売買も見つからなければ、犯罪ではない。もしマリアがプロならば、それくらいの措置《そち》をしていたことも考えられた。

「どうした、児玉、震えているんじゃねえのか」

廊下を歩きながら、岩本警部補が口を開いた。

翔は、再逮捕の恐怖が足元から迫《せ》り上がってくるのを感じた。恐怖は寒気に通じる。だからこそ体が震えるのかもしれない。

行き交う警官たちが興味深そうに翔のことを見た。そして一般人らしき人々は、廊下の隅から顔を顰《しか》めて、翔と目を合わせないようにした。

その時、廊下の前のほうから、口笛を吹きながら岩本警部補と同年代くらいの男が歩いてくるのが見えた。

「チェッ！」

と岩本警部補が舌打ちした。

「これは岸田《きしだ》警部！」

と岩本警部補と青山巡査部長が、いったん立ち止まって敬礼する。

岸田は二人とは違って、ラフな服装をしていた。白と水色の縞《しま》模様のジャケットに、中にはクロコダイルのマークがある薄いピンク色のボタンダウンシャツ、紫色のネクタイを中途半端に締め、綿パンと素足の上にデッキシューズを履いている。

髪は耳が隠れるくらい長めだ。身長は青山より若干低く、翔と同じくらいであった。

洋服屋の店主か、テレビ局のプロデューサー、資産家のボンボンといった佇《たたず》まいである。警察官にも色々いるものだ。

「岩さん、猪突猛進《ちょとつもうしん》はいかんよ。気をつけないと。捜査はくれぐれも慎重にね。誤認逮捕だけは間違ってもいけない」

と、擦れ違いざま岸田警部が言った。

「警部殿、あんまりじゃないですか」

と、岩本警部補の顔からスーッと血の気が引いている。対して岸田警部はあくまで涼しそうに話した。

「ま、公妨のほうは固いらしいからいいが。万が一ミスってマスコミに嗅ぎつけられたら、それこそ岩さん、一課といえども帳場から下ろされることだってあるんだぜ」

「何を言っているんですか、警部！」

と、翔の縄を持った青山巡査部長が色めき立って声を上げた。

「青山君、大声を出しなさんな。この男のシャブの簡易検査はシロと出たんだ。仏さんのほうはクロだったがな。今さっきわかったばかりだ」

岸田警部は翔に一瞥《いちべつ》くれた。

頭はよさそうだが、冷たそうな印象だ。

「……科捜研から明日には正式な鑑定結果が出ると思うが、多くを望まんほうがいいだろう。今からガサ入れかい？　あんまり僕に心配をかけないでくれよ。君たちのことを思って言っているんだ」

翔は、岸田警部の話にホッとした。

科学は正しい。覚醒剤などやったことがないのだから当然の結果だ。

しかし岸田警部補は持論を曲げる気などないようである。

「夜の会議では、警部殿に必ずいいご報告ができると思います。それまでお待ちください！」

と岩本警部補は、悔しさを滲《にじ》ませながら、ようやくといった調子で言った。

「ま、お手並みを拝見させてもらうよ」

と岸田警部は、手に持った書類をヒラヒラさせながら歩き出す。

「失礼します！」

と青山巡査部長は、行き過ぎる岸田警部に軽く敬礼すると、翔の背中を押した。

5

パトカーの後部座席で、岩本警部補は青山巡査部長に向かって吠えまくった。それも当事者である翔を間に挟んでだ。

「なんで、こいつがシロなんだよ。おかしいじゃねえか。クリーニング屋の話じゃ、ガイシャがこいつの部屋に頻繁に出入りしてたんだろうが。それにこいつがガイシャに会った最後の人間だ。そうだろう？」

「でも警部補、検査結果がシロと出た以上、シャブの使用に関しては、立件は難しいんじゃないかと。あと、岸田警部がああ言っているんです。生活保安課では、別の容疑者の目星が付いているんじゃないでしょうか。ガイシャは売りをやってたんですから、警部とは顔見知りだったのかもしれない。やり手で通ってますし、あの自信満々の態度は、絶対に何かを摑んでいる証拠ですよ。秋の人事異動で警視に昇進するんじゃないかともっぱらの噂《うわさ》です。そうなると、次は本庁の課長か管理官でしょうね。トントン拍子の凄《すご》い出世ですよ」

パトカーの天井を仰ぎ見ながら、青山巡査部長が話した。

「ペラペラ内輪のことを話してるんじゃねえよ。容疑者が乗っているんだ。しかし、あの歳で警視とはなあ。夢みてえな話だよ」

と岩本警部補も嘆息を漏らした。

サイレンを鳴らして走るパトカーは、ものの五分で北新宿公園の脇を通り抜け、翔のアパート『北新宿JJハウス』の前に止まった。

梅雨時らしい小雨《こさめ》が降り出していた。

三階の屋上庭園の緑が一層生き生きとしている。

あたりはいつものようにひっそりとしていた。パトカーのドアを開けると、かすかな雨音が翔の耳にも届いた。このあたりは住宅街である。

アパートの隣の児童公園で、路上生活者がものめずらしげな顔をして、パトカーから降りる翔を見つめている。

林クリーニング店の店先にスーパーカブは置いてあった。サイレンを鳴らしてきたのに、物見高い林は出てこない。

制服警官が、マリアの部屋の前に立っていた。ドアには警視庁の黄色いテープが斜めに貼り付けられている。マリアの部屋の家宅捜索は済んだのだろう。

「では、オーナーの神宮さんのところに行ってきます」

とパトカーから降りるや、青山巡査部長が言った。

翔を繋いだ綱が岩本警部補に渡される。

青山巡査部長は小走りに建物の入口に向かった。

「JJとか抜かすあのジジイは油断ならねえからよ。言動にはくれぐれも注意するんだぞ。マスターキーを預かるだけでいいからよ。変に口走って、間違っても揚げ足だけは取られるな。話がややこしくなる」

岩本警部補が、顔の前に手を当てて雨を遮《さえぎ》りながら言った。

JJこと神宮次郎はクリーニング屋の林と同級生である。

『北新宿JJハウス』の二階の一番奥の部屋が自室で、その部屋は内階段で三階の半分を占める部屋に続いている。三階の残りの半分は緑化庭園となっている。変則の三階建てだ。そこに一人で暮らしている。

「岩本さんとか言ったよな。何が油断ならないジジイだ。言うに事欠いて、ちょっと酷いんじゃないのか。こっちは真っ当な納税者なんだ」

そう言いながら、二階からJJが姿を見せた。階段を降りてくる。

いつも同様、目の力が強く、達磨のような顔をしていた。

岩本警部補ばかりでなく、階段の下で青山巡査部長も絶句している。

JJは、半ズボンに真っ赤なアロハシャツを着ていた。足元は革製のサンダルだ。左耳のプラチナ製のピアスが小さく揺れる。身長は翔よりやや大きく一七七センチくらい。胸板の厚いしっかりとした体軀《たいく》だ。

年の割には、くだけているというか、不良っぽい。それに体も大きい。後ろから付いてきているクリーニング屋の林が、いかにも痩せて小さく見える。

天気がよければ屋上で昼寝しているせいか、日焼けしており、白髪《しらが》まじりの髪の毛は短く刈り込んでいる。四角い顎にはうっすらと白い髭《ひげ》が生える。

一見したところ、何人《なにじん》か不明のＪＪである。

翔はこれまで社会に出てから、彼のような人物に出合ったことはなかった。なんとなくだが、日本の社会を逸脱したような雰囲気なのである。

「令状は持ってきたんだろうな?」

とＪＪは、岩本警部補相手にもまったく臆《おく》することなく、逆に横柄《おうへい》とも言えるような口調で言った。

「当たり前だ。では児玉容疑者の部屋を調べさせてもらうからな」

ジュラルミンのケースを持った鑑識課の警官が三人、追って到着したワゴン車から降りてきた。

青山巡査部長がＪＪに家宅捜索令状を見せる。

ＪＪは頷き、翔の部屋の前までいくとマスターキーを差し込んだ。

鑑識がフラッシュを焚《た》いて写真を撮った。

岩本警部補はじめ全員が、ビニールを靴の上から履いた。

翔も手錠をはめたまま履く。

岩本、翔、青山、鑑識の順に部屋に上がった。

入ってすぐがキッチンで、テーブルが置いてある。左手がバスルームに洗面台、それにトイレだ。奥が六畳のリビングになっている。

「児玉はここにいろ」

と岩本警部補が翔を制した。

玄関の上がりかまちで、翔は様子を見守った。鑑識課の三名が翔の脇を抜けて、岩本、青山の両名と、キッチン及びトイレやバスルームを丁寧に見ていく。

もしマリアがシャブを隠すとすればどこなのか……。

翔は思い巡らし、天井を見つめ、冷蔵庫の奥を見遣《みや》った。その度に、青山巡査部長が翔の目線どおりの場所を捜索した。

翔は青山巡査部長が動くたびに悪寒が走った。

公務執行妨害罪に覚醒剤取締法違反が加われば、実刑判決が下されることもあるのではないか。

５８７番に聞いてみなければわからないものの、刑務所に向かって一歩ずつ階段を上がっているような、妙な実感が伴っていた。

——何もしていない。本当に何もしていない。青山の手に当たったのも、バカ犬ゴン太を払いのけようとしただけなのだ。

翔は心の中で、何度も繰り返し呟いた。

そうだ、気持ちを強く持つのだ。

振り返ると、玄関ドアの外でＪＪが鋭い目つきで立っていた。違法捜査など絶対に許さないといった感じだ。

先ほどの言動からしても、権力には反発を覚えるタイプらしかった。

ＪＪは翔と目が合うと、とたんに柔和《にゅうわ》な表情になって、顔に皺《しわ》を浮かべて笑いかけた。

翔は、初めて味方を見つけた気になった。

「何も出ないか？」

「今のところ何も……」

岩本警部補の声に、青山巡査部長をはじめ鑑識課の三名も声を小さく首を振る。

翔は地獄の一丁目で首がつながっていた。しかしリビングルームはこれからだ。まだわからない。五人が次々にリビングに入った。翔も数歩前進した。

翔は、捜索現場を見ながら微妙な違和感を覚えていた。どこが変だという確証はない。しかし今朝出かけた時とどこかが違うのである。

ベッド、薄型テレビ、本棚、小さな食事用テーブル、アイポッドとスピーカー。そうか、アイポッドを持参するのを忘れたのか。いや違う。本棚にはマリアと一緒に写った写真を額に入れて飾ってある。青山がその額を分解して中身まで調べている。

シャブの残骸《ざんがい》が少しでもないか。目を皿のようにして、五人は六畳の狭いリビングルームを嗅ぎまわった。四《よ》つん這《ば》いになる姿は、まさに嗅ぎまわるといった表現がしっくりとくる。部屋中には、ぴんと張り詰めた緊張感が漂っている。

「児玉、パソコン開けるからな」

と青山巡査部長が言った。

電源を入れてパソコン画面が立ち上がる。別段怪しいものはないはずだ。再就職活動に費やしたこの一ヶ月の足跡がわかるくらいのものである。

「こいつの携帯はどうなっている？」

「今、科捜研に行っているところです」

岩本警部補の質問に、パソコン画面を見ながら青山巡査部長が答えた。

家宅捜索は三十分に及んだ。狭い部屋の割には丹念にやっていた。

翔は体中から汗が噴き出していることに気がついた。手錠をはめられた手で、額や首筋を拭った。

捜索の結果、覚醒剤は発見されなかった。ネクタイが全部押収《おうしゅう》されただけである。鑑

識課の三人が道具を片付け始めた。彼らを横目で見ながら、

「警部補……」

と、青山巡査部長が岩本警部補に小さく声をかけた。

「ま、追い追いだ、追々……」

苦し紛《まぎ》れに岩本警部補は答えた。

「撤収《てっしゅう》だ、撤収！　神宮さんにキーを戻しておけ」

玄関口で靴の上から履いたビニールを取りながら、岩本警部補が声を上げた。

廊下でＪＪが岩本警部補に突っかかるように言った。

「岩本さん、何も出なかったんですね」

「捜査内容を話すわけにはいかないんでね」

と岩本警部補も堂々としたものである。

「翔君がマリアを殺すわけなどない。彼は彼女といい仲だった。マリアは俺にも話していたよ。翔のことを愛しているって。翔が一所懸命就職活動している姿がステキなんだってさ。自分の置かれた境遇に納得できなくて、真正面から現実にぶつかっていく姿がカッコいいんだって。それが失敗に終わっても、何度も何度もあきらめずにぶつかっていく……そんな翔を心の底から愛しているって。だから今の仕事を辞めたいと。それでマリアにコンビニのバイトを世話してやったんだ。俺が保証人になってね。すぐそこ、大久保通りに

あるコンビニ店だ。ちゃんと聞き込みに行ったのか？」

岩本警部補は押し黙った。

ＪＪの話を聞いて、翔の頰に大粒の涙が伝わった。

「マリアはたった一人でコロンビアから、ダンサーとしての成功を夢見て、この大都会東京に来た。騙《だま》されたり、裏切られたり、寂しくて膝小僧を抱いて堪えた夜もあったはずだよ。そんな彼女にとって、翔は宝物だった。翔にしても、うまく行かない人生に直面し、また彼女は彼の宝物だったと思うよ。俺はあんたと違って、毎日この目で二人を見てきた。岩本さん、彼を疑うなんて、筋違いってものだよ」

翔は涙が止まらなくなっていた。

自分の居場所がどこにあるのかはっきりしない。そう考えていたのに、『北新宿ＪＪハウス』に、間違いなく自分の居場所があったのだ。

しかし愛したマリアはもういない。かたちになりかけていた愛が一瞬のうちに壊されたのだ。

「わかったから、そこをどきなさい。でないとまた公妨でパクるぞ。このジジィ！」

「警部補！」

と青山巡査部長が言いながら、岩本警部補とＪＪの間に割って入った。

「ちょっと待ちな、岩本さんよ、またパクるって、どういう意味だよ？」

とＪＪが、意外に冷静な声で聞く。

「まあまあ、ここは神宮さんも、穏便《おんびん》にいきましょうよ」

と青山巡査部長が取り成す。

アパートの前にスクーターが止まった。カブに似てなくもないが、スタイリッシュなイタリア製のアプリリアのスカラベオだ。色もシルバーと渋い。

同じくシルバーのチェッカー模様の入ったハーフヘルメットを被った男が、ゴーグルを外した。目がブルーだ。

隣室の白人である。白人にしては背は低かった。一七〇センチ弱くらいだ。

「マリア殺しの犯人が見つかったのか!?」

と、男はバイクを降りながら大声を上げげた。

迷彩柄のズボンにカメラマンチョッキを着て、一眼レフのカメラをたすき掛けにしている。手には黒革の指出しグローブだ。

「ダミアン！」

とＪＪが男を見ながら叫んだ。

「警察に暴力を振るわれそうで、困ってるんだ。一発写真をきっちり撮っておいてくれ。ああ見えて、彼はジャーナリストなんだ」

ＪＪが話しおわらないうちに、ダミアンが廊下の先に現れて、一眼レフのカメラを岩本警部補に向けた。フラッシュが何度となく焚かれる。

「おまえ、やめろ！　どけ、どくんだ、クソジジイ！　青山、さっさとしろ」

と岩本警部補が、無理やりＪＪを押しのけ前に進んだ。

青山巡査部長に縄を引っ張られ、翔までもが小走りにアパートの廊下を走った。

パトカーに乗り込むと、岩本警部補は急に押し黙った。いかつい顔がさらに鬼瓦《おにがわら》のようになり、太い両腕を強く結んだ。

突然雨が激しくなった。ソイパーの音だけが車内に響いた。

新宿署に舞い戻る。

到着すると、青山巡査部長が、岩本警部補の不機嫌を和《やわ》らげるように声をかけた。

「警部補、こいつのことはだいじょうぶですって。もう自白は取ってあるんです。明日にでも、公妨で送検できますって」

岩本警部補は黙ったまま頷く。

「いい気になるなよ。児玉。明日からは、みっちり締め上げてやるからな」

岩本警部補の声に、翔は答えようがなかった。

別件が見つからなかった以上、やはり公妨で戦うべきかどうなのか、留置場に戻って５８７番に聞こうと思った。

ＪＪの態度に勇気づけられたのだ。

しかし留置場には、587番も603番の姿もなかった。新しく653番と662番がいた。二十代と三十代くらいで、頭のネジが完全に外れたような二人だった。

彼らの会話によれば、一人は婦女暴行、もう一人は傷害致死（本人いわく）という、気が滅入るような犯罪容疑がかけられていた。それでいてヘラヘラと犯罪自慢に花が咲いていたのだ。

岩本警部補が言っていた、「骨の髄から……」という輩である。

翔は言葉を交わす気持ちすら起きなかった。

この日の夕食は、ご飯に味噌汁、とんかつ、春巻き、厚焼き玉子、煮魚、野菜炒め、シュウマイ、ハムカツというボリュームたっぷりの弁当だった。

二人の話では、こんな留置場の弁当のことを官弁と呼んでいるらしい。

翔も二人の男も、規則どおり九時には床《とこ》に就いた。

翔は目を瞑《つむ》ると、愛くるしいマリアの笑顔が思い出された。

ブロンドの髪に赤い唇《くちびる》、白い肌。水色の目はいつもくりくり動いた。几帳面《きちようめん》な性格で、手の平を押し当て、皺を伸ばしながらきれいに洗濯物をたたんでいた。土曜日の午後はラテンミュージックを掛けっぱなしに、ハミングしながら掃除をしたり、踊ったり。深刻な表情を見せることなどまずなかった。

夏日を観測した日には、ふざけてエプロンだけという姿で料理した。翔の邪魔が入って、料理が中断されたのは言うまでもない。

道端で林と立ち話している。ゴン太が彼女の周りで飛び跳ねている。竹製の買い物かごを手に持って、二人で近所のスーパーに行った。かなり値の張る買い物かごだったが、翔はねだられてプレゼントしたのだ。マリアはそのかごを宝物のように大切にしていた。

好きなものはフライドチキンに手巻き寿司、それとチャーハン。キティファンで、彼女のマグカップにはキティのイラストが入っていた。

嫌いなものはウナギだ。昔は好きだったが、今では見るのも嫌だと言っていた。その時一度だけ、マリアの表情に暗い翳《かげ》を見た。

翔は取調べや家宅捜索で、精神的に疲れ果てていた。

それでもしばらくは寝付けなかった。

頭に浮かぶマリアの笑顔と重なるように、止めどなく涙が流れて仕方がなかった。

第2章　北新宿多国籍同盟

1

翌朝、廊下のような部屋で体操の時間を過ごしていると、翔は看守から呼ばれた。

「629番、釈放だ」

翔は耳を疑った。殺人はともかく、公務執行妨害で起訴されるはずだったのだ。そうなると、取調べのため東京地検に送致される予定であった。

「えっ？　僕がですか？」

と翔が聞き返すと、看守は、

「不起訴になったそうだ」

と事務的に答えた。

別室に通され、押収されていた財布やベルト、スニーカーの紐やコーチの革製トートバッグ、キャップが返される。品物を確認し、書類にサインした。

突然のことに、翔は体がフワフワとした。

一般社会に戻れるだけで、これほど心が浮き立つものとは……。失業中の身の上でさえ、留置場に入れられていることと比較すれば、間違いなく幸せな部類に入る。

「外で青山巡査部長がお待ちかねだ。あとは彼の指示にしたがってくれ。間違っても二度と戻ってくるんじゃないぞ」

看守は素《そ》っ気《け》ない態度の中にも、愛情を垣間見せていた。わずか一日弱の付き合いだったが、翔も看守には愛着を感じた。

かぶったキャップの鍔《つば》に手をやって、看守に軽く会釈《えしやく》する。ドアを開けて廊下に出ると、長身の青山巡査部長が壁にもたれて立っていた。

「児玉、出てきたか。しかしおまえも運がいいよな。まさか公妨まで不起訴になるなんて。科捜研からの鑑定もシロと出た。これ以上拘留できなくなったんだよ。おかげで岩さんは、朝から大爆発だ。詰め腹切らされて、俺たち二人はこの山から外された。まったくざまあねえやな。そう、この書類にサインをくれ。預かっていたおまえの携帯と自転車をこれから返す」

そう言って青山は、携帯電話を翔に返した。

一階までエレベーターで降りる。

岩本警部補が、JJハウスに住んでいる若い女と一緒に立っていた。女が、翔のピンクの愛車デ・ローザをまるで自分のもののように支えている。

通り過ぎる数人の警官たちが、一人残らず女の姿に目を奪われて、岩本と見比べた。彼とはいかにも不釣合《ふつりあ》いなのである。それくらい女は若く美しく、可愛かったのだ。しかし青山巡査部長は女には無関心そうに、岩本警部補に向かって言った。

「岩さん、もう戻りましょう。釈放された児玉に何を言ってもしょうがないでしょ」

「いいや、俺は絶対こいつが犯人だと思っているんだ」

岩本警部補は、聞き分けのない子供のように反駁《はんばく》してみせる。

「あのクソジジイのせいで、こんなことになっちまったが……」

と歯軋《はぎし》り交じりに翔を睨《にら》んだ。

「ジジイじゃなくて、JJだって言ってたでしょ」

と青山巡査部長が横から訂正した。

「バカ野郎、何がJJだ。ふざけたニックネームを付けやがってよ」

「ともかく岩さん、行きますよ。これ以上付き纏《まと》ったら、それこそ始末書ではすまないですよ。謹慎にでもなったらどうするんですか?」

青山巡査部長は、周囲を見回しながらうろたえた。

「そりゃそうだな。オイ、若造、俺は絶対おまえを逮捕してやっからな。女を絞め殺すなんざ、許せねえんだよ。それから姉ちゃん、あんたもこの手の男には気をつけな。女を食い物にする下衆《げす》野郎だからな。まさか姉ちゃん、この男と付き合っているんじゃねえだろうな」

岩本警部補は女に向き直って言った。

「刑事さん、冗談は顔だけにしてください。私はアイドル。恋愛は禁止です。わかりますか？ＣＤ出たら、絶対買ってくださいね。約束よ」

「わかった、わかった。でもアイドルっつっても、まだ卵なんだから、姉ちゃんこそ早くCD出してデビューするんだな」

「明後日《あさって》にはオーディションの結果が出ます。合格したらデビューです。私、がんばります。応援よろしくお願いします」

女は頭の上のサングラスを押さえながら、岩本に向かってぺこりと頭を下げた。レイヤーボブの短い髪が一瞬顔を隠した。顔を上げて髪を整える。少し赤っぽい色で染めている。緑色のTシャツの上から緩めのピンクのタンクトップを重ね着し、ショートデニムにハイカットの色鮮やかなスニーカーを履いている。女子に人気のマッドフットだ。そしてポップな柄の布製バッグを肩から掛けている。

こんなに近くで見るのは初めてだが、彼女は目鼻立ちのはっきりした美人だった。美尻が少し釣り上がっている。色は透き通るほどに白い。愛嬌のある笑顔を振り撒《ま》いた。

岩本警部補は女に笑みを送りつつ、翔に一瞥《いちべつ》くれると、青山と二人で来たエレベーターに乗り込んだ。

二人がエレベーターに消えたとたんに、女は口を尖《とが》らせた。

「ＪＪに頼まれて、あなたの迎えに来た。早く帰るよ」

「それはどうも。って、おまえ、名前は？」

「私、チェ・スジョン。漢字はこう。韓国ではよくある名前よ」

と彼女は空気の中に字を書いた……崔水晶。

容姿と同じくきれいな名前だ。

しかし翔は彼女を見ていると、わがままで見栄っ張り、自分が世界で一番きれいだとでも思っているような藤堂香のことが思い出されて仕方がなかった。いや、水晶《スジョン》は香以上かもしれない。

「今は、新宿の芸能専門学校でアイドル目指して猛特訓中！　二年で二一歳になったばかり。この前オーディション受けたんだけど、アイドルデビューはもうすぐよ！」

と水晶《スジョン》は拳《こぶし》を突き上げた。

彼女のイントネーションは、どこか九州の言葉を思い起こさせた。大学時代の友人に九州出身者が何人かいた。語尾に「よ」を頻繁《ひんぱん》に付けるところも同じだ。そう言えば、九州の向こうは対馬《つしま》海峡を挟んで朝鮮《ちょうせん》半島である。

翔は水晶《スジョン》から自転車を引き継いだ。甘い匂いが鼻に付く。

一瞬ドキッとしたものの、それはマリアの匂いとは違い、明らかにピーチの香りであった。オーデコロンでも付けているのだろう。

新宿警察署を出ると、目の前に新宿エルタワーが見える。

雨は降っていなかった。

昨日ハローワークを出てから丸一日。いったい何をやっていたのか？　翔は不起訴になったことがいまだ信じられずに、自転車を押しながら水晶《スジョン》に訊ねた。

「さっき、岩本警部補が言っていた。ＪＪがどうしたとか……。それで俺は釈放になったようだけど、いったいどういうことなんだ？」

「それがね。昨夜ＪＪとダミアンが、この警察署に殴《なぐ》り込みをしたんだって。無実のあなたを捕まえたって、とても怒ってた。私も梅子《うめこ》さんも怒ったよ。無実の人を逮捕するのは間違いでしょ」

水晶《スジョン》は目をキラキラさせて、表情豊かに話した。

まるで演技でもしているようである。

「マリアさんを殺したの、あなたじゃない！」

水晶《スジョン》は右拳を強く握った。そのポーズは、演歌歌手の振り付けに似ていた。

「だけど、俺には公務執行妨害罪の嫌疑がかかっていたんだ」

「ケンギ……？　コウムシッコー……？　シッコーって、おしっこのこと？」

水晶《スジョン》は眉《まゆ》を顰《しか》めた。

一瞬、翔は彼女がプードルのように見えた。

「いや、おしっこじゃなくって……。それより殴り込みって、どういうことだよ」

「JJが、ダミアンと一緒に新宿署に行ったよ。帰ってくるまで心配だったけど、店で待っていたら、十一時半頃帰ってきた」

「それで、警察に何を訴えたんだ?」

「……うん。近所の人が、あなたが逮捕される場面を、携帯の動画で撮ってたんだって。だから無実が証明されたって、言ってた。そのせいで、あの刑事さん、偉い人にすごく怒られたみたい。しょげてたから、さっき励ましてあげたよ。アイドルの仕事って、落ち込んだ人を励ますことだから。私くらい可愛いと、みんな話をするだけでうれしいみたいだけど」

翔は途中まで、意外に水晶《スジョン》はいい子かと思ったが、最後の台詞《セリフ》に思わず躓《つまず》いた。とはいえ、こんな形で無実が証明されるとは助かった。

「どうした、翔。石でもあったか? あなた気をつけたほうがいい。梅子さんが言ってた。あなたの運気、風水でよくないって」

梅子とは、JJハウスの二階に住んでいる中年の女性だ。挨拶《あいさつ》を交わした程度で、翔はよく知らなかった。

水晶《スジョン》の名前を聞いたのも、今日が初めて、まともに話したのも初めてなのである。

「梅子さん、占いをやっているのか？」

と翔は水晶《スジョン》に訊ねた。

「あなた、そんなことも知らないの？」

と水晶《スジョン》は高い鼻をツンとさせる。

アパートで知っていたのはマリアのことくらいで、いやマリアのことも、今ではわからないことのほうが多かった。ダミアンが、ジャーナリストだと知ったのも、昨日のことである。

「梅子さんはね、お店をやっているよ。そう言えば、あなたは一度も来たことがなかったよ。ハクジョー者」

水晶《スジョン》はそう言って、横を向いた。

「そんなこと言ったって、知らなかったんだから仕方がないだろ。いったいどこの、なんて店なんだ」

と翔は水晶《スジョン》の態度にいらついた。

「あー、そういうのって、間違ってる。あなた、人にものを訊ねる礼儀を知らない。礼儀を知らない日本人は多いよ」

翔はむっとしたが、ここは下手《したて》に出ることにした。

「悪かった。このとおりだ。礼儀がなってなかったことは謝る」

翔は立ち止まって、頭を下げた。

失業、恋人の死、逮捕……と、こう立て続けに悪いことが続くようでは、風水でも何でも、みてもらったほうがいいのかもしれない。

「フーン。そんなに聞きたいか？」

と、水晶《スジョン》は予想以上に性格が悪いようだった。

歩道橋にさしかかり、翔は自転車を持って上がった。

「梅子さんのお店は大久保通り沿いにあるよ。一度来たらいい。名前はエンペン」

「エンペン？　変わった名前だな。どんな字を書くんだ」

「私も漢字はよくわからない。だって、コリアンなんだもん」

「……そうか。ところでＪＪって、どんな人なんだ？」

階段を昇りきると、翔は訊ねた。

「どうって、不良ジジイかな。近所の人たちはみんなそう言っているよ。あいつは、子供の頃からジジイみたいだったって」

水晶《スジョン》は自分で言って、大声で笑っているが、翔にはよく意味が飲み込めなかった。

まさか岩本警部補が言っていた「ＪＪだからジジイ」というのでは、おやじギャグでもレベルが低すぎである。

ＪＪは、達磨のような顔をしている。目力が異様に強い。短髪の白髪に、四角い顎《あご》には薄っすらと白い髭《ひげ》を生やしている。大柄でアロハシャツがよく似合った。左耳のピアスも含めて全体的に日本人というよりも外国人っぽかった。

「汝の隣人を愛せよ……か」

と翔は自転車を押しながら呟いた。

何のことかと思っていたが、実際今や翔が、隣人たちに救われている……。

階段が目の前に来た。今度は自転車を持って下った。

「あっ、そうだった。こんなのんびりしている場合じゃなかった！」

階段を降りきった所で、水晶《スジョン》が握った右の拳を左で叩いて包んだ。いちいちジェスチャーが大袈裟《おおげさ》である。

「自転車、ちょっと貸して」

と水晶《スジョン》が、無理やり体を捻《ね》じ込んで、翔から自転車を奪った。

「ま、待てよ。水晶《スジョン》。俺の自転車だろうが」

「そんなことより、急いでよ。これからマリアさんのお葬式《そうしき》よ。みんな大忙しなんだよ。早く！」

水晶《スジョン》は自転車に飛び乗って、小滝橋通り方面に向かった。デパートの前の歩道を進む。

「おい、待てよ、水晶《スジョン》！」

「あなたは走って！　わかる？」

振り返ると水晶《スジョン》は、悪魔のような笑みを翔に投げかけた。

翔は彼女を追って走り始めた。

2

JJハウスまで二キロほどの道のりは、いくら下りでも、走るのはきつかった。

普段自転車に乗っているといっても、翔の行動範囲は、北新宿から大久保、新大久保、新宿駅西口界隈《かいわい》と限られていたからである。運動不足も甚《はなは》だしいのだ。

歩いてもよかったが、水晶《スジョン》がスピードを上げたり下げたりして翔を挑発し続けた。もとより自転車の心配もある。こんな高級車を道端に置かれたら、盗まれるのは目に見えている。そして水晶《スジョン》にそんな気遣いを求めるほうが無理な気がした。彼女に一人で自転車を乗って行かせるわけにはいかなかったのである。

小滝橋通りから大久保通りに入った。走りにペースが出始めてきた。コンビニの前の横断歩道を渡って、北新宿公園につながる小道に入った。公園の入口にあった封鎖は解かれ、すでに一般に開放されていた。

翔は全身から汗が噴き出しているのを感じながら、たすき掛けにしたトートバッグの肩掛け部分をしっかりと手で握って走った。

すでにキャップは前後ろ反対にかぶり直している。

マリアが最後に目撃されたベンチが視界に入った。いったいあの夜、彼女は誰と話していたのか。その人物こそが真犯人ではないのか。岩本警部補は、コンビニの中国人店員が、マリアと話している若い男を目撃したと言っていた。

水晶《スジョン》が自転車通行禁止のスロープを下った。翔もスロープに入った。右側の奥のほう、鬱蒼《うっそう》とした草むらの中でマリアの遺体は発見された。

翔はいったん立ち止まって黙礼する。

捜査で多くの人が出入りしたためだろう。あたりの草が倒されている。ここには警視庁の黄色いテープが貼られ進入禁止の札がある。

ふたたび走り始める。左手には緑色のバックネット、右手には北新宿第二保育園を見ながら、翔はスロープを下った。グラウンドはがらんとしていた。

散歩途中の熟年たちがいる。暇そうな老人がぼんやりと水溜まりの残ったグラウンドを見つめている。

マリアの死体が見つかった昨日から一日しか経っていないのに、公園はすでに日常の姿を取り戻していた。

公園を出て一般道路に入る。右手に曲がる。だらだらとした登り坂が続く。まるでマラソンの心臓破りの坂のように思えた。

翔は喘《あえ》ぎながら駆け上がった。

日中はいつもあまり人通りのないアパート前に、近所の人たちが集まって立ち話をしていた。

その輪の中に水晶《スジョン》が自転車を漕《こ》いで入った。

全員の視線が児童公園の前を過ぎる翔に集まった。

翔は走るのを止め、腰に手を当てて、荒い息を整えながら歩いた。キャップを取ると、もわっとした熱気が頭から立ち昇った。

マリアの部屋の前には制服警官が立っており、まだ入れないようである。

どうして水晶《スジョン》は急いで帰ったのか。マリアの葬式だと言っていたが、詳しいことまではわからない。

彼女には、最後まできちんと説明しない癖《くせ》があるようだ。梅子がやっている風水の店の詳しい場所もわかっていない。

なぜかＪＪハウスの間借り人たちや見知らぬスーツ姿の男たちが、翔の部屋を出たり入ったりしている。

自転車を押して、一足早く翔の部屋に入った水晶《スジョン》が、ＪＪと一緒に出てきた。

ＪＪが翔に向かって手を挙げた。

この日は黄色いアロハシャツを着ている。

翔も半信半疑の気持ちのままで手を挙げ返した。いったい何をやっているのか。

「児玉君、俺は最初から君のことを信じていたさ。無実だってね」

人の輪の中からクリーニング屋の林が出てきた。

「あ、どうも（でも最初は、疑っていたんだろうが）……」

と翔は心の中とは正反対に笑顔を向けた。

「守《まもる》さんがね、あん時、携帯のビデオを回していたんだよ。まさかそれが無実の証明になるとも知らないでね」

守さんと呼ばれた老人が、グレーの携帯電話を片手に持ちながら、禿《は》げ上がった頭を掻《か》いて出てきた。年の頃なら八十を過ぎているだろう。動画の写メを撮るとは、なかなか進《しん》取《しゅ》の精神に富んでいる。

「そうだったんですか。このたびは本当にお世話になりまして。おかげで晴れて無罪放免となりました！」

翔は腰を折って深々と頭を下げた。守さんは命の恩人に匹敵《ひってき》するほどである。

「あんたも早く、マリアちゃんにお別れを言ってきな。今日がマリアちゃんとは最後なんだ。これから彼女はコロンビアに移送されることになっている。十一時にはコロンビア大使館の人たちが来るんだよ」

と林が肩を落として説明した。

時計を見ると十時半に差しかかっている。

「どういうことなんですか?」

と翔は訊ねた。

「次郎ちゃんがコロンビア大使館と連絡を取ってね。あいつはスペイン語もできるから、話はスムーズに進んだ。彼女のハンドバッグにあった携帯電話から実家の連絡先がわかったもんで、コロンビア大使館を通してご両親に連絡したのさ。そうしたら……」

林の話を要約するとこうなる。

両親は日本に来る金がなかった。今までマリアの仕送りで生計を立てていたくらいなのである。こういった場合、問題は遺体をどうするかということだ。マリアの家族はカトリックなので土葬するのが一般的だ。ただし東京都では、条例で火葬にしなければならない。

JJはマリアの両親に意向を訊ねた。両親は、できれば最後に一度コロンビアで娘に会いたいと言った。当然である。

「日本で火葬して骨だけが送られてくるのは、あまりに残酷で耐えられないと両親は電話口で泣いたそうだよ」

林の説明に、

「宗教が違うと、やっぱり感じ方も変わるもんだね」

と守さんが納得している。

「でも、子供が亡くなった時なんて、日本人でも火葬にするのは酷《むご》いと思えるものよ」

と浅香の奥さんが反論した。彼女はゴン太の飼い主だ。ゴン太がいないところを見ると、おとなしく家にいるのだろう。

「ここからが、次郎ちゃんの偉いところさ。剛毅《ごうき》なことをやってくれたんだぜ！」

「次郎ちゃんは昔から気風《きっぷ》がいいからね」

「無鉄砲《むてっぽう》というやつさ」

輪の中から声が飛ぶ。

「あいつは、せっかく東大に入ったのに、学生紛争で機動隊の隊員を角材でぶん殴っちまった。おかげでこれよ」

と、守さんが「ヒュー」と言いながら、両手を横に広げて飛行機の真似をした。

「あの時、前科を食らったんだもんな」

と、うれしそうに笑う人もいる。

「昔話は、そのへんでよしてくれないか！」

と輪の背後から、ヌッとＪＪが現れた。

相変わらず達磨のような顔である。目の力が異様に強い。

老人たちの背中が丸まった。

「翔、おまえに了解も取らないで悪いと思ったが、マリアの葬式におまえの部屋を使わせてもらった。彼女の部屋は立ち入り禁止なんでな」

翔は、JJの説明に頷いた。

部屋に人が出入りしている事情もわかった。

「葬式が終わったら、今日の夕方便で彼女の遺体をコロンビアに送ることになった。エンバーミングといってだな。遺体を防腐処理して長期保存できるように処置してある。そうしないとコロンビアまで遺体を搬送できないだろう。ご両親にとっちゃ、可愛いわが子に別れも言えないままになる。幸い警察では、遺体を司法解剖する必要もなかった。死因は絞殺とはっきりしていたからな。そこでコロンビア大使館と協議して、あちらの両親に送ることにしたまでだ」

そこに林が口を挟んだ。

「なんとその費用が、二百五十万円也！　国内でのエンバーミングなら二十万円くらいですむが、海外だろう。移送費が莫大にかかった。それを次郎ちゃんが肩代わりしてやったんだ。守さんも、ちょくちょく海外旅行に行っているけど、向こうで死んでみろ。逆にあんたの遺体を日本に運ぶのに経費が嵩《かさ》むんだ。よーく覚えておくんだな」

守さんは、林の話に腕を組んで首を横に振る。

「俺だってダテに海外旅行に行ってやしねえよ。おまえさん、生命保険と海外旅行傷害保険と、向こうで死んだら遺族が保険金をダブルでもらえるってことを知らねえな。エンバーミングも輸送費用も保険でタダだよ。そんでもって死亡保険金まで下りるんだ。そのことを話してから、娘ときたらよ、家に遊びに来るたびに、海外旅行のパンフレットを置いていくようになりやがった。俺が向こうでおっ死《ち》んだら、娘が保険で遺体を引き取りに来れるんだってさ」タダで海外旅行に行けるって喜びやがって、なんてえ娘だ」

「守さんの話はいいから。マリアに会いに行っておいで」

とJJがやさしい口調で翔に言った。

翔は人の輪から抜け出して、JJハウスの階段を上がった。一階の手前がマリアの部屋、隣が翔の部屋である。

「翔！　こっち、こっち」

と、水晶《スジョン》が翔の部屋の玄関先から手を振っている。

部屋に入ると、奥のリビングにあるベッドの上に棺《ひつぎ》が置かれていた。

その手前に卓袱台《ちゃぶだい》があり、生前のマリアの笑顔の写真が立てられている。写真立ての下のほうには、「*Malia Dezinges*」と針金細工で美しく作られた名前が飾られている。

部屋の隅で、ダミアンと梅子が話をしていた。

ダミアンの服装は昨日と一緒だ。

梅子は茶色のパンツに真っ赤なポロシャツを着ている。服装がどことなく野暮《やぼ》ったく、また化粧をしていないので地味に見えるが、よく見ると、風邪薬のコマーシャルに出ている女優の竹本景子《たけもとけいこ》に似ていた。若い頃は結構美人だったのだろう。

翔を見ると、二人は軽く顎をしゃくって棺のほうを見た。

翔は棺に近づき、中を覗《のぞ》いた。

マリアはきれいな花々に囲まれていた。

白いワンピースを着せられ、手を結んでいた。胸元にはいつもしているロザリオがある。白い顔に赤い唇《くちびる》、ブロンドの髪。眉もきれいで、まるで眠っているかのように、安らかな顔をしていた。まさしく女神だ。

二人で過ごした短い日々の思い出が、翔の脳裏《のうり》に走馬灯《そうまとう》のように巡った。中でも印象的だったのは、初めて結ばれた夜のことである。なぜかあの夜だけは、マリアは出勤しなかった。

「翔、私のこと好き?」

「愛しているよ」

「本当に?」

「本当さ」

「でも日本人、嘘つきもいる。コロンビア人みたいに」

「コロンビア人でも、マリアみたいに正直な人はいるじゃないか」

「そんなことない。私も嘘つき。嘘ばっかりついてきた。自分の気持ちにも。翔に会って、正直に生きようと心に決めた。私、嘘つき大嫌い。翔、もっと強く抱き締めて、私を離さないでね、お願い。絶対に何があっても離さないって約束して」

都会のネオンが部屋にも届いてきていた。

マリアの水色の目が美しかった。

翔はマリアにむしゃぶりついた。マリアの体はやわらかだった。

こんなに女性のことを愛《いと》しいと思ったのは初めてである。

あの後明け方、マリアはキッチンで電話をしていた。電話の相手に何かを訴えているようだった。翔は目を開きかけたが、話し声がやみ、また眠りについたのである。

マリアのついていた嘘……それは街娼をしていたことや覚醒剤のことだったのか。それとも他に何か隠していたことでもあったのか。

疑問が翔の頭をもたげた。

しかしマリアの遺体を見つめていると、ごく自然に嗚咽《おえつ》が込み上げてきた。

ぐっと堪《こら》える。

いったいどこのどいつがマリアを殺したのか。そう、彼女は単に亡くなったのではない。殺されたのだ。

「畜生……」

と翔はマリアの死に顔を見ながら息を吐いた。

彼女が、どれだけ落ち込んでいた翔の気持ちをやわらげてくれたことか。街娼だったとしても、シャブ中だったとしても、そんなことは翔には関係なかった。

サラリーマンのままだったら、こんな風に考えはしなかっただろう。会社があれば、そこにはルールや常識もある。

翔はあらためて、自分が失業しているのだと思い知った。失業するとはすなわち、会社のルールや常識からも外れることだ。そして食えなくなっていくにしたがい、犯罪世界に近づくのかもしれない。

翔は手を合わせて祈った。マリアが安らかに眠ってくれますように……。

玄関のほうから、スペイン語が聞こえた。マリアに少しずつ教わっていたところだったので語感の響きでそれとわかった。

ＪＪが、背広姿の外国人を二人伴って部屋に入った。林の話からして、コロンビア大使館の職員だろう。

リビングに入ると、ＪＪは腰を下ろして、マリアがいつも持っていた白いルイヴィトンのハンドバッグをフローリングの床に置いた。中身を一つずつ丁寧に出す。

えんじ色のコロンビアのパスポート、携帯電話、化粧ポーチ、護身用の黒いスタンガン、キャンディー、ガム、名刺入れ、ピルケース、財布などである。
ＪＪがスペイン語で話すのを、二人の男は「シ……、シ……」と頷いている。

キョトンとしている翔やダミアン、梅子に向かって、ＪＪが言った。

「携帯電話の通話記録やアドレス帳も、科捜研ですべて解析《かいせき》されて記録に残されている。他の品物も、戻しても問題ないんだそうだ。俺が朝一で、新宿署からご両親の代理で引き取ってきた」

玄関のほうが騒がしくなる。

「葬式屋の人が来たよ」

と水晶《スジョン》がリビングに顔を出した。

大使館の二人の男が、アタッシュケースから何通か書類を出すと、ＪＪにサインするよう求めた。

ＪＪが手早くサインを済ませる間に、大使館員の一人がヴィトンのバッグに中身を詰め直した。

「そろそろご遺体を運ばせていただく時間ですが……」

と、黒の上下を着た葬儀屋が三人リビングに入ってきた。

足の踏み場もなくなって、翔は水晶《スジョン》やダミアン、梅子と共に、アパートの外まで出た。

狭い道に、真っ白なリンカーンの霊柩車《れいきゅうしゃ》が止まっていた。

「白い車なら、マリアちゃんに似合うわね」

と梅子が言った。ダミアンが、

「成田《なりた》空港午後五時発のエア・カナダだってよ。バンクーバー経由コロンビアのボゴタ行きに乗り継ぐそうだ。ここから成田までが一時間半、手続きがあるからギリギリだな」

と説明する。

「でも、遺体はだいじょうぶなのかしら」

と梅子がダミアンに訊ねた。

「なーに、エンバーミングしているから、常温でも十日や二週間は持つものだ。アメリカなんかじゃ一般的な遺体処理方法さ。ロスに住んでた俺のじいちゃんが亡くなった時も処理したよ。JJは、できればご両親とマリアを、一分でも、一秒でも一緒に過ごさせたかった。だから警察と直談判《じかだんぱん》して急がせたのさ」

翔は、白人のダミアンの口から流暢《りゅうちょう》な日本語が流れ出るのを不思議な気持ちで見ていた。日本語の話せる外国人も少なくないが、ダミアンの日本語は、幼い頃から日本で育ってきた者の言葉だ。

「翔！」

と、玄関先でＪＪが呼んでいた。

翔は棺が運び出されるのを見て、呼ばれた訳がわかった。

梅子とダミアンも翔のあとに続いた。

葬儀屋の男たち、JJ、水晶《スジョン》、コロンビア大使館の職員二名、ダミアンに梅子、そして翔が棺を運んだ。

「翔、本来なら成田まで連れて行ってやりたいところだが、運転手も含めて車の定員は三名だ。コロンビア大使館の人たちが、あとは手続きしてくれる。俺たちは全員、ここでマリアとお別れだ。承知してくれ」

翔が頷くと、それが合図だったかのように、梅子と水晶《スジョン》が棺にすがり付いて嗚咽を上げた。

棺を車の後ろから運び入れる。

JJが大使館員と握手しているのを見て、翔も二人のところに駆《か》け寄り、力強く手を握った。

閑静な住宅街にクラクションの音が鳴り響いた。

白い霊柩車は北新宿公園のほうに向かって走り出した。

3

近所の人たちが、自然にばらけていった。

残されたのは、JJハウスの住人たちだけである。

「肉体は土より出でたり。されど霊は土より入れられたり。永遠の安息を」

そう言ってダミアンが、車の走って行った方角を見ながら胸の前で十字を切った。

「いやね、カトリックの神父が捧げる最後の言葉さ。カトリックで火葬が好まれないのは、この言葉に集約されている。つまり土から生まれた人間は、土に還《かえ》ると考えられているからなんだ。復活するには、肉体が必要だということもあるがね。でも最近は、プロテスタントばかりではなく、カトリックでも火葬が多くなっている」

とダミアンが冷静な口調で言った。

「そろそろ昼だな」

とJJが腕時計を見た。

「みんなでマリアの供養をしてやろうと思ってな。昨日からずっとバタバタしどおしで、ゆっくり思い出話もできなかった。俺は鮨雅《すしまさ》に電話しておくから、翔、この金で酒とつまみを買ってきてくれ。ビールに焼酎《しょうちゅう》、マリアの好きなワインも忘れないようにな」

「私はジュースがいいわ。青森の百%リンゴジュース」

「そんなジュース、どこに売っているんだよ」

と翔は、JJから一万円札を受け取りながら、水晶《スジョン》を睨んだ。

「小滝橋通りと大久保通りの交差点の角にスーパーがあるでしょ。あそこなら売ってるはずよ」

　と彼女は涼しい顔である。

　マリアと二人でよく行ったスーパーだ。

　黙っていると、水晶《スジョン》が口を尖《とが》らせた。

「自転車で行けばすぐじゃない」

「そりゃそうだが……」

　と翔は愛車を取りに部屋に向かった。

「エコバッグ、忘れないようにね！」

　と梅子が、翔の背中に声を飛ばした。

　最近はレジ袋が有料の店もあるのだ。中年女性らしい気遣いである。

「わかってます！」

　と翔はうんざりした調子で返事した。

　ごく自然な成り行きで使い走りになっている。しかし今はこうして何かしているほうが気が紛れるのも確かだった。

　水晶《スジョン》が言っていたスーパーですべて買い揃《そろ》えると、革製のトートバッグとマリアが大切にしていた竹製の買い物かごは、飲み物やつまみ類で一杯になった。

　見た目重視で、高級白転車にはかごなど付けられないのが難点である。翔はハンドルに二つのバッグをぶら下げ、注意深くバランスを取りながら戻った。

部屋に入るとJJハウスの住人たちは、すでに翔の部屋のリビングに集合し、車座になって話をしていた。クーラーが利いており、外と違って涼しい。

「ただいま！」

と翔が声を掛けると、

「暑かっただろ。ご苦労さんだったな」

とJJが座ったまま返事した。

胡坐《あぐら》をかいているとJJは達磨そのものである。太い眉毛が目を印象付けている。

翔はキッチンのテーブルの上に荷物を置いた。流れ出る汗を洗面所から持ってきたタオルで拭《ぬぐ》った。

ダミアンがビールや焼酎、ワインにジュースを運んだ。梅子と水晶《スジョン》が柿の種やするめなどを皿に盛りつける。

「お待ち！　鮨雅ですが！」

と開けっ放しの玄関に、板前姿の寿司《すし》屋が現れ、水晶《スジョン》がJJから金をもらって支払った。

「翔、重いんだから、あなた運んでよ」

水晶《スジョン》に言われて、翔が寿司屋から鮨桶《おけ》を受け取り、リビングに持っていく。

取り皿や箸、グラスが配られ、好きな飲み物をそれぞれが注いだ。翔の部屋に皿やグラスはそれほどなかったので、誰かの部屋から持ってきたにちがいなかった。

翔はワインを空けるとグラスに注いで、マリアの写真の前に置いた。彼女はなによりボルドーの赤が好きだった。

写真を見つめると、今にも彼女の声がしそうな気がした。

みんなのほうに向き直る。

マリアの写真を挟んで左右に翔とJJが座った。

「まずはマリアのために祈ろうじゃないか」

そう言ってJJは合掌した。

翔もJJにならって手を合わせたが、ダミアンと水晶《スジョン》、梅子は胸の前で両手を結んだ。

しばらくしてからJJが口を開いた。

「よし、じゃあ飲もうか。みんな勝手にやってくれ。あんまり形式ばるのは好きじゃないんでね」

JJは一息でビールを飲み干し、手酌《てじゃく》で注いだ。

「まったく、こんなことになって。俺はマリアが不憫《ふびん》でならない。あの子が来てからもう八年になるかな。ずっと頑張っていた。二〇〇三年には東京入管が新宿に出張所を開設しただろう？　以来新大久保の立ちんぼたちは、不法滞在で次々に持っていかれた。歌舞伎町にも中国南部のマフィア、蛇頭《じゃとう》がいなくなり、裏社会を牛耳《ぎゅうじ》る連中にも新しい秩序ができて、物騒な事件は少なくなった。そんな中、マリアはしょっ引かれずによく続いたものだ」

「それは新大久保の七不思議の一つと言われてましたね。残りの六つが何かは知らないが。今では新大久保の立ちんぼは合わせたって十数名でしょ。不法滞在組はすっかり影を潜めた」

ＪＪの話にダミアンが補足した。

「ただ、だからと言って、東北幇《ドンベイパン》が幅を利かすようになったのは、私はちょっと……。私みたいに真っ当に商売をしている者まで白い目で見られるようになる」

と梅子が言うと、

「おばさんは、アキラのことを心配しているのよ」

リンゴジュースを飲みながら、水晶《スジョン》が梅子の顔を見た。

翔にはまったく話が見えなかった。東北幇《ドンベイパン》とは何なのか。アキラとはいったい誰のことなのか。

「アキラは最近どうしているんだ？」

とＪＪが訊ねた。

「それが……」

と梅子がため息を吐く。

「あいつ、まだ東北幇《ドンベイパン》を抜けられないのか」

JJの問いかけに、梅子が頷く。

「あのバカが！」

とダミアンが強い語調で言った。

ビールを立て続けに何杯も飲み干したJJが、ほんのり赤くなった顔を翔に向けた。

「何、ぼんやりしてるんだよ」

「だって、JJ、翔は何も知らないのよ」

と水晶《スジョン》が言いながら、大トロを摘《つま》んだ。

「アーン、もう口の中がとろけちゃうよ」

「そうだったな」

とJJはビールを飲み干すと、今度は焼酎をグラスに注いだ。

「どうだい、梅子。せっかくの機会だ、話してもいいかな」

JJの問いかけに、梅子が黙ったまま頷いた。

JJによれば、梅子の本名は後藤《ごとう》梅子。生まれは中国東北地方の大連《だいれん》だ。日本に来る前までは謝名梅《シェミンメイ》という名前であった。

来日したのは一九八八年。当時息子のアキラはわずか四歳だった。ということは、アキラは現在二十五歳。翔より三歳下だ。

梅子の母親後藤冬子《ふゆこ》は中国残留邦人だった。第二次世界大戦末期、混乱していた旧満州で中国人に養子に出されたのである。その後成人し、現地で中国人と結婚、昭和三十八年に梅子が生まれた。

梅子の母親、冬子が、日本の厚生省（当時）に中国残留邦人と認定されたのが一九八七年。長野県出身の後藤保《たもつ》となつとの間の一女とわかったが、両親はすでに亡くなっていた。

それでも冬子は祖国で暮らしてみたかった。夫と死別していたこともあり、帰還事業で帰国後、江戸川《えどがわ》区葛西《かさい》にあった中国残留邦人一時入所施設の常磐《ときわ》寮で暮らしていたが、日本語がおぼつかなかったために、生活はなかなか立ち行かなかった。

そこで夫と離縁した娘の梅子と孫のアキラを呼び寄せ、三人で生活するようになったのである。梅子は中国の学校で日本語を学んだことから日本語ができたのだ。

冬子は二〇〇一年に六十九歳で他界。以来梅子は葛西から立川《たちかわ》に移って五年ほど住んでいたが、三年前にＪＪハウスに越してきた。

ここまで話を聞いて、翔は、梅子が見た目よりも若いことに気がついた。

まだ五十歳にもなっていないのだ。しかし苦労してきたせいなのか、日本流の化粧をしてないせいか、老けて見えたのである。

「梅子のところは、梅子が日本語ができたからまだよかったが、帰国した中国残留邦人の家族は、冬子のように日本語ができず、日本社会に馴染《なじ》めない者も多かった。日本に怨《うら》みをいだく連中まで出てくる始末だ。家は貧しく、ろくに教育も受けられず、社会から弾《はじ》き出された。本人や同伴家族も含めて永住帰国した二万人のうち、今でも六割以上の人たちが生活保護を受けている有様だ。そんな残留邦人の二世、三世が結成したのが『ドラゴン』だ。アキラが入っていた組織さ。漢字では『怒羅権』と書く。日本人という権力に対して、怒りを以《もっ》て団結する。羅は網羅にあるように、つなぐの意味だ。同じ境遇の人間たちが力を合わせる。俺も大学時代に学生闘争をやったから、気持ちはわからんでもない。それに世界中どこでもそうだが、社会の最底辺で生きる者たちは、結局、暴力に頼るしかなくなる」

そう言って、ＪＪは焼酎で喉を潤《うるお》した。

ダミアンが話を継いだ。

「怒羅権《ドラゴン》は、八〇年代後半に結成された葛西の暴走族が始まりだった。やがてチーマーとなって、新宿や池袋に出てくるようになった。二〇〇三年四月には、すぐそこ歌舞伎町のハイジアビルの八階に東京入管の出張所ができた。加えて新宿警察も組織犯罪対策部を移転させた。これが歌舞伎町浄化作戦の号砲だった。早くも五月のゴールデンウィーク前には歌舞伎町に一斉摘発が入った。これは凄《すさ》まじかった。東京入管が百名、警視庁が機動隊員を中心に千名を動員し、歌舞伎町を包囲、滞在許可を持たない中国人マフィアの連中は一斉に摘発された。しかし、地下組織だってそのままではすまない。歌舞伎町は金になるからな。それまで幅を利かせていた中国マフィアの空いたところに、そっくり入り込んだのが怒羅権《ドラゴン》さ。彼らは東北幇《ドンベイパン》と呼ばれる新しい中国マフィアとなった。なにしろ中国残留邦人の係累だ。日本に暮らす権利、日本国籍を持っているから、入管では彼らに手出しできない、そこが強みだ」

「どうしてそんなに詳しいんですか？」

と翔はダミアンを見た。

「そりゃ、俺はジャーナリストだからよ」

とダミアンは、脇に置いたカメラバッグを触った。

それまで気づかなかったが、ダミアンは頭部がかなり薄くなっている。金髪が肌の色と近いのでわかりにくかったのだ。

「昨日の写真も、今週の『週刊ＤＯＮ！』に掲載されるぞ。金曜日発刊だ。警察の不法逮捕！　と大見出しを付けてな」

翔は、怒り狂う岩本警部補の顔が頭に浮かんだ。

いくら三流誌の『週刊ＤＯＮ！』でも、コンビニなどでは売っているのだ。関係者の目に留まらないはずがない。

「アキラは、いい加減東北幇《ドンベイパン》を抜けないと、正真正銘のヤクザになるぞ」

　とＪＪが焼酎を飲み干してから、梅子に向かって言った。

「だから私だって、こうしてＪＪハウスに住んで、あの子の行動には目を光らせているのよ。ここに移り住んだおかげで、家出していたのが、ちょくちょく帰ってくるようにはなったんだもの。進歩だわ。一昨日《おととい》も、帰って夕食は食べて行ったみたい。でも昨日と今日は帰っていない……」

「お母さんが、こんなに心配しているのに、アキラったら、バカよ！　親の言うことは聞かないといけない！」

「さすが韓国人は儒教《じゅきょう》の教えで親孝行だな」

　ダミアンが軽口を叩くように言うと、

「当然でしょ！」

　と水晶《スジョン》は口を尖らせた。

「あの子はやさしいところがあるから、怒羅権《ドラゴン》の仲間が大切なのね。せっかく大学入試まで突破したのに、大学を捨てて、仲間のところに戻ったんだもの」

　アキラはともかく、彼のまわりにいる東北幇《ドンベイパン》は、「骨の髄から」という犯罪者タイプを想像させた。留置場で同房だった、あの６５３番や６６２番のように……。新宿の裏社会を牛耳っているのだ。もはや半端なチーマーなどではないはずだ。

「ところでダミアンさん、どうしてあなたはそんなに日本語がうまいんですか」

と翔は訊ねた。ビールを飲み干し、赤ワインを手酌で注いだ。

「またどうしてか……。そりゃおまえ、俺は日本育ちだからさ」

とダミアンが口笛でも吹くように、気楽な調子で答えた。

「おやじがアメリカ人で、おふくろが日本人。ま、よくあるケースだな。俺が小さい頃に離婚して、おふくろは幼い俺を連れて帰国した。本名は牛山《うしやま》ダミアン。ダミアンなんて名前を付けられたから、まったく苦労したぜ。顔もおやじに似たもので……」

とダミアンは、ビールを呷《あお》るように飲んだ。

「そのくせ、英語はからっきしだ。可笑《おか》しいだろう？　この顔で外国語は何一つ話せない。だからこれまで海外の戦場取材で、うまくいった例《ためし》がない」

とＪＪがうれしそうに杯を重ねる。

笑うと達磨が、子どもが作った雪ダルマのようになる。

「そりゃね、ＪＪみたいに何ヶ国語も話せませんよ」

とダミアンは拗《す》ねて横を向く。

「ところでＪＪは何ヶ国語できるの？　はっきりと聞いたことがなかったよ」

と水晶《スジョン》が訊ねながら、赤貝を摘んだ。

「英語、スペイン語、フランス語にドイツ語だろ、イタリア語、インドネシア語、アラビア語に中国語、それに韓国語。日本語も含めれば、全部で十ヶ国語だな」

とJJは得意気に答えた。

「JJはね、長い間世界を放浪してたのよ」

と水晶《スジョン》が自慢気な顔で翔を見た。

次には平目を口に運ぶ。酒類を飲まない彼女は食欲旺盛《おうせい》である。卵にイクラ、鉄火巻き、エビと次々に寿司に手を伸ばした。

翔は、この一風変わったJJハウスの住人たちに、あらためて目をみはった。彼らの話を聞いていると、人間も人生も、考えていた以上に多様なのである。

翔はマリアの遺影に向かって杯を掲げた。赤ワインの渋さがよかった。JJハウスの住人たちの会話の輪に加わって、彼女はうれしそうである。

「写真立ての下にある針金細工の名前、とってもきれいよ」

と水晶《スジョン》が言うと、

「昔取った杵柄《きねづか》で。ヨーロッパ旅行の時には、道端で、針金細工で名前を作ってブローチにして売っていたこともある」

とJJが懐かしそうな顔をした。

「東大紛争の時、俺も翔みたいに警察にしょっ引かれた。俺の場合は、執行猶予付きの判決が下った。娑婆《しゃば》に戻ると、相変わらずだ。狭い日本でちまちまやっているのが嫌になって、海外放浪の旅に出た。当時は一ドル三六〇円で、ドルの持ち出し制限もあった。だから海外に出た若者たちはみんな金がなかった。そこで働いた」

「それって、不法労働じゃないですか？　不法労働はすなわち違法でしょ」

と翔はＪＪの話を遮った。

中国東洋光学で働く日本人でも、中国では労働許可証が必要だった。不法に働けば最悪逮捕されるのだ。日本で、歌舞伎町の不法滞在中国人マフィアが摘発されたのと同じだ。

「そりゃそうだが、不法労働にあんまり目くじらを立てるのもどうかと思う。今の日本じゃ、不法滞在だけで、まるで犯罪者のように扱う。ひどいもんだ。人権をどう考えているんだよ。歌舞伎町のマフィア連中はともかく、一般にも四角四面に法律を適用してどうなる。ここらへんのコンビニはもちろんのこと、レストランや地方の工場や大規模農場でも、もはや外国人労働者がいなければ、この国の経済は成り立たなくなっている。そんな現実をもっとしっかり受け止めるべきなんじゃないか。俺はヨーロッパでは道端で針金細工師をやり、ニューヨークでは日本料理屋で働いた。いずれも不法労働だった。だが、どの先進国でも、そんな不法労働者はいくらでもいた」

ＪＪは顔が赤らんでいた。体を揺らすと、左耳のピアスも揺れた。

「でもＪＪの家は資産家だったから、働かなくてもよかったんでしょう？　送金してもらえばよかった」

　とダミアンが口を挟んだ。

　彼はずっとビールを飲んでいる。ウーを摘んで口に放り込んだ。

「おやじは満鉄《まんてつ》幹部だった。それなのに、敗戦を見込んで満州からとんずらした。目先の利く男でな。戦後はどさくさに乗じて、朝鮮人や台湾《たいわん》人と争ってこのあたりの土地を手に入れた。今でも歌舞伎町は、六割が韓国人や台湾人の所有さ。戦後はもっぱら不動産業さ。汚いやり方で作った資産だ。だからこそ俺は、おやじが死んだ後で、ずいぶん遊ばせてもらったよ。今となっちゃあ、不動産の残りはＪＪハウス一つっきりしかない。本格的に帰国したのが今から一五年前。以来ＪＪハウスを、国籍はどうあれ、頑張って生きている人たちに安く提供したかった。俺も海外ではずいぶん世話になってきたからな。そこでＪＪハウスの賃貸契約書に特別なルールを作った。それが……」

「汝《なんじ》の隣人《スジョン》を愛せよ！」

　と水晶と梅子が声をそろえて叫んだ。

「言うのは簡単だが、行なうのは難しい。新約聖書マタイ伝二十二条。正しくは、己《おのれ》を愛するように隣人を愛せよ……だ」

　ＪＪが自分に言い聞かせるように深々と頷いている。

「わかった？　翔。ＪＪは頑張っている外国人の味方なの。だからマリアさんもここに暮らしていたのよ。マリアさんも一所懸命生きていた。辛いことがあっても、いつもニコニコしていた。私もずいぶん慰められたよ。マリアさんは、ダミアンが言ったように、本当に自分を愛するみたいに、私たちを愛してくれた人だった」

と、水晶《スジョン》が大きな瞳から涙をポロポロ零《こぼ》した。

「クリーニング屋の要一なんか、昨晩、家で一人で泣きどおしたそうだ。あいつも俺と同じで独《ひと》り身だから。死なれて余計に堪えたんだろう」

「マリアは俺のスカラベオの後ろに乗せてやると、いつもすごく喜んでいた。彼女の喜ぶ顔を見て、幸せを感じなかった人などいないんじゃないか？」

ＪＪに続いてダミアンが言う。

「私には、お母さん、元気？　っていつも声を掛けてくれたわ。娘ができたみたいだったよ」

誰もがマリアと心の深いところでつながっていた。

ＪＪの顔が険《けわ》しくなった。

「マリアは、夜の商売から足を洗おうと決心した。そんな相談を受けた矢先に、殺された。……あんまりじゃねえか！」

と怒りのボルテージが一気に上がった。

全員の視線がマリアの遺影に集まった。

部屋に静けさが漂った。

4

「俺はマリアを殺した犯人が許せない。警察の話じゃ、所持品が無事だったことから、顔見知りの犯行じゃないかと睨んでいる。だからこそ、まずは翔が引っ張られた。翔、岩本とか言う警部補が何か言ってなかったか」

JJの顔が赤みを帯びているのは、酒のせいばかりではなさそうだった。怒りに震《ふる》えているのだ。大きな力強い目は、獲物を狙《ねら》っているようである。

「そうですねえ……」

と翔は考えを巡らせた。

「そう、中国人のコンビニ店員が、マリアが若い男と北新宿公園のベンチに座って話をしているところを見たそうなんです。時間的には、俺の部屋を出た直後のこと。それで、犯人＝若い男＝俺という図式になったみたいです」

「目撃者はコンビニの店員か？」

とダミアンが、天井を見上げた。

「あのあたりでは……」

と梅子が腕を組む。

「大久保通り沿いの、いつもみんなが利用している……」

「ああ、あの店か。マリアが勤めることになっていた……」

とJJが頷く。

「目撃者は、あの店の中国人の曹じゃないかと思うんです。彼の勤務はたしか夜の十一時までだった。住んでいるところは知りませんが、この近所だとすれば、帰り道に北新宿公園を突っ切る可能性は高いでしょ。時間的にも符合する」

翔は留置場の中で考えたことを話した。

「じゃあ取りあえず、曹に聞き込みだな」

JJの声に、ダミアンがカメラマンチョッキのポケットからメモを取り出し書いた。

「あとは何か言ってなかったか？」

「……たしか、生活保安課の警部が犯人に目星を付けているんじゃないかと。ええっと、なんて名前だったかな。背がスラリと高くて、ラフな服装だった。……そう、岸田。岸田警部と言っていました。マリアとは顔見知りかもしれないと」

「生活保安課だとすれば、新大久保界隈の街娼たちに話を聞いたほうがよさそうだな」

とダミアンがメモを取る。

「生活保安課は、風俗営業や裏カジノを取り締まっている。新大久保界隈でそっち方面に関係のありそうな連中にも当たったほうがいいだろう」

　とJJは言ってから、焼酎を喉に流し込み、するめを齧《かじ》った。

「いったい、何をしようとしてるんですか？」

　と翔はJJに訊ねた。

「何って、決まっているだろ。この手で真犯人を見つけ出してやるんだ」

　そう言って、JJは太い二の腕を出して叩いた。

　肩のあたりに真っ赤なバラの刺青《いれずみ》が見え隠れする。

　ピアスといい、刺青といい、やはりJJは、日本人離れした不良ジジイのようである。

「よしっ、こうなったからには俺たちのチームの名前を付けよう」

　とJJが太い腕を組む。

　ダミアンや水晶《スジョン》、梅子が力強く頷いている。

　マリア殺しの犯人探しは、すでに彼らの中では決定事項のようだった。

「……北新宿多国籍同盟。どうだ！　これで」

　JJの提案に、

「いいじゃない」と水晶《スジョン》が言えば、

「ウン、ウン、ウン……」とダミアンはうれしそうに何度も頷く。

「私も賛成！」

と梅子も高らかに右手を突き上げた。

「もちろん翔も入るんでしょ？」

「なんで俺が……」

と翔は、赤ワインの入ったグラスを持ちながら、水晶《スジョン》を見つめた。

「汝の隣人を愛せよ……でしょ。あなただって、みんなに助けてもらったのよ」

全員の視線が翔に集まる。

隣人を愛することが、どうして犯人探しの同盟結成になるのか、翔は理解に苦しんだ。

しかし、賃貸契約の特別条件を持ち出されては、反論のしようもなかった。

第一、みんなに助けてもらったのは事実なのである。

「決まりね……」

と、梅子が新しい赤ワインのコルクを抜いて、ボトルを翔に差し出した。

翔はそれでも躊躇《ちゅうちょ》して、四人の顔を見た。

かつて東大紛争に参加した反体制派の東大生で、日本人離れしたＪＪ。外国語がからっきしダメな、白人のジャーナリスト、ダミアン。アイドル目指して来日し、芸能学校に通う水晶《スジョン》。そして中国残留邦人の血を引く後藤梅子。一人息子は東北幇《ドンベイパン》という中国マフィアに片足を突っ込んだチンピラである。

四人の顔を見比べて、翔はどうしても東洋光学時代の人間関係と比べてしまった。

直属の上司で総務人事課長の佐藤譲は常識的なサラリーマンだ。かつての上司で、今や東洋光学社長になった山下高志は、早明大の大先輩。社長就任早々、矢継ぎ早に打ち出した改革路線が支持されて、今や経済界の若きホープと目されている。付き合っていた藤堂香は、東京の目黒で生まれ育ったお嬢様である。

対してJJハウスの顔ぶれの中で、生粋《きっすい》の日本人はJJだけである。それも彼は三十年近くも海外を放浪していた札付きだ。東大中退の肩書きは、きっと彼の人生では何の役にも立ってないだろう。父親の残した遺産を食い潰《つぶ》してきたに過ぎない。

ダミアンと梅子は混血、水晶《スジョン》はコリアンである。

どちらが一般的かと問われれば、東洋光学のメンバーである。どちらが人生の成功者かと問われても、同様に東洋光学のメンバーだろう。

翔に人種で差別する意識はないが、北新宿JJハウスの住人が、日本の常識や価値観とはまるで無縁の、良くも悪くも壊れかけた連中なのは確かだった。

翔が黙っていると、JJが口を開いた。

「ダミアン、おまえさっき、いいことを言ってたな。肉体は土より出でたり。されど霊は土より入れられたり。永遠の安息を……って。あれもニセ神父の受け売りか？」

JJの呂律《ろれつ》が怪しくなってきていた。

空になった焼酎の紙パックを振っている。二時間近くで、一人で一升《しょう》飲み干したのだ。

「ニセ神父ってのは、人聞き悪いなあ」

とダミアンの顔も真っ赤になっていた。

彼の前には空になったビールの五百ミリ缶が十本以上並んだ。

「だって、結婚式場で神父のバイトをしているんでしょ？　韓国だったら絶対に許されないわ、そんなこと。韓国は、日本より断然クリスチャンが多いし、牧師さんや神父さんが本物じゃなかったら、大騒ぎになるに決まっているよ」

「牧師と神父って、どう違うんだっけ？」

翔は素直に疑問を呈《てい》した。

「まったく、これだから日本人は……」

と水晶《スジョン》が呆《あき》れてみせる。

「……あのね、牧師はプロテスタントの聖職者、神父はカトリックの聖職者のこと。ところがダミアンは、神父の免許も牧師の免許も持ってないのに、結婚式に立ち会っている。神聖な神の前での結婚式で、こんなことが許されていいと思う？　日本のお葬式でも、お坊さんがニセモノだったら変でしょ！　絶対に間違っているわ」

「水晶《スジョン》、そうは言っても、日本人のキリスト教式結婚式なんて、女性がウエディングドレスを着たいとか、ウエディングケーキに入刀したいとか、神父の前で結婚指輪の交換をしたいとか、キスしたいとか、ムードだけなんだ。そこに白人の顔をした俺が神父役で立ち会えば、様になるじゃないか。結果、みんなが喜ぶ。君が言うほど悪いことじゃないと思うよ。だいたい一日四回式に立ち会えば、十万円近くになるんだ。食っていくのが大変なフリーランスにとっては大金だ。スカラベオのローンもあるしな」

水晶《スジョン》の抗議に、ダミアンはのらりくらりと言い訳を言った。

「ジャーナリストと言っても、二流、いえ三流なんだもん。あーあ」

と水晶《スジョン》が、両腕で体を支えて足を伸ばした。

「水晶《スジョン》、お行儀が悪いわよ」

母親くらいの年齢の梅子に指摘され、水晶《スジョン》は膨《ふく》れっ面《つら》をしながら足を元に戻した。といっても胡坐だったが。

「おまえはそう言うけどな……」

とダミアンは言葉に力を込めた。

「俺だって、こう見えて懸命に事件を追っているんだ。とくに新宿界隈の裏ネタはダミアン牛山に任せろって言われるくらいだ。情報網を張り巡らせているからな」

「発表の場は、三流誌ばかりだが……」

「JJ!」

と痛い所を突かれたようで、ダミアンが声を上げた。

「俺が言いたいのはそんなことじゃない。水晶《スジョン》、君だって、毎日のようにアイドルデビューだって口走っているが、オーディションに受かったことはあるのか？　今まで何回受けたんだ？　それで何回落っこちたんだっけ。人のことを攻撃する前に、自分のことをどうにかしろよ。だいたいおまえは、性格が我がままproducedすぎるんだ。アイドルは、性格も可愛くないといけない！」

水晶《スジョン》が歯を喰いしばってダミアンを見た。

大きな瞳に涙を一杯溜めている。嗚咽と共に、涙がポロポロ膝の上に落ちた。

「おっ、また演技だな。俺にはわかっているんだよ。おまえはいつだって演技で自己防衛をはかるんだ」

「ダミアンのバカ！　バカバカバカバカ！　バボ！　バボ！　バボッ！」

「バボ」とは韓国語で「バカ」のことだと、韓国語を知らない翔でもわかった。

「言い過ぎよ。ダミアン。水晶《スジョン》はまだ子供なんだから」

と梅子が水晶《スジョン》を引き寄せ、赤毛の混じった頭を撫《な》でた。

大都会の片隅に暮らす壊れかけの人々……。

ふいに翔の脳裏にこんなフレーズが浮かんだ。彼ら四人のことである。

「そうだったわ、翔……」

と、梅子が水晶《スジョン》の頭を撫でながら、翔のほうを見た。

彼女は翔の後方にある窓を指差した。

「あなた、風水ではこの部屋の家具の置き方が最悪よ。一番悪いのがベッド。南向きの窓を塞ぐようにあるでしょ。ＪＪハウスの気の流れは、南側、新宿駅西口方面から小滝橋通りを下って神田川に向かっているの。それをあなたときたら、ベッドで遮断してしまっている。できればベッドは、今私たちが座っているほうに置き換えなさい。それから本棚やテレビも反対側に移動させなさい。マリアが殺されたのも、この部屋の風水と無縁でない気がしているの。彼女、この部屋に毎日出入りしてたでしょ。今日ここに来てから、ずっと悪い気の流れを感じているのよ」

翔は、梅子の診断に、うすら寒いものを感じた。そんな翔の心境を見越してか、

「それっ、善は急げだ！」

とダミアンが立ち上がる。

全員が食べ散らかした寿司やつまみ、空き缶などをキッチンに片付け始める。

「翔、取りあえずベッドだけでも動かそう」

翔はダミアンに急かされて二人でベッドを運んだ。

玉のような汗が額に吹き出してくる。

窓を開け、ベッドの移動をしたあと梅子が掃除機をかけた。外からムッとした熱気が入り込む。梅雨の前半とは違って暑い。確実に夏が近づいている。

「梅子さん、これでどうだい?」

とダミアンが、両手を叩きながら言った。

「これなら、最悪からは脱出したわね」

と梅子が腕を組んで納得した。

「気の流れがよくなるでしょう。私も安心して飲める」

そう言って梅子は、手酌で赤ワインをなみなみと注ぐと、水を飲むように飲んだ。

「今後の同盟の集合場所のことだけど……」

梅子の問い掛けにＪＪが頷いた。

「私の店はどう? 私としては便利なのよね」

「それはちょっと、どうかな……」

と、ＪＪが苦虫を嚙み潰したような顔をした。

「あの店は公安にマークされてますからね」

ダミアンがはっきりと言った。

「でもその話、本当なの? 私、何も悪いことしてないわ」

「問題はアキラなんだよ。東北幇《ドンベイパン》は中国からシャブの密輸をやってるってもっぱらの噂だ。第一、店にはアキラが仲間を連れてくるだろう? 仲間の中には東北幇《ドンベイパン》の幹部もいる。公安にしてみれば、マークしないわけにはいかない」

「その店、風水の店なんですよね」

恐るおそる翔は訊ねた。

風水の店が、中国マフィアの溜まり場になるとは解《げ》せなかったのだ。

「梅子さんの店は延辺《えんぺん》料理の店だ。店名もずばり『延辺』」

とダミアンが言った。

「延辺料理って？」

「旧満州の東北部、吉林省《きつりん》の延辺朝鮮族自治州には二百万人近い朝鮮族が住んでいるとされている。豆満江《とまんこう》を渡れば向こうは北朝鮮さ。梅子さんのお父さんは朝鮮族だったからな。だから延辺料理は朝鮮料理と中国料理がミックスされているんだ」

韓国料理屋が軒《のき》を連ねる新大久保から大久保界隈で、延辺料理屋まであるとは、翔は初耳だった。

「翔、どうだい？　面白いだろ？」

とＪＪが赤ら顔を翔に向けた。

「面白い？」

「そうさ……。新宿歌舞伎町の裏社会を牛耳っているのが日本のヤクザと、中国残留邦人の二世、三世を母体とする中国マフィアの東北幇《ドンベイパン》、それに韓国マフィアだ。新大久保から大久保まで範囲を広げてみると、韓国勢が強くなり、延辺料理屋まで最近はできはじめている。何を想像する?」

翔にはJJの言っている意味がよくわからなかった。

だからどうだと言うのだ。だいたいJJは呂律が回らなくなっている。

ダミアンが代弁した。

「JJが言いたいのはこういうことさ。歌舞伎町が旧満州で、新大久保界隈が朝鮮半島みたいだってことだよ。歌舞伎町を資金源にしているのが日本のヤクザと中国の東北幇《ドンベイパン》だし、新大久保が韓国系だろ。JJは、戦前の満州の様子を亡くなった親父さんから散々聞かされていたらしい。だからそんな風に見えるんだ」

ダミアンが、息継ぎするようにビールを呷った。

「実際今でも、歌舞伎町の中国人ホステスがいるバーに行けば、ほとんどの子が旧満州出身さ。みんな金を貯めながら受験勉強して、一年後に日本の大学に入学する子も多い。新大久保界隈は、言わずと知れたコリアンタウンだしね。見る人が見れば、たしかに歌舞伎町が旧満州で、新大久保が朝鮮半島なんだろう。そして近ごろは、中華料理と朝鮮料理の合わさった、延辺料理の店もできている。日本でありながら、中国の旧満州と朝鮮という異質な文化がせめぎ合い、町を構成しているわけさ。東北幇《ドンベイパン》の話を聞くと、戦前と今の繋がりまで感じられる。ここは日本でありながら、また東アジアの縮図でもあるのさ」

ダミアンは自分の話に酔っていた。

翔は、マリア殺しの犯人探しに関わるのが恐くなってきた。

岩本警部補の話では覚醒剤まで登場している。いくらなんでもヤバ過ぎるのだ。せっかく釈放された幸運も、ワヤになりそうな気がした。

このまま進めば、最後、扉を開けた向こう側に広がっているのは、よくて刑務所、悪ければ死……今度こそ正真正銘の奈落《ならく》の底である。

酔いで頭がクラクラしてきた。

「じゃあ、集合場所はどこにするよ？」

と水晶《スジョン》が言った。

今は食事を終えてポテトチップスを食べている。

翔の思惑《おもわく》など関係なく会話は進む。

「ダミアンは知っているが、新宿ゴールデン街のバー『ボヘミアン』ではどうだ。一応、名刺を用意してきた。あそこなら遅くまでやっている。梅子は店が終わってから来ればいい……」

とJJが酩酊《めいてい》しながら、アロハシャツのポケットから名刺を何枚も取り出した。

めずらしく真四角の名刺で、テレビ番組の広告が入っていた。裏側はフラメンコダンサーのイラストだ。

翔は一応、財布にしまった。

「それじゃ、今から行ってみっか？」

　ＪＪは完全に酔っ払っていた。目の焦点が合ってない。

「今晩集合にしましょうよ。午前〇時でどうですか。ＪＪは部屋で一眠りしてください」

俺は新大久保界隈で聞き込みしてきます」

「じゃあ、私と梅子さんはコンビニの曹」

　ダミアンと水晶《スジョン》が続けざまに言った。

　翔はその声を最後にフローリングの床に突っ伏した。

　頭の中がぐるぐる回っていた。

5

　翔が目を覚ますと、すでにあたりは暗くなっていた。少々頭が痛かった。ワインの飲み過ぎだ。

　よろよろと起き上がり、キッチンまで歩いていって、冷蔵庫から冷えたミネラルウォーターを出して飲む。明かりをつけて、腕に巻いたロレックスを見ると、十時半を指していた。

　部屋はきれいに片付けられていた。キッチンのテーブルの上にメモがある。

「午前〇時、ボヘミアンに集合。なるべく早く書棚等を移動させること。ダミアン」

顔からは似ても似つかない達筆である。

リビングに戻って明かりを点ける。

翔が寝ていた頭のところに卓袱台が置かれ、その上でマリアが微笑んでいた。

翔も、気持ちの上では、マリアを殺した犯人を見つけ出したかった。

しかし冷静な自分が、それは警察の仕事だと主張した。

犯人探しも大事だが、今もっと大事なのは職探しなのである。

ノートパソコンを持ち出して、キッチンのテーブルの上で開いた。いつも見ている求人コーナーを見る。

翔はため息を吐いた。いい就職先が見つからないことではない。集中できない自分自身にだ。少し腹が減っていた。

テーブルには、きちんと輪ゴムで留められた食べかけのポテトチップスがあった。それを摘み、もう一度冷蔵庫を開けた。まだ残っていたはずの寿司は入ってなかった。体つきのわりに食欲旺盛だった水晶《スジョン》が平らげたのかもしれない。

時計を見ると十時四十五分だ。翔はなんだか落ち着かなかった。

キッチンからマリアの遺影を見つめた。彼女が翔の部屋を出たのは、つい四十八時間前のことである。時間は十一時少し前だった。

リビングで一緒にテレビ番組を観ていると、彼女の携帯電話が鳴った。マリアはキッチンに移動して電話で話すと、「仕事に行ってくるね」とハンドバッグを手に持ったのだ。

翔は玄関まで彼女を見送り、いつも通りにキスをした。やわらかくて厚い唇、そして甘い香り……。

「夜遅いから、気をつけるんだぞ」

と言った翔の言葉に、マリアは、

「ありがとう、翔。テ・アモー」

「テ・アモー・ムーチョ」

と言って別れた。

「テ・アモー」はマリアから最初に教わったスペイン語だ……「愛している」。「ムーチョ」はとてもという意味だ。

翔はふと思い立ち、ノートパソコンを閉じると、ヤンキースのキャップをかぶり、コーチのトートバッグをたすき掛けにして、玄関に置いてあったデ・ローザに手を掛けた。

今夜が二日前と同じだとは言えないだろうが、マリアの最期の場所となった北新宿公園に行ってみたくなったのである。

部屋に鍵をかけ、廊下に出た。マリアの部屋には、警視庁の黄色いテープがまだ貼ってあったが、昼間立っていた制服警官の姿は見えなくなっていた。反対隣のダミアンも外出中のようである。

愛車を押して通りに出る。オレンジ色の街灯があたりを照らす。林クリーニング店もこの時間では、二階の一部屋に明かりが灯っているだけだ。

自転車で坂を下った。やや左寄りにカーブしている。静まり返った住宅街に、タイヤがアスファルトの路面と摩擦《まさつ》を起こすかすかな音が聞こえる。北新宿第二保育園の前を過ぎ、グラウンドの脇から公園内に入った。

すぐに登りのスロープだ。翔は早めにギアーを変えて、急坂を登った。鬱蒼《うっそう》とした木々が湿っぽい。あたりが見えないくらいに真っ暗だ。ここにマリアは捨てられた。

翔はベンチの横に自転車を置いて座った。外野席のように下のグラウンドが見通せる。空は漆黒《しっこく》の闇に包まれているが、あたりはほんのりと明るい。

ビルの屋上で赤い明かりが明滅している。

近くで数頭の犬の遠吠えが聞こえた。ゴン太を始め、家を抜け出した犬たちが夜の集会を開いているのだ。神田川近くに集まっているともっぱらの評判である。

マリアはこの席で、若い男と話していたという。いったい誰と話していたのか。

大久保通りには時折人の歩く気配がしたが、公園内は誰も通らなかった。

深夜女が一人で歩くようなところではない。マリアも当然、こんな道は通らなかったと推察できた。第一、彼女が職場にしていた新大久保に行くには遠回りだ。

そう考えると、あの電話で呼び出されてこの公園に来たことになる。やはり顔見知りの犯行か。

その時、大久保通り方面から足音が聞こえた。立ち上がって暗闇に目を凝らすとコンビニ店員の曹だった。

「曹、ちょっと話を聞かせてくれ」

翔が声を掛けると、曹は体を緊張させて後退《あとずさ》った。

「だ、誰ですか、あなた」

「俺だ、俺。昨日の昼間、会っただろ」

「あ、あなたでしたか」

と、曹は安心したのか緊張を解いた。

「君は一昨日、ここでマリアと若い男が一緒にいたと警察に証言したそうだね」

「またその話ですか。夕方、韓国人の若い女が中国人の女と一緒に訪ねてきました」

水晶《スジョン》と梅子のことだろう。

「一昨日、あの女の人とこのベンチに座っていたのは、あなたじゃありません！」

と、曹は自信ありげに答えた。

「新宿署でも、ガラス越しに部屋にいるあなたを見ました。あなたじゃないと答えましたよ」

取調室にはマジックミラーがあったにちがいない。曹の証言もまた、翔を釈放する重大な要因になったはずである。

「ありがとう。君のおかげで、ほら、俺もこうして自由の身だ。ところで、君が見たのはどんな男だった？　マリアがここに座っていたんだろ。男はその隣だった」

と翔はベンチに腰を下ろした。

「女は手前に座っていたから、顔は見えました。でも男は奥に座っていたので、顔までは見えませんでした。ここを通るので、後ろからですしね」

曹はベンチの背後から、ジェスチャーを交えて説明した。

ベンチはグラウンドを見降ろせるよう設置されている。つまり通りがかる人間からは後ろの方しか見えないのだ。

「ただ、キャップをかぶって、服装は黒っぽいTシャツだったような。でも暗かったから、はっきりしたことはわかりません」

「どうして若い男とわかったんだ？」

「声を聞いたからですよ。超ヤベーとか、若者の言葉、使っていました」

「でも、どうして俺じゃないとわかったんだ？」

「なんとなくですよ。はっきりとは見えなかったって言っているでしょう。もういいですか？　家に帰って勉強しなくちゃ。試験があるんです。バイトも休めないし、大変ですよ」

暗がりの中、わずかに曹の引きつる顔が見えた。

「あ、ごめんな。引き止めて。ありがとう……」

曹を見送ると、翔はふたたびベンチに腰を下ろした。

曹の目撃証言はどこか変なように思えた。

若い男だと証言したのはまだいいが、警察で翔ではないと断言したくせに、はっきり見えなかったと言っているのだ。はっきり見えなかったのなら、翔ではないことも断言できないはずである。

湿気が肌に纏《まと》わりついた。翔は何を見るでもなくぼんやりとした。

マリアはいつだって笑みを絶やさなかった。楽しい仕事をしていたとは思えないのに、翔の前では溌剌《はつらつ》としていた。

今考えてみれば、毎朝彼女は、仕事から帰って寝ずに翔を送り出していたのだ。

「今日は面接でしょ。頑張って。翔なら大丈夫。私が太鼓を叩くわよ。ドンドンドンドン……」

「太鼓を叩くじゃなくってさ。太鼓判を押すだよ」

「エッ？　何？　太鼓を押す。押したらドンドンドンって、音が出なくなっちゃうわ」

マリアは急に悲しそうな表情をした。

「その日本語は帰ってから教えてあげるよ」

「わかったわ。これ、お弁当。もりもり食べて元気を出して。ドンドンドン……」

結局その会社の面接もダメになったが、マリアは面接の日には必ずサンドイッチや、フライドチキンの弁当を作ってくれた。そしていつも部屋の前で、「ドンドンドン……」と太鼓を叩く真似をした。

翔は生まれてこの方、マリアほど愛に溢《あふ》れた女を見たことがなかった。

どのくらい時間が経ったのだろう。十分か、十五分か。

その時である。不意に背後から襲われた。ヘッドロックを食らったのである。意識が飛びそうになるすんでのところで翔は耐えた。

男の腕を必死に持って引き剝《は》がそうとした。

「だっ、誰だ!?」

とようやく口から言葉が出た。

ヘッドロックが外れた。

男の手が、たすき掛けにしていたコーチのトートバッグを引っ張った。翔は体を反転させた。男はキャップの上に黒いパーカーをすっぽりと被《かぶ》っている。顔まではよく見えないが、二十代だろう。

トートバッグの手提《てさ》げの部分を綱引きするような状態になる。

「離せ！」

と男はキャップの下から声を発した。

「ふざけるな！」

と翔は抵抗した。

バッグの中には携帯電話や、雇用保険受給資格者証、ハローワークカード、コピーした求人案内など必要な書類が入っているのだ。簡単にひったくられるわけにはいかない。

男はトートバッグを手放さないまま、ずり下ろして穿いているジーンズのポケットから、飛び出しナイフを取り出した。カチッと音がして刃が剝《む》き出しになる。

「刺すぞ！　オラッ」

男はナイフを翔に向けると、中腰に構えて凄んでみせた。

「さっさと渡せ！」

「コラッ！　おまえ！」

とその時、鬱蒼としたスロープのほうから声がした。

「何をやってるんだ!?」

小さいながらも分厚い体の男が薄明かりの下に出てくる。坊主頭だ。背後にはもう一人長身の男がいる。

岩本警部補と青山巡査部長であった。

男はトートバッグから手を離し、猛烈な勢いで大久保通り方面に向かって走った。

「待て！　この野郎！」

と追いかけたのは、長身の青山巡査部長のほうだ。

翔は荒い息を吐きながら、ベンチの背もたれに手をついた。

「兄ちゃん、早速売人と揉《も》めたのか？　尿検査の結果からすると、しばらくシャブを抜いてたんだろ。そんなことはわかっているんだ。欲しくて欲しくて堪《たま》らなかったんだな。わかるよ、その気持ち。これまで何百人シャブ中を見てきたことか。売人が捕まれば、兄ちゃんをまた逮捕できるな」

岩本警部補は蛇《へび》のような目で、翔を舐《な》めまわすように見た。

翔はベンチに座った。岩本警部補が隣にどっと腰を下ろした。ハイライトに火をつけ、うまそうに煙を吐き出した。翔の肩に手を回す。

「てめえのせいで、俺たちゃ捜査本部を外された。でもな、この山からは一時たりとも目を離さねえ。そのつもりだぜ。いつも俺たちの目が光っていることを忘れるな。人間ってのはな、おかしなもので、極度に緊張が高まると、自ずとボロが出るものなのさ。俺たちは、そこまでおまえを追い詰めるつもりだ」

「だから僕はシャブには関係ないですって……」

と翔は弱々しい声で抵抗する。

息せき切って、青山巡査部長が戻ってきた。

「警部補！　すみません。見失いました。どうも仲間がいたようで、車で逃げられました。ベンツです。ナンバーまでは確認できませんでした。でもやっぱり睨んだとおりシャブの売人のようですね。それも元締めに近い……。でなきゃあんな高級車にゃ乗れませんし」

「ま、いいや。しょうがねえ。意外にこの兄ちゃんを泳がせておいたほうが、おもしれえ展開になるかもな。岸田の野郎が、殺人事件のホシを挙げて、それを手土産に本庁の管理官に収まるなんざ、絶対阻止してやるんだ。いつもチャラチャラしやがって、あの男だけはいけすかねえ」

「警部補、そんな動機で動いてたんですか？　それって、不純じゃないですか？」

「うるせえな。動機なんかどうだっていいんだ。事件に対する執念が、とどのつまりは事件を解決するんだよ」

雨がポツリポツリと降り出した。

「おっ、青山、今日はもう帰るぞ」

と岩本警部補がベンチから立ち上がった。

「一杯やっていっか？」

と手酌する真似をする。

「いいですね」

と青山巡査部長が、額に手で雨避けの庇《ひさし》を作った。

「こちとら捜査会議もないから気楽なもんだぜ」

「本当ですね。今ごろみんな、まだ捜査会議をやってますよね」

二人は、翔には目もくれずに大久保通りに向かった。

「あ、あの……」

と翔もベンチから立ち上がり、岩本警部補の背中に向かって声を掛けた。

「ありがとうございます。助けてもらって」

岩本警部補が振り返る。

「兄ちゃん、あんた気をつけな。あれをただのひったくりだとは思わないほうがいい。間違いなくマリア事件の絡みだぜ。シャブの匂いがプンプンすらあ。なあ、青山」

そう言って、静まり返った深夜の公園に、岩本警部補の声が響いた。

二人の姿が見えなくなってから、翔もまた自転車を引いて大久保通りに出た。すでに歩く人の姿はなかった。街灯の下でロレックスに目をやると〇時近くになっている。

雨が激しくなってきた。

そろそろ新宿ゴールデン街の『ボヘミアン』でも、北新宿多国籍同盟の捜査会議が始まるところだ。

翔は、マリアがシャブ中だったことをみんなに言い忘れたことに気がついた。同時に、孤独をひしひしと感じた。恐怖が身近に迫ってきている。

覚醒剤の売人が、それも元締めに近い筋の者が現れた。岩本警部補の話によれば単なるひったくりではなかった。

でもそれは、いったいどういうことなのか。

JJやダミアンの知恵を借りたかった。

しかし翔は、もう一歩が踏み出せなかった。

なぜなら、奈落の底に向かう扉を開けることはできないからだ。

翔はキャップを深くかぶると、デ・ローザに跨《また》がった。

そして雨に打たれながら、深夜の東京をあてどなく彷徨《さまよ》った。

マリアの笑顔ばかりが脳裏に浮かんだ。

雨と涙がごっちゃになった。

ずぶ濡《ぬ》れでアパートに戻った頃には、空が白み始めていた。

第3章　新宿カオス

1

シャワーを浴びて一眠りすると、翔は午前九時には新宿駅西口近くのハローワークに来ていた。

真夜中の東京を自転車で疾走した結果、導き出された結論は、やはり北新宿多国籍同盟に加わるよりは、職探しだったのである。

正面入口の総合受付でハローワークカードを提出すると、番号札を渡される。その番号が記されているパソコンに向かった。

円形のテーブルに、数人の求職者がパソコン画面と睨《にら》めっこしている。さして緊張感はないものの、人数の多さのわりに静かなところが不気味だ。

パソコンで、年齢、希望給与、勤務地、職種、業種などをインプットする。求人企業一覧が画面に現れる。

やはり不況の影響か、条件は厳しい。管理職以外で月収が三十万円を越える仕事など皆無に等しい。東京で二十万円台前半の給料でどうやって生活していくのか。

翔は最低二十万円台後半の給料を提示する会社に絞った。

これはと思える会社をクリックすると、その会社の求人票が画面に出てくる。

見覚えのある会社の名前が出てきた。

大崎《おおさき》にあるヤマガタフィルム株式会社だ。

中堅のフィルムメーカーで、高い技術力が評価されている。クリックして求人票を開いて見ると、募集職種は人事部。仕事の内容は労務管理と人材研修の企画、運営などである。基本給は最低二十七万円から。年齢は不問となっているが、これは履歴書及び面接で判断しようということだろうと想像できた。

極めて近い業界なので、翔が実現させたツーキニスト制度のこともきっと話題にのぼったはずである。東洋光学の総務人事課にいたという経歴は確実に評価されるにちがいなかった。

翔はヤマガタフィルムの求人票をプリントアウトすると、職業相談のブースに並んだ。

クーラーが利きすぎているようで、寒くてしきりに二の腕をさする。

十分ほどで順番が来る。朝早いほうが待ち時間が少なくてすむ。

「この会社に面接をお願いしたいのですが」

翔は求人票と履歴書を出し、東洋光学とヤマガタフィルムとの関係、東洋光学の総務人事課で自分のしていた仕事などを手短にアピールした。就活の基本は押さえているつもりだ。職員の質問にも、落ち着いて的確に答える。

「なるほど、東洋光学の総務人事課にいらした実績は、先方にも十分伝わりそうですね。要件も合致してますし、早速電話してみましょう」

職員は、翔の目の前でヤマガタフィルムに電話した。職員の声が弾《はず》んだ。感触はいいようである。

「では面接日ですが、来週の月曜日、七月五日の午後三時に大崎本社のほうでいかがですか？」

電話口を押さえて職員が翔に訊ねる。

「もちろんだいじょうぶです！」

と翔は期待を胸に返事した。

早くも風水効果が現れたのかもしれない。

その後、紹介状をもらいハローワークを後にする。

自転車を漕《こ》ぐ足がいつも以上に重かった。安心したせいか、疲れがどっと出てきたようだ。小滝橋通りと大久保通りの角にあるスーパーで、冷凍食品やレトルト食材、飲み物などを買い込み、早々に自宅に戻った。

頭がぼんやりとして、寒くて仕方がなかった。

雨に打たれながら、それも深夜、自転車を漕ぎ続けたのがいけなかったのだろう。食材を冷蔵庫にしまい、スウェットを着込むと、翔はベッドに入った。

この日も、翌金曜日も翔は一日、ベッドで寝て過ごした。

大量の汗をかいて大量の水分を摂《と》る。食事はレトルトカレーなどですませ、あとはひたすら横になっていた。熱は三十八℃を越え、昨年流行《はや》った新型インフルエンザかもしれないと思ったが、死ぬほどひどいとも思えなかった。咳《せき》は出なかった。

具合の悪さは土曜日も続いた。面接は月曜日である。前日には起きて、イメージトレーニングしたかった。多少持ち直していることはわかったが、あえて無理せずベッドで横になっていた。

うつらうつらする。

隣室のダミアンが、急ぎ足で出かけていく足音が響いた。土曜日だ。スカラベオのエンジン音が聞こえた。結婚式場でニセ神父のバイトにでも行ったのだろう。

ベッドが今までの南側でなく、北側に移動してあったので、ベッドに居ながらにして廊下の気配が感じ取れた。

反対隣のマリアの部屋は、時折人が出入りしていた。警察関係者だろう。

寝ながら翔は、これまでの推移を頭の中で整理した。

ダンサー志望だったマリアが来日したのは八年前の二〇〇二年のことである。

いつから街娼になったかは定かでないが、それほど時間が経ってからではなかったはずだ。仕事をしなければ食えないのである。

彼女は二〇〇三年から始まった「歌舞伎町浄化作戦」でも捜査の網を潜り抜け、職場を追われることもなく売春を続けた。いつしかシャブ中になり、しかし街娼からは足を洗って、コンビニで働くつもりであった。

疑問は二点ある。

一点は、なぜマリアが逮捕されずに街娼し続けられたかということだ。ダミアンいわく、裏世界では「新大久保の七不思議の一つ」と言われていたらしい。

もう一点は、彼女がどこから覚醒剤を入手していたかということだ。岩本警部補の様子では、彼女に覚醒剤反応はあったが、覚醒剤そのものは見つかっていないようなのだ。

どこかに隠しているのか、あるいは処分したのか。第三者の誰かが処分した線もありうる。ではいったい、その人物とは誰なのか。

彼女の留守の間、つまりマリアが午前九時頃北新宿公園で遺体で発見される以前に、その人物は、マリアの部屋にあった覚醒剤を処分したことになる。

翔はベッドの中で考えをめぐらしていた。

重要なのは、翔が彼女のどの部分に関わっているかということだ。覚醒剤はまったく身に覚えがないし、事実翔の部屋からは出てこなかった。

岩本警部補は、襲ったのは覚醒剤の供給元だと踏んでいるが、翔にはにわかに信じられないのである。

ＪＪハウスに引っ越してきてからというもの、いつも誰かに監視されているような気配がしていた。それもあながち神経が過敏になっていただけでもあるまい。

今になってはそう思えるのだ。

だとすれば、マリア殺しは、翔が越してきたことによって引き起こされたことになる。

では監視の目は誰のものだったのか？　襲ったのは何者なのか？　いったいそれは何のため……。

翔は熱に冒された頭で考えた。

次第にぼんやりとし始める。

別の考えが翔の頭を支配した。

ここ数日来起こったことも、出会った人間たちも、みんなどこか浮世離れしていた。

個人の善悪以前に、大都会東京の繁華街、新宿が持つ、底なしの欲望や刹那のせいで、こういうことになっているのではないかとさえ思った。

そう考えなければ、マリアが浮かばれないのだ。

表社会を牛耳《ぎゅうじ》るような都庁ビルの傲慢《ごうまん》な威風に対して、歌舞伎町はけばけばしいばかりの目映《まばゆ》さで対抗している。

日本人ばかりではなく中国人や韓国人、ナイジェリア人の客引きも見かけるし、ダミアンのような白人との混血もいる。エリートサラリーマンからヤクザやマフィア、体を売ってしか生きていけない女まで、新宿はカオスさながらである。

スクーターの音が聴こえた。アパートの廊下に足音が響いた。チャイムが鳴ったが、翔はベッドから起き上がることはなかった。体が重くだるいのだ。二日間、ずっとこんな調子なのである。

「翔、翔！」

とダミアンの声がする。

「なんだ、いねえのか。せっかくおまえの顔が出ている雑誌を届けてやったのに。ま、いいか」

ドアに付いた郵便受けに、雑誌が押し込まれる音がした。以前ダミアンが言っていた『週刊ＤＯＮ！』が発売になったのだろう。

時計を見ると午前十一時だ。ふたたびバイクのエンジンが掛けられ、やがて音は遠退《の》いた。今度こそ結婚式場のバイトに行ったのだ。

しばらくして翔は、フラフラとベッドから出た。何か体に補給したほうがいい。

食欲がないので、水をガブ飲みし、ビタミン剤を飲み、ウイダーｉｎゼリーを喉《のど》に流し込んだ。粥《かゆ》でも作ってくれる人がいれば、粥のほうがよかったが、食欲がない時、独り身の栄養補給に補助食品はもってこいである。

「翔、あんたねえ、そんなもんばっかり食べとったら、しまいにあかんになるだがね」

翔は目を瞑《つむ》ると、母親の声が幻聴のように聞こえた。

悪い時になぜか思い出すのだ。あかんになるとは、ダメになるということだ。水分を摂ると、熱が上がった。布団に包まり、汗を流した。汗を流せば体温は下がる。

廊下に足音がした。今度は早足で近づくと、翔の部屋の前でピタリと止まった。郵便配達が来るには時間が早すぎる。その人物はインターフォンで反応がないとわかるや、ドアノブをガチャガチャ回した。

翔は恐怖が込み上げてきた。

そう言えば、岩本警部補たちと家宅捜索に訪れた時、部屋の中に違和感があったのだ。どこがどう違うのか具体的にはわからなかったが、部屋に侵入者があったような気がした。

その時はやり過ごしたが、三日前に襲われたことを考え合わせれば、誰かに狙《ねら》われているとも考えられる。

いったいなぜだ？

そいつは翔が持っている何かを奪おうとしているのだ。

何を奪いたいのか？

マリアが翔も知らないうちに、覚醒剤の売人に関する情報でも翔の部屋に隠したのだろうか……？

翔はベッドの上からまだ移動していない本棚を見た。よく調べる必要がありそうだ。あと、パソコンのデータやＤＶＤの中身もだ。

カチッと……鍵が開く音がした。この人間は合鍵まで持っている！

この前の侵入者は間違いなく、今、部屋に入ってこようとしている者である。

「オイ、コラッ！」

と声がした。岩本警部補の声だった。

ドアが閉まって、靴の音が鳴った。スニーカーだろう。

廊下を走る音は、ダミアンの部屋の向こう側に消えた。手摺《てす》りを飛び越え、隣のアパートの庭を突っ切って逃げて行く姿が想像された。

「畜生！　この前の公園の男か？　それとも空き巣か？」

と岩本警部補が悔しそうな声を上げた。

「でも警部補、我々は謹慎中なんですよ」

と、青山巡査部長が警部補をたしなめるように言った。

「児玉、いるか!?　いるなら顔くらい出せ！」

と岩本警部補が玄関を開けて、声を飛ばした。

「今、行きます」

と翔は、重い体を起こした。玄関まで壁を伝って歩いた。

「なんだ、寝てたのか。また調子悪そうだな」

と岩本警部補が翔の顔を見た。

「警部補！　これ！」

と青山巡査部長が、足元に落ちていた雑誌を手に取った。

「この雑誌のせいで、今度は謹慎だ！」

と岩本警部補が雑誌を指差す。

青山巡査部長が開いたページには、家宅捜索した時の写真が載っていた。

翔も岩本警部補も青山巡査部長も、目には黒いラインが引かれているが、キョトンとした顔の二人の刑事は、いかにも間抜け面である。

翔は思わず吹き出した。

「バカ野郎！　もっといい男に写せってんだ。白人野郎に文句を言いに来たんだが……」

と言って、岩本警部補は顎《あご》を撫《な》でた。

「でも俺たちゃ、まるでおまえのボディーガードみたいじゃねえかよ。この前といい、今日といい。いったいおまえはこの事件とどう絡《から》んでいるんだ。捜査本部じゃおまえ以外の三人に、ホシが絞られてきている。一人はイラン人の用心棒、一人は中国人のチーマー、もう一人がナイジェリア人の呼び込みさ。こいつら三人とも生活保安課が情報を握っていやがる。けったクソ悪い！」

「警部補、捜査情報を漏らしたりしたら大変ですよ。今度は謹慎程度じゃすまないかもしれない」

「うるせえ！　腹の虫が治まらねえだろうが。第一俺は、捜査本部の見解はできすぎの感がしてならねえ。そうだろう？　おめえもさっき頷《うなず》いてたじゃねえかよ」

「そりゃそうですが……」

「だろう？　それに児玉に、売人の元締めに近い連中がちょっかいを出している。児玉、おまえほんとに何にも知らねえのか？」

「僕もさっき、それを考えていたんです。もしかしたら、マリアはこの部屋に、覚醒剤の売人に関する情報を隠したんじゃないかと」

「ところがガサ入れしても何も出てこなかった。おまえさん、何か気づいたのか？」

「わかったら、警部補には言いますよ。それで僕の嫌疑が晴れるんですから」

「よく言った！　児玉。男の約束だからな。何か見つかったら、この俺か、青山の携帯に電話を入れるんだ。わかったな。それと、おまえ、寝てるのに鍵をかけてなかったのか？　無用心だぞ。いくら静かな住宅街でも、この辺は空き巣が多いんだ。気をつけろ」

確かに、このあたりの電信柱には「空き巣に注意！」の貼り紙を多く見かける。

翔は男が合鍵まで持っていたことを言おうと思ったが、話が長引くと立っていられそうにもないのでやめた。

青山巡査部長が、自分の名刺の裏側に岩本警部補の携帯番号を書いて寄越した。

「夏風邪か、おまえ？」

恐るおそるといった感じで、岩本警部補は翔を見つめた。

「ハハハ……。新型インフルエンザなんですよ」

言ったとたんに、ドアが閉まった。

「あれは去年流行《はや》ったんじゃなかったか？　まあいい。とにかく用心するんだぞ。俺たちも気には掛けてやるがな」

ドアの向こうで岩本警部補の声が響いた。

その後、翔は少し安心して、ふたたび眠りに就いた。

2

日曜日になって、ようやく翔の体調はかなりましになった。

書棚を反対側の壁に移して掃除し、ＤＶＤの中身を検《あらた》め、パソコンのデータを確認した。その間、洗濯機を回し、布団は乾燥機で乾かした。

しかし結局、手掛かりらしい情報は何も出てこなかった。それらしい意味不明のものもなかった。

もともと翔が引っ越してきたことが、マリア事件の発端になっているのなら、覚醒剤は関係ないはずである。マリアと付き合い始める前から、翔は、監視の目を感じていたからだ。

では謎の人物は、いったい何を狙っているのか？

結局は、具合が悪くて寝ていた時の結論に戻ってしまうのである。

冷蔵庫を開けると、ウイダーｉｎゼリー以外は食べ物も飲み物もなかった。腕時計を見ると午後一時を過ぎていた。

面接のイメージトレーニングをやっておきたかった。昼はどこか近所で定食でも食べて、夕食用の食品を買い込んでこよう。

翔はいつものようにトートバッグをたすき掛けにすると、愛車を押して玄関を出た。

空はうす曇りだ。湿気が体に纏《まと》わりつくようである。

誰かが勝手に合鍵を作って持っている。そう言えば、マリアが持っていた合鍵はどこに行ったのか。ルイヴィトンのバッグなどと一緒にコロンビアに送られたのだろうか？

翔は心配になって二階のＪＪの部屋を訪れた。

何度インターフォンを呼び出しても反応はない。屋上庭園で水でもやっているのだろうか。大声で呼んでみたが、返事はなかった。

部屋に金目のものは置いてない。貯金通帳も印鑑もパスポートも大切なものはすべてトートバッグに入れている。ただ気にかかるのは、正体不明の男の動きだ。翔を襲った奴である。

犯人探しのことはともかく、一度JJには相談したほうがよさそうだった。

翔はこの日、北新宿公園には寄らずに大久保通りに出た。

途中で何度も後ろを振り返った。昼間に襲われることはないだろうが、用心するに越したことはない。尾行されている様子はなかった。

小滝橋通りとの交差点で信号が青になるのを待った。小滝橋通りの向こうは百人町《ひやくにんちょう》だ。江戸時代に伊賀《いが》組の鉄砲百人隊の屋敷があったことから名付けられている。

そこが今ではコリアンタウンとなっている。赤や黄の派手な看板の飲食店が多くなる。振り返って北新宿方面を見ると店舗の少ない住宅街だ。対照的である。

小滝橋通りを境に風景が一変するのだ。

信号が青に変わった。翔は自転車をゆっくりと走らせた。

スーパーの前の広場を過ぎる。大久保通りの反対側に、『延辺』という赤い看板が目に入ってブレーキをかけた。梅子の店である。大久保通りを入った路地に面してあったのだ。

翔は交差点まで引き返し、大久保通りを渡って路地に入った。

両側に立ち呑み屋や中華料理屋、韓国レストラン、居酒屋、スナック、ラーメン屋、麻雀《マージャン》屋、焼き鳥屋、中国東北料理の『大連』という店まであった。どれも間口の狭い小さな店が軒を連ねる。中華風の赤提灯《ちょうちん》がぶら下がっているのが『延辺』だ。

ずっと先、霞《かす》んだ空の向こうには、鳥の巣に似た東京モード学園コクーンタワーが聳《そび》えているのが見えた。

翔は自転車に乗ったまま『延辺』の引き戸を開けた。

このあたりで高級自転車を道端に置いたのでは、盗んでくださいと言っているようなものである。店内に自転車を預けられないか聞いてみようと思った。

「いらっしゃいませー」

と独特のイントネーションで、水晶《マジョン》が言った。

上は黄色いTシャツにいつものショートデニム、腰にはピンクのギャルソンエプロンを付けている。ギャルソンエプロンとは、カフェのウエイターやウエートレスがよくしている丈の短いエプロンだ。水晶《スジョン》がするとミニスカート風にも見える。その下に真っ白い脚が伸びている。

席は一杯だった。五つあるカウンター席のほかには、テーブル席が二席と、座敷が二席。客の全員が二十代から四十代の男で、眼鏡《めがね》をかけている者が多かった。

東北幇《ドンベイパン》の溜まり場というよりは、どう見てもオタク系の溜まり場である。全員が水晶《スジョン》の動きに熱い視線を送っていた。

「あなた、何しにきたのよ。この裏切り者！」

水晶《スジョン》の強い口調に、客の全員が、翔に敵対心の籠《こも》った目を向けた。

「何って、食事に来たんだ」

「あーら、翔！」

と、通路の奥から梅子が顔を出した。

上下白衣姿で、頭には中華風のベレー帽型コック帽をかぶっていた。

「聞きたいことがあったのよ。二時で休憩に入るから二時頃来てくれないかしら」

と梅子が声を飛ばした。

「今忙しいから。延辺定食二丁、上がったよ！」

「ハーイ！」

と水晶《スジョン》が元気に返事する。人形のように小首を傾げ、両腕を伸ばして、手首を直角に曲げている。

明らかに客を意識したわざとらしいポーズだが、ファンにはたまらないのであろう。客席で携帯やデジカメのシャッター音が鳴る。

翔は、客の歓心を引く水晶《スジョン》を苦々しい思いで眺めた。

延辺料理とはどんな料理かと思っていたが、お盆で運ばれてきた延辺定食は、香辛料の匂いが漂《ただよ》う辛そうな串焼きが二本と、キムチに豆腐、小さな器にやけに黄色いラーメン、それにライスが付いていた。

客の中には自分のテーブルで串焼きを焼いている者もいる。金属製の焼き台が二段になっており、下で焼いて上で保温するようだ。同じ朝鮮系の料理でも、韓国焼肉とは似て非なるものである。

「じゃあ、後で来るから」

と言い残し、翔は店の引き戸を閉めると、大久保通りにとって返した。

大久保通りを新大久保方面に向かって走る。

数日振りのサイクリングは、町中をゆっくり流しているだけでも気持ちよかった。生温い風が顔に当たった。

ほどなく大久保駅を通り過ぎ、総武線の線路を潜《くぐ》る。壁には「江戸幕府鉄砲隊と大久保つつじ」の壁画が描かれている。甲冑《かっちゅう》を着た鉄砲隊が勇ましい。

そんな純和風の風景もあるにはあるが、やはりハングル文字や中国語が目立った。道行く人たちからも韓国語や中国語が聞こえる。北新宿界隈《かいわい》よりも総じて年齢層は若い。

このあたりでもっとも規模が大きい韓国系の淀橋教会を過ぎると、やがては新大久保駅である。半球形の防犯カメラが横断歩道を捉《とら》える。

注意してみると、『延辺』と同じ系統の延辺料理屋が数軒あった。近ごろ流行りなのかもしれない。中国食材店の前には数種類の中国人向け無料新聞が置かれている。ダミアンの話によれば、売春など違法なものも含めて、求人情報が満載だそうである。

見逃せないのが、何軒もある韓流《ハン》グッズの店である。

翔の母親と同年代の日本人女性たちが数人で入って行った。韓流ファンの中年女性たちの間では、新大久保といえば、韓流グッズの店で馴染《なじ》みだそうだ。名古屋に住む母親も韓流ファンだ。

翔は久しぶりに電話してみることにした。

人通りの少ない路地に入って自転車を止め、携帯の番号を押す。

「翔か？　やっとかめだなも。あんた元気にしとりゃーすか」

母親の美恵子《みえこ》は他人行儀な言い方をした。

「会社を辞めて、新宿に越したんだわ。新しいアパートの近くに韓流グッズの店があるもんで、ほしいもんがあったら買ったろう思うてな」

「……ハハーン。さては東洋光学をクビにでもなったんと違うか？　調子のええ時には電話なんか寄越さんもんな」

「とろくせえこと言ったらあかんよ。あんな会社、こっちから願い下げやで」

電話の向こうで、何が可笑《おか》しいのか美恵子はけたたましいほどに笑った。

「目の前にあんたの顔が見えるようやわ。嘘をついてもお見通しなんやからね。これでも人の顔を見るのが商売なんやから」

翔は、電話などしなければよかったと思った。

「韓流グッズは名古屋にもあるから、気にせんでええ。それより早《はよ》う新しい仕事見つけなあかんよ」

母親の笑い声に、いつもと同じく気分が悪くなったところで電話は切れた。

翔は携帯をバッグに入れると大久保通りを眺めた。

制服姿の高校生が歩いている。名門海城《かいじょう》学園の生徒たちである。日曜だ。部活でもあるのだろう。海城学園に行く途中にはロッテの工場がある。ロッテは韓流の老舗《しにせ》だ。

翔は大久保通りに背を向けて路地を進んだ。

タイ料理やマレーシア料理など東南アジア系の店が顔を出す。マンションに混じってラブホテルも多い。人通りが少ないのはいつものことである。昼間では街娼もいない。

西大久保公園の角に自転車を止めて周囲を見回した。このあたりがマリアの職場だったらしいのだ。のんびりとした日曜の昼下がりがあるばかりだ。

ここで夜毎《ごと》マリアは立っていた。深夜、終電のなくなる時間帯から明け方までだ。暑い夏の夜、雪の降る寒い夜、いったい彼女は何を思って立っていたのか。わざわざ南米のコロンビアからやってきて、体を売って金を稼いで両親に送っていた。

だぶだぶのジャージをはいた男がママチャリに乗ってきた。パンチパーマで半袖の下着の横から腕の刺青《いれずみ》が顔を出す。典型的なヤクザの下っ端だ。

その男が射抜くような鋭い眼差《まなざ》しを翔のほうに向けた。翔は目を合わさずに自転車を漕ぎはじめた。

職安通りに近くになるにつれ、韓国料理屋が増えてくる。韓国食材店もある。黄色い看板の激安の殿堂、ドン・キホーテが見えてきた。職安通り沿いがコリアンタウンの中心である。右も左も韓国風だ。焼肉屋はもちろんのこと、美容院、旅行会社、携帯電話屋、マッサージ店もある。

翔は職安通りを渡って、区役所通りに入った。ここからが歌舞伎町である。

風林《ふうりん》会館の交差点を左折して、次の角を右折する。旧四谷第五小学校がそっくりそのまお笑いの吉本興業《よしもとこうぎょう》の事務所になっている。すぐ先が花園《はなぞの》神社で、真向かいが『ボヘミアン』があるという新宿ゴールデン街である。

木々の鬱蒼《うっそう》とした四季の道という遊歩道を行くと靖国《やすくに》通りだ。そこからまた区役所通りを戻って、風林会館の手前を左折した。

自転車で走っていると、呼び込みの黒服たちも手出しができないのが痛快だった。声を掛けられる前に素通りしてしまうのだ。

昼間から店を開けているホストクラブがあった。すぐそばのビルの窓には、ミニスカートをはいたアニメキャラクターのステッカーが貼られている。アニメキャラはいくらでもあったが、そのアニメキャラは、先ほど見た水晶《スジョン》のポーズそのままだった。正しくは、右足を折り曲げて、今にも走り出しそうな恰好になっている。

水晶《スジョン》がこのキャラクターのポーズを真似したのか、その逆なのかはわからない。

翔が歌舞伎町に来たのは学生時代以来のことだった。最後に来たのがゼミの卒業送別会だから六年振りだ。

昼間のせいか、危ない匂いはしなかった。閉鎖された新宿コマ劇場の周囲は目隠しされて、解体作業が始まっている。

歌舞伎町の名前の由来は歌舞伎座だ。戦後、歌舞伎座を招致しようと命名されたが、結局歌舞伎座は来なかった。皮肉にも街の名前だけが残ったのである。

翔は大学時代に教授からこの話を聞かされた。

どれだけこの街で友人たちと乱痴気《らんちき》騒ぎを起こしたことか。ここで生まれた恋もあったが、すべては泡沫《うたかた》の夢のようだった。

ゆっくりと自転車で徘徊《はいかい》してから『延辺』に戻った。

ちょうど二時になっていた。

店の前には「休憩中」の札がかかっている。翔は構わず引き戸を開けた。

水晶《スジョン》が座敷に料理を運んでいた。

「翔、あなたも手伝って。自転車はそこ」

と水晶《スジヨン》が、テーブルの間の空間を顎で示した。

翔は自転車を店内に入れると、調理場に向かった。

水晶《スジヨン》に指示されるまま、各種の漬物と、金属性の容器に入ったライスやチゲスープなどを運んだ。

テーブル上の料理は赤色が圧倒的だった。チゲスープ、キムチをはじめとする漬物も赤い。メインは肉を茹《ゆ》でたものがコチュジャンや香菜《シャンツァイ》と一緒に載っていた。

強烈なニンニクの香りが翔の胃袋を刺激した。

ここ数日、料理らしい料理など食べてなかったのである。

梅子と水晶《スジヨン》が席に着き、二人の向かい合わせに翔は座った。梅子も水晶《スジヨン》も胡坐《あぐら》をかいて片膝を立てていた。

梅子は白衣のままで化粧っけも薄い。昔の食堂のおかあさん的なムードだ。

翔は梅子に、自分の母親よりも母親らしい佇《たたず》まいや温もりを感じた。水晶《スジヨン》が懐いているのもわかる気がする。

梅子が金属製のスプーンでチゲスープを飲むと、水晶《スジヨン》も続いた。漬物や肉を金属製の箸で摘んで食べる。

水晶《スジヨン》は、スプーンで掬《すく》ったご飯を、いったんスープの中に入れてから食べている。

水晶《スジョン》が眉間に皺《しわ》を寄せて言った。

「翔、あなた、何を見ているのよ？　早く食べればいいじゃない」

「いただきます」の挨拶がなかったから、翔は食べ始める時を失ったのである。

言われて、まずは肉に箸を伸ばした。

「ダメよ、翔。朝鮮料理はスープからね。これが決まりよ」

と水晶《スジョン》は、小悪魔みたいににんまり笑って、肉をごそっと持っていく。

「水晶《スジョン》ちゃん、いいじゃないの。翔は日本人なんだから」

「でも韓国のマナーも知っておいたほうがいいんじゃない。韓国では正座は犯罪者がするものよ。ご飯のお椀は手で持っちゃダメ。そう、テーブルに置いておく。おかずは隅のほうから取ってね。スープはスプーンで飲むのよ」

翔は、こんな女を恋人に持ったら、四六時中小言を言われ続けるだろうと思った。

彼女が静かになるのを待って、スプーンでスープを啜《すす》り、念願の肉に辿《たど》り着く。香菜とネギを肉に巻いて、コチュジャンをつけて食べた。

「それ、何の肉か知ってるか？」

翔は水晶《スジョン》を見つめた。

「犬の肉。どう？　おいしいでしょ」

一瞬、吐き出したい気持ちに駆られたが、とくに変な臭みもなく美味《うま》い。

「結構いけるぜ」

そう言うと、水晶《スジョン》は少し悔しそうな顔をした。

キムチは、白菜のほかに、細い平打ち麺のような干し豆腐と豆もやしを和《あ》えたもの、インゲン、キュウリといずれもトウガラシ色である。

翔は辛さで自然と飯が進んだ。

「そうそう、ランチの時に見た黄色いラーメン、あれは何？」

「あれはね、トウモロコシ麺《めん》。今日のランチは温かいのを頼んだ人が多かったけど、冷麺もあるよ。ふつう冷麺はそばで作るけど、延辺料理にはトウモロコシを練りこんだ麺もあるのよ」

翔の問いに、今度は梅子が答えた。

「梅子さん、書棚も移動しましたから、これで僕の運勢も風水的にはだいじょうぶですよね」

「あら、動かしたの。だったらもう問題はないわ。この店の前の道を見た？　新宿駅西口のほうにつながって見えるでしょ」

翔は、モード学園コクーンタワーまで見通せたことを思い出す。

「こんな細い路地なのに、お店が多いのは、風水でこの通りが絶好の位置だからなのよ」

「なるほど……」

言われてみると、新宿駅西口方面から気が流れてきているようにも思える。

「おかげさまでね、水晶《スジョン》ちゃんが人気者だからってせいもあるけど、商売のほうはうまく軌道《きどう》に乗ってね」

アイドルデビューしなくても、水晶《スジョン》は立派な店の看板娘だ。

「ただね、息子のことがね。この前も話に出ていたアキラのこと、それが気掛かりで……。彼が真っ当な道に進んでくれたら、私も立川からこちらに来た意味があるって思えるの。立川のほうが冬は寒いから、気候が大連に似ていて好きなんだけど」

食事をすませると、梅子はスプーンをテーブルに置いた。ハンドバッグから一枚の写真を取り出す。

写真を見て、翔は一瞬、箸で摘んだ犬肉を落としそうになった。

そこにはマリアの姿があったのだ。彼女は隣の男に体を預けた恰好で、二人はいかにも仲良さそうである。場所はマリアの部屋だ。

男はいわゆるツンツンヘアーで茶色に染めていた。ジャージの上下を着ているあたりが、服装は、つい今し方西大久保公園の近くで見かけたヤクザの下っ端に似ている。眼光が鋭く、顔色は病的に青白い。頬《ほお》は鋭くこけて、剣呑《けんのん》な雰囲気を漂わせている。全体的な印象は、北新宿公園で翔のバッグを引ったくろうとした男に似てなくもない。……否、よく見るとそっくりだ。

翔は気持ちが動転し、慌ててスープを口に運んだ。

辛さが喉に引っ掛かって咳《せ》き込む。

「昨晩、あの子のアルバムを見ていたら、こんな写真が出てきて驚いちゃった。JJハウスに越してきてから、やけに家に寄り付くようになったとは思ったけれど、風水のおかげばかりではなく、こんな理由があったとは……」

「理由？」

「そう、マリアちゃんがいたからこそ、私のところにもちょくちょく顔を出すようになったんじゃないかって……。写真を見て確信したわ」

「でもマリアは……」

と翔は言いよどんだ。

「そうなのよ。マリアちゃんは翔にご執心だったはずでしょ。それがうちのアキラとも付き合っていたなんて」

「二股じゃないの、それ」

と水晶《スジョン》があっさり言った。

翔はとたんに食欲がなくなった。相思相愛だと思っていたのに、他に男がいたのでは、自分への愛は半分に過ぎなかったとも言えるのだ。

箸を置いて、深いため息を吐いた。

3

翔は梅子の話を聞いて、具合の悪さがぶり返した。

「マリアさんはモテたんだからしょうがないでしょ」

と水晶《スジョン》が、チゲスープに入った飯をスプーンで掬いながら、屈託なく言い放つ。

「イラン人のハタミもそうだし、ナイジェリア人のガンボもマリアさんのこと大好きだった。私、知っているもんね」

マリアの愛はこれで四分割である。

水晶《スジョン》はスプーンでスープの中に落ちた飯を掬って口に入れると、箸で漬物に手を伸ばし、さらには最後の犬肉をさらっていった。

先日の寿司も、かなりの量を食べていた。

こんな人間を痩《や》せの人食いというのだ。翔が食欲をなくしたほんの五分の間に、おかずはあらかたなくなった。

翔は自分の飯とチゲスープだけになった食卓を呆然《ぼうぜん》と見つめた。

そして我に返った。

……イラン人とナイジェリア人？

二股いや、四股ショックが大きすぎて、翔の反応は鈍くなっていた。

できれば聞きたくないような事実が次々と露見《ろけん》している。

考えてみれば、マリアの商売は愛を売っているようなものだった。何人男がいたとしても、あり得ないことではなかった。

翔は、マリアとの『愛』という名の風船がどんどん萎《しぼ》んでいくのを感じつつ、岩本警部補が言っていた話を思い出した。

「昨日、例の警部補が部屋に訪ねて来たんだ。捜査本部じゃ、マリア殺しの真犯人を三人に絞っていると言う。イラン人にナイジェリア人、そしてもう一人が中国人だ」

「イラン人が用心棒のハタミでしょ。ナイジェリア人が歌舞伎町で客引きをやっているガンボじゃない？　そして中国人と言うのは……」

ようやく食事を終えて、水の入ったグラスを持った水晶《スジョン》が梅子の顔を見た。

ふっくらとした梅子の顔から色が失われていた。

「あの子が犯人のはずがない！　翔の時と同じよ。ご、ご、ご……」

「誤認逮捕？」

翔の言葉に梅子が頷く。

「決まっているわ。逮捕されたら、無実でも犯人にされる。中国でも日本でも警察は同じ」

と梅子は俯き、肩を震わせた。

「あの子ったら、いったい今どこにいるのよ……」

と梅子は涙声になっている。

表情をころころと変え、感情を激しく見せるところは、やはり日本人とは少し違うと翔は思った。

「もうどこかに逃げたんじゃないの？　ハタミは大阪のほうに逃げたってコンビニの曹さんが言ってたよ」

「だってそのイラン人は、不法滞在だから逃げたんでしょう？　アキラは日本国籍も持っている。犯人じゃなかったら逃げたりはしないはず。どうしよう……、どうしよう……」

と梅子はうろたえた。

「じゃあ、アキラをみんなで探してみる？」

と水晶《スジョン》が翔の顔を窺《うかが》うように見た。

「悪いけど、俺、明日会社の面接なんだ」

と翔は悪びれることなく言った。

アキラを探してどうなるわけでもあるまい。日本の警察の捜査網から逃げ切るのは簡単ではないのだ。

「あなたって、ほんとに自分勝手よね。あなたを警察から救い出したのは誰？　ＪＪハウスのみんなでしょ。今は梅子さんが困っている。今度は協力するのが当たり前じゃないの？」

「だけど明日の面接には俺の人生が掛かっているんだ。もし君が、明日オーディションだったらどうする？」

翔は水晶《スジョン》を射抜くように見た。

明日の面接は真剣勝負なのである。

「いじわる……」

と、水晶《スジョン》が怒りに満ちた眼差しを翔に投げつけた。

大きな瞳にみるみる涙が溜まった。

「まさか……」

と翔は察知した。

つまりは、またオーディションが不合格だったのだ。

水晶《スジョン》がまるで子供のように大声を上げて泣き出した。大粒の涙はきっと本物だ。

「バボババボバボバボバボ……」

誰に言うでもなく、水晶《スジョン》が叫んだ。

その時、店の引き戸に人がぶつかる音がした。

「誰か！　手伝ってくれ。怪しい男を捕まえた！」

店の外から聞こえる声は、ＪＪのものだった。

翔は裸足《はだし》のままで玄関に向かうと、ドアを開けた。

眼鏡をかけたオタクっぽい中年男が、後ろからＪＪに腕を捩《ね》じ上げられている。チェックのシャツに黒いズボンを穿《は》き、足元は革靴だ。

「なんだ、翔。いたのか。こいつを中に入れる。ここじゃ人目がある！」

翔はうつ伏せになった男のベルトを持って、ＪＪと力を合わせて店内に引き摺り入れると、男の背中に重石《おもし》のように寄り掛かった。

水晶《スジョン》が涙も乾かない顔で、通りの左右を確認し、ドアを閉め、鍵を掛けた。

「案外みんな、無関心みたい」

と水晶《スジョン》がキョトンとした顔で言う。

「この男、店が休憩に入っているのに、外で見張っているようだった。声を掛けたら逃げようとした。おまえ、水晶《スジョン》のストーカーじゃないだろうな」

ＪＪが大見得を切って言った。

「ちょ、ちょっと待ってくれ。決して怪しいものじゃない。手を離してくれ」

と男は必死になって訴えた。

「あのな、怪しい奴が、自分で怪しい奴とは言わないものだよ」

とＪＪが反論する。

「離せと言ったら離すんだ。後で後悔するのはおまえたちのほうだぞ。俺を誰だと思っているんだ」

「まさか水戸《みと》のご老公様だとでも言うんじゃないだろうね」

男はＪＪに目を剝《む》いた。

「ズボンの後ろのポケットを見てみろ。警察手帳が入っている」

男がそう言ったとたんに、翔は体を離して立ち上がった。

まさかまたもや公妨か……と悪い予感が頭をよぎる。

「翔、ポケットを確認しろ」

とＪＪは強張《こわば》った表情で翔に言った。

翔は膝《ひざ》を折って、男のポケットから手帳を出した。紛《まぎ》れもなく警察手帳だ。開いて見ると「警視庁公安部外事二課　警部金子優《かねこまさる》」とあった。

翔は驚きを隠さず、口を開けたままＪＪに手帳を渡した。

ＪＪは捩じ上げた腕を解いて、警察手帳をじっくりと見た。

「ハハーン、あんたがダミアンが言っていた公安か。この店の客に扮して東北幇《ドンベイパン》を当たっていたんだな」

「あなたは自分が何をやったかわかっているのか？　完全な公務執行妨害だ」

と金子警部は立ち上がって汚れたシャツやズボンを叩いた。

「逮捕できるものなら、逮捕してみるがいい。俺は東北幇《ドンベイパン》の関係者じゃない。単にあんたの張り込みに不審を抱いた一市民なんだ。第一、公安部のそれも警部さんともあろうお方が、張り込み中に不審者と間違われたんでは、立場がないだろう」

「貴様……」

と金子警部は唇を嚙《か》んだ。

「さてと、警部殿、どうなさいますかな？」

とＪＪは腕を組むと、テーブルに半分尻をのせて勝ち誇ったように訊ねた。

「まあ、今回は特別に大目に見てやっていい」

と金子警部も強気だ。

「名刺を一枚下さいな。俺だって、単なる反体制派じゃないんだ。覚醒剤がらみのことで調べていらっしゃるんでしょう。外事二課といえばアジア地域が担当だ。俺たちだってね、アキラをシャブの売人なんかにしたくはない。早いとこ、東北幇《ドンベイパン》からも足を洗わせたいと心の底から願っている。あんたの捜査に協力するのは、決してやぶさかじゃない」

ＪＪは、金子警部の日を真正面からしっかりと見た。

聡明そうな目だ。

体つきは華奢《きゃしゃ》で、頑強そうな岩本警部補とはまったくタイプが異なった。身長は岩本警部補と同じくらいだが、年齢は彼よりも下のようである。

「さすがは東大紛争の元闘士ですね。硬軟を使い分ける術を知っている」

金子警部は、髪を撫でつけながら言った。

JJのことについても調べ上げているようだ。

ズボンのポケットからハンカチを取り出して眼鏡を拭く。名刺を渡そうか、思案しているようである。

「公安の仕事もいろいろなんです。たしかに外事二課はアジア担当なのですが」

と警部は、含みを持たせるような言い回しをした。

JJが警察手帳を返すと、財布から名刺を取り出し、JJに渡す。

「今はまだ、詳しいことは話せませんが……」

「警部ともあろうお方が、直接張り込みをするとは、よっぽどのことなんですね」

JJも警部に倣《なら》って敬語で話した。

互いに腹を探り合いながら、理解を深めているようである。

「ハハハ……、神宮さんには敵いませんなあ。読みが鋭い。ただ私が言えるのは、そのアキラ君と連絡が取れたら、私にも連絡していただきたいということなんです」

「冗談じゃない！　あの子を警察なんかに売り渡すもんですか！」

と、梅子が顔を歪《ゆが》めて金子警部を睨んだ。

母親らしい感情だ。中国育ちらしいと言ってもいいのかもしれない。

「梅子、今は黙っててくれないか。警部には警部の考えがあるんだろう」

「でもＪＪ！」

と、今度は水晶《スジョン》が何か言いたそうに口を尖《とが》らせた。

「……でないと、アキラ君の無事は保証できません。彼は実に厄介なところに首を突っ込んでいるのです」

金子警部は、なぜか翔に向かって、意味ありげな表情で言った。

警部の表情は、まるでアキラ＝翔のことだとでも言っているようである。警部はＪＪの話に合わせて、「アキラ」の名前を最初に出したのは、ＪＪのほうだ。警部はＪＪの話に合わせて、「アキラ」の名前を使っているだけで、何かを翔にだけ伝えようとしているようにも思えた。

翔は、もしやずっと自分のことを見張っていたのは、金子警部かもしれないと感じた。彼は翔を尾行して、店の前にまで来ていたのだ。

そう考えると、「アキラ君の無事を保証できません」ということは、「翔の無事を保証できない」ということになる。

金子警部は開錠しドアを開けると、右手を挙げながら、振り返ることもなく路地に消えた。

「ＪＪ、どういうことなの？　アキラの無事を保証できないって？　あの子の身に何が起こっているの?」

梅子がＪＪにしがみ付いて、体を揺すった。

ＪＪの左耳のピアスが揺れている。

「……俺にもわからん。ただ公安部の警部が、単独で張り込んでいたくらいだ。それも腕っ節のからっきし弱い男がだ。いくら俺が柔道二段だからって、気が抜けるほどに弱すぎる。そんな場違いな警部が現場に出るほどだ。逆に言えば、よほどの難事件が後ろに控えているんだろう」

と、ＪＪが座敷の縁に腰掛けた。

「翔の話では、アキラは、マリアさんを殺した容疑者の一人にされているのよ」

「それは本当か?」

水晶《スジョン》の説明に、ＪＪが声をあげた。

「ウーン……」

とＪＪは足を組み、腕を組んで考える。

「たしか、マリアの職場は、川瀬《かわせ》組の縄張りだったたな」

翔は川瀬組という名前に聞き覚えがあったような気がしたが、それがいつどこで、誰から聞いたのかまでは思い出せなかった。

「川瀬組と東北幇《ドンベイパン》の関係を、しっかり調べさせたほうがよさそうだな」

と、ＪＪが薄っすらと白い髭《ひげ》の生えた四角い顎を撫でた。

「どうして？」

と椅子に座った水晶《スジョン》が、無邪気な調子で訊ねた。

「ダミアンの調べによれば、公安部は密かに厚労省の麻薬取締部と連携して中国からの覚醒剤ルートを当たっている。この店を公安がマークしているのは、東北幇《ドンベイパン》が覚醒剤の卸《おろ》しをやっていると睨んでいるからだ。もし大量に密輸しているのなら、自分たちの手だけでは捌《さば》き切れない。そこで川瀬組にも卸すのさ。川瀬組なら、コリアンタウンから歌舞伎町まで幅広く、多数の売人を擁《よう》している。もし、マリアが中国ルートのシャブをやっていたのなら、川瀬組が関わっているのはまず間違いないだろう」

翔は驚きを隠せなかった。

マリアがシャブ中だったことは、自分と警察だけが知っていることだと思っていたからである。

ＪＪが翔の気持ちを察して説明した。

「岩本警部補から聞いてるよ。マリアと親交のあった人間を教えろと凄《すご》まれた。特に覚醒剤関係だ。だけど冗談じゃないって断った。こちとらちゃきちゃきの江戸っ子だ。痩せても枯れても桜のご紋の使いっ走りにはならない。もちろんアキラのことも話してない」

「よっ！　ＪＪ」

と水晶《スジョン》が合いの手を入れた。

「よせよ。照れるじゃないか」

と、JJは短い髪を撫で付けた。

梅子が緊張していた表情を解いて、大きく胸を撫で下ろした。

事実はどうあれ、当面アキラに警察の手が届かないことが、彼女にとっては重要なのだ。

「それよりJJ、誰かに狙われているんです」

と翔は、部屋に侵入者があったことや、襲われたこと、そして昨日も誰かが合鍵を使って部屋に忍び込もうとしたことを話した。金子警部の意味ありげな表情は、それらを裏付けるものである。

「今日は日曜か。しょうがない。明日一番に業者に電話を入れるが、いつ来れるかはわからない。部屋に大切なものは置いてないのか?」

JJの問いに、翔は、

「いえ、大事なものは全部そこのトートバッグの中にあります」

と座敷に置いたコーチのバッグを指差した。

「新しい鍵ができるまで俺が預かっておいてやろうか」

「いいんですか? できるならお願いします」

そう言って、翔は座敷に上がると、明日の面接に必要な書類だけ東洋光学の大きな封筒に入れ替えて、トートバッグをＪＪに手渡した。

「ところで翔、北新宿多国籍同盟に加わる気はないのか？」

と、ＪＪが真剣な眼差しで翔を見た。水晶《スジョン》も梅子も翔に注目した。

「すみませんが、勘弁してください。そりゃ僕だってマリアの仇《かたき》は取りたいですよ。でも犯人探しは警察の仕事です。それに就活で忙しいんです。いつまでも失業中というわけにはいかない。梅子さんに部屋の風水を見てもらったせいか、入れそうな会社が見つかったところなんです。明日の午後には面接です。おっと、こんなところでいつまでもグズグズしているわけにはいかないんだった。早く帰って明日の面接に備えないと」

「だったら、しょうがないな。でも危ないことでもあったなら、迷わず相談してくれ。わかったな」

翔は、ＪＪのやさしさが素直にうれしかった。

「その時はお世話になります」

と答えた。

時計を見ると、すでに三時を過ぎていた。買物して帰って三時半。面接のイメージトレーニングをみっちりやって、夕食にはステーキでも焼いて精力をつけようと思った。

ふと、マリアが焼いてくれたステーキを思い出す。

「それじゃ、みなさん失礼します。ＪＪ、すみませんがなるべく早めに鍵の交換をお願いします」

「あなたって、本当に、自分勝手ね」

と水晶《スジョン》が腕を組んで小鼻を膨らませた。

「その言葉、そのまんまおまえに返してやるよ」

と翔は毒づき、ピンクのデ・ローザに手を掛けた。

しらけた空気が漂う中、翔は店をあとにした。

4

月曜日は梅雨の晴れ間で、めずらしくカラッと晴れた。

朝から気温がグングン上昇した。

翔は久しぶりにポール・スミスの紺のスーツを着た。

ネクタイはすべて押収されたままだったので、途中で買っていくことにする。靴はエドワードグリーンのドーバー。

これでコーチのトートバッグがあれば普段どおりだが、ＪＪに預けてあるので、以前使っていたポーターのショルダーバッグに必要な書類などを入れた。

天気がよかったので、ピンクの愛車デ・ローザに乗っていこうと決めていた。

翔は午後一時過ぎに自宅を出ると、途中小滝橋通りのラーメン店で、念願だった激辛カレーつけ麺を食べて、その後ネクタイを購入し、ヤマガタフィルムに向かった。

新宿駅南口近くで甲州街道に入り、初台からは山手通りだ。東洋光学の社宅は初台にあった。会社は天王洲だ。山手通りをひたすら南下すればよかったわけで、大崎にあるヤマガタフィルムへの道のりも同じだ。翔にとっては通い慣れた道である。

ヤマガタフィルム本社は十階建てのビルだった。受付で来社理由と名前を告げると、数分で人事部の若い社員が迎えに来た。山田《やまだ》と名乗った。

エレベーターで五階まで行く。

「こちらになります」

商談を行なうような小部屋に通される。

「ただいま、部長の春日井《かすがい》が来ますので」

と、山田は翔を残して部屋をあとにした。

白のブラウスに緑色のチェックのスカート、同じ柄のベストを着た女性社員が茶を運んできた。

翔は、彼女が部屋を出て行くほんの一瞬、ドアの間から目を疑うような人物を目撃した。

かつての上司、佐藤譲総務人事課長である。東洋光学入社以来ずっと一緒に仕事をしてきたので、見間違えるわけがなかった。

翔は言いようのない不安を覚えた。東洋光学とヤマガタフィルムに直接の取引はない。互いにエクソニーと取引があるだけだ。エクソニーのパーティー等で顔を合わす程度のことである。

そして翔の面接には、ヤマガタフィルムの人事部長が当たると言っていた。いいように考えれば、即採用決定のためだと思えるが、翔は佐藤課長の存在がどうしても気になった。

喉に渇きを覚えたので、茶を啜り、履歴書とハローワークの紹介状をデスクに置いて、面接官の春日井部長が来るのを待った。

しかし部長はなかなか来なかった。三時半になり、四時が迫った。茶のお代わりもなかった。狭い室内で心細さだけが募《つの》った。

ノックする音が聞こえた。

「いやあ、すまなかったね。突然の来客があったもので。お待たせしてしまって」

頭がすっかり薄くなった男が、笑顔で現れた。

「私が春日井だ。こっちが課長の鍋田《なべた》だ」

春日井部長は貫禄のある腹を揺すって腰掛けた。髪を七三分けにした鍋田課長は痩せて神経質そうである。

「単刀直入に言わせてもらうが、今回の話はなかったことにさせてもらいたい」

春日井部長が唐突に言った。

「いや、ハローワークから紹介してもらった時点では、同じ業界の東洋光学、それも総務人事課出身者ならば、業界のことには通じているし、活躍してもらえると思ったのだよ。それが君がツーキニスト制度を発案し、軌道に乗せた立役者だったという話も伝え聞いた。それでね、君の人となりを聞いておきたくってね。以前の上司、佐藤総務人事課長に、この鍋田が直接電話したんだよ。実は業界のパーティーで顔見知りだったんでね。そうしたら佐藤さんが、君のことでどうしても話しておかなければならないことがあると仰《おっしゃ》って。電話では話せないということで、今日、わざわざ弊社にお越しになったのだよ」

翔は身を硬くした。

鍋田課長が話を継いだ。

「児玉君、君は東洋光学の機密文書を無断で持ち出したそうだね。極秘事項なために、公にできないのだと佐藤さんは頭を抱えておられる。もし東洋光学が警察に告発したら、君は間違いなく窃盗《せっとう》罪で検挙されるだろう。もしその書類を使って会社を恫喝《どうかつ》したら、言うまでもない。恐喝罪だ」

翔は再逮捕される恐怖に慄《おのの》いた。

もう一度裸にされ、尻の穴まで調べられるのは耐えられない。あれほどの屈辱はこれまで味わったことなどなかった。警察権力に身柄を拘束されるだけでも、犯罪者になった気がしたくらいだ。

「弊社では、当然ながら社内の機密文書を持ち出すような人間を採用するわけにはいかない。佐藤さんは君と話がしたいと仰っている。お互いエクソニーの協力会社だからね。困っているのに見て見ぬ振りはできない。あとは、佐藤さんと話し合ってくれ」

春日井部長が頷くと、鍋田課長も席を立ち、二人は部屋の外に出て行った。

示し合わせていたのだろう、間髪入れずに佐藤課長が入室した。

「児玉、久しぶりだな。一ヶ月ぶりか。まさかおまえがあんな真似をするとは思わなかったよ。めずらしくうろたえた。それで、文書はどこにやったんだ？」

佐藤課長は縁《ふち》なし眼鏡を指で押し上げると、椅子《いす》に置かれた翔のショルダーバッグに目をやった。

「ここにはありません！　事情があって預かってもらっています」

と翔は正直に答えた。

「ホホーッ、預かってもらっているとな。またずいぶんよくできた話じゃないか。スパイ映画にあるように、自分に何かあったら、世間に公表してもらう約束でもしたのか、その女に……」

「どうして女なんですか？」

「おまえの動きなんて、すべて筒抜けなんだよ。どこに住んでいるかも摑《つか》んだ。それにしたって、会社を首になってすぐに恋人を作るなんて、おまえも余裕だよな。相手は外人、飛びっきりの美人ときている。ナイスバディなんだってな」

佐藤課長は、巨乳を揺らすような仕草をしてみせた。

「ど、ど、どうして、それを……」

と翔はどもった。

「だから、さるところに頼んだんだよ。大枚叩《はた》いてな。こうなったら、その女に直接聞いてみようか？　あの書類のありかを。今からおまえのアパートに行こう。まだ夕方だ。女は夜の商売をやっているんだろ。まだ部屋にはいるはずだ。俺も一度、そのダイナマイトボディとやらを拝んでみたいと思ってな」

佐藤課長は下卑《げび》た笑いを浮かべると、腕時計を見た。部屋の壁掛け時計は午後四時二十分を指している。

「でも課長……」

と翔は低い声で言った。

「マリアは先週の月曜に死んだんです。それも何者かに殺されて……」

翔は込み上げてくるものを押さえて言った。

膝に置いた拳《こぶし》をギュッと握る。

「ほ、ほ、本当か……」

と、今度は課長が驚く番だった。

「どうして、そこまで……」

「そこまで……って、どういう意味ですか？」

と翔は椅子を蹴倒《けたお》し立ち上がった。

デスクに両手を突いて佐藤課長を凝視する。

「私はそんなことは頼んでいない。絶対に頼んでいない！」

と佐藤課長は右手を左右に振りながら、顔面蒼白《そうはく》になっていた。

「私は帰るぞ。関係ないんだ。すべて社長の命令だ。女が死んでも俺の責任じゃない……」

佐藤課長は震えながら席を立つと、焦点の定まらない目でよろよろと部屋を出て行った。

翔はテーブルに手を置いたまま茫然《ぼうぜん》とした。

頭の整理がつかなかった。

佐藤課長の後ろ姿を目で追った。

「いったい、何があったのですか？」

と鍋田課長が部屋に来た。

「佐藤さん、血相を変えて帰ったぞ」

「なんでもないです」

と翔は答えた。

「なんでもないって、君。厄介ごとを持ち込まんでくれ。ここは東洋光学じゃないんだ。用が済んだのなら、さっさと出て行ってくれ」

鍋田課長は、翔と目を合わせようともせずに部屋の明かりを消した。

「失礼しました」

と頭を下げると、翔はその場をあとにした。

ビルを出て大崎駅方面に向かって歩く。

翔は再就職がかなわなかったことよりも、佐藤課長の言動のほうが衝撃的だった。課長はマリアの死を告げると、「どうして、そこまで……」と言ったきり、絶句したのだ。

「どうして、そこまで」とは、「どうして、そこまでやったのか」ということだろう。つまり課長は、そこまでやるようには命じてなかったということになる。

課長は見ず知らずのマリアのことを知っているようだった。「おまえの動きなんて、すべて筒抜けだ」とも言っている。

課長はどこかに大金を使って依頼し、翔の行動を監視していた。翔が持ち出したあの書類を取り戻すためである。

翔は部屋に何者かが侵入していたことを思い出した。あの犯人は佐藤課長が雇った誰かの仕業《しわざ》だったのだ。この前の公園での強盗もきっと同じ人間だ。

ただし、佐藤課長が直接男に依頼したとは考えにくい。

男の見かけはアキラに似たチンピラだった。チンピラと佐藤課長に接点などない。興信所かどこかに依頼したのだろうと想像は付く。それもすべて山下社長の指示だと言った。社長が直々に指示するとは、よほどのことにちがいなかった。

翔は自転車置き場からピンクのデ・ローザを引き出すと、いったん山手通りに出たものの、大崎広小路の交差点を右折して五反田《ごたんだ》駅に出ると、桜田通りに入って池田山を登った。

万が一、追っ手がいることも考えられる。佐藤課長は、翔のショルダーバッグに注目していた。

翔があの書類を肌身離さず持っている、あるいはマリアに預けていると報告を受けていたのかもしれない。

マリアが殺されたことがわかった以上、課長は、書類は翔のショルダーバッグの中にあると考えるのが妥当だろう。

課長は翔の行動を監視し、マリアとの関係まで知っていた。しかし一週間前、マリアが惨殺《ざんさつ》されたことは知らなかった。

課長が依頼した興信所かどこかのスタッフが、マリアにあの書類の在りかを吐くように詰め寄り、頑《かたく》なに拒んだ彼女が殺された……。

しかしそこまでのことを興信所のスタッフがするだろうか。常識的にはあり得ない。

翔は時折追っ手がいないか後ろを振り返りつつ、渋滞する車を横目にデ・ローザで快走した。

明治学院大学前を通り過ぎ、慶應義塾《けいおうぎじゅく》大学のそばを左折する。やがて右手に芝《しば》公園と東京タワーが見えてくる。虎ノ門《とらのもん》を左折して、国会議事堂から国会図書館の脇を通り、皇居のお堀沿いに出た。道を渡って千鳥《ちどり》が淵《ふち》公園で小休止する。

夕方のラッシュが迫る時間帯では、都心では自転車のほうがはるかに速い。午後五時を少し回ったところであった。

翔は自販機でミネラルウォーターを買ってきて、口を潤《うるお》し、ネクタイを緩めて息を整えた。

ベンチに座って行き交う人々を見る。

誰かに尾行されている様子はなかった。

春なら桜が美しい公園も、今は緑が生《お》い茂る。

翔の脳裏にふと、ＪＪが言っていた「川瀬組」という暴力団の名前が浮かんだ。

興信所のスタッフが、翔の行動を監視しても、マリアを殺すはずがない。仮にあの書類のためにマリアが殺されたのだとしたら、佐藤課長はどこに調査、書類の略奪を依頼したのか……自転車を走らせながら、翔はずっとそのことを考えていた。

もう三、四年も前のことになるが、株主総会を無事に乗り切るために使った会社があった。それが「ＫＡＷＡＳＥ」だ。

工場の中国進出に伴う投資で、不透明な部分がかなりあった。株主の中からは経営責任を問う声が上がっていたため、この声を抑えるために「ＫＡＷＡＳＥ」を使ったのである。

総会屋が表舞台から姿を消して久しいが、株主総会の裏工作は、今も混乱が見込まれる年によっては活用している。

翔は、横文字の名前だったので、「ＫＡＷＡＳＥ」と川瀬組とはすぐに結びつかなかったが、佐藤課長が「ＫＡＷＡＳＥ」に依頼するのは妥当だと思った。

「ＫＡＷＡＳＥ」が川瀬組と関係があるならば、少々荒っぽいことも平気でするかもしれない。

翔はそう考えると、マリアが哀れでならなかった。

自分が機密文書を持ち出したせいで彼女が殺されたことになるのだ。

　もし翔が直接暴力団に脅《おど》されでもしていれば、さっさとあんな書類は佐藤課長に返した。翔にとっては、その程度のものなのである。悪ふざけが一人の人間の死につながるとは、あまりにも重過ぎる結末だ。

　翔は太腿の上に両肘《ひじ》を突き、頭を垂れて悔やんだ。悔やんでも悔やみきれなかった。犯罪を呼び込んだのは、ＪＪハウスの住人たちなどではなく、自分のほうだったのだ。

「お加減でも悪いのですか？　大丈夫ですか？」

と通りすがりの婦人が、翔に声を掛けた。

　翔は涙で濡《ぬ》れた顔を手で拭いながら、

「だいじょうぶです。すみません、ご心配をおかけして」

と下を向いたまま返事した。

　婦人はハイヒールを鳴らして九段《くだん》方面に歩いていった。キャリアウーマンのようだった。

　翔はあらためて、周囲が暗くなっていることに気が付いた。

　こんな夜は飲まずにいられない。

　しばらく月の見えない空を見上げたあとで、翔はふたたびデ・ローザに跨った。

　半蔵門《はんぞうもん》の交差点から新宿通りに入る。四谷を過ぎてしばらくすると、煌々《こうこう》とした新宿のネオンサインが見えてくる。明治通りを右折すると明かりが遠ざかっていく。最近開発されている東新宿の次の交差点から大久保通りに入って、どの店に行こうか思案した。

自転車があるので、大久保駅近くの屋台村に行くことにする。

店内には、タイや中華、インド、マレーシア、ベトナム、メキシコ料理と周囲を屋台が囲み、中央に木製のテーブルと椅子が置かれている。店のムードは、スーパーなどのフードコートの大人バージョンである。客はどの屋台からでも好きなものを選べばいい。払いもそれぞれである。

翔は、自転車を馴染みのタイ屋台の女店主に預けると、好物のカニのカレー炒《いた》めと空心《くうしん》菜《さい》炒めを頼んだ。ベトナム屋台からはベトナム風春巻きとベトナム風お好み焼きのパインセオだ。

「マリアさん、可哀想だったね」

とタイ人の女店主が料理を運ぶついでに翔の隣に座った。

マリアとたまに来ていた店なのだ。従業員と客との距離がやけに近いのがこの屋台村の特徴である。

最初はビールを飲んでいた翔だったが、いつものように赤ワインに変えた。

七時を過ぎると続々と客が入ってきた。多くが二十代から三十代の学生や会社員たちだ。女性が多く、またタイ人、中国人、インド人など外国人客もいる。

翔は一人でちびちび飲んだ。店内の喧騒《けんそう》に身を委《ゆだ》ねるように、何も考えなかった。手がすくと、タイ屋台の女主人が翔の隣に座ってビールを飲んだ。

「そう言えば翔、マリアさんの元カレ知ってるか？」

と女主人が訊ねた。

翔は首を振った。

「アキラって子だよ。それがさ、アキラがついこの前の土曜日に来て言うんだ。俺は絶対にマリアを殺した犯人じゃないって。それなのに犯人にさせられそうなんだって。はめられたって。彼、ここに座って怯《おび》えてた」

女主人はそう言って、自分の座っている椅子を指差した。

翔は酔って朦朧《もうろう》とする頭でこの話を聞き流した。

もはや何事を考える気力も湧《わ》かなかった。会社からあの書類を持ち出さなければ、こんなことにはならなかったのである。犯人が誰だろうと、原因を作ったのが翔だということは明らかなのだ。

満席だったのが一つ、また一つと空席ができ、十一時頃には、半数くらいの席が空いた。翔は赤ワインを二本も空けていた。

「翔、自転車で帰れるか」

と女主人は心配して言った。

「全然平気ですよ。ほらこのとおり！」

と翔は立ってみせたが、よろけた。

したたかに酔っ払っていた。それでもデ・ローザに乗って帰った。

小滝橋通りを過ぎて北新宿に入ると、とたんに薄暗くなり、喧騒も遠くなった。路地に入ると歩いている人もいなかった。

ＪＪハウスに続くゆるやかな坂道を下った。レンガ造りのＪＪハウスが左手すぐに見えた。

その時である。

自転車の前輪に突然何かが挟まった。自転車は躓《つまず》いて空中を一回転し、翔は前方に投げ飛ばされた。自転車が地面にぶつかる音が聞こえると同時に、腰のあたりを強打した。呻《うめ》きながら地面から上半身を持ち上げた。

途端に数人の男たちに囲まれた。左頬に一発、右にも一発、ワンツーを決められ、他の奴が鳩尾《みぞおち》に蹴りを入れた。

翔はエビのように丸まった。反撃する暇もないまま、ショルダーバッグを奪われた。

犬の鳴き声がした。路地の下のほうから数頭の犬が走ってきていた。先頭を走るのは黒のラブラドール、ゴン太だ。

男たちが翔から離れた。

犬の集団が男たちを追って行った。

5

林クリーニング店の一階に明かりが灯《とも》ると、ほどなく林が姿を見せた。

「児玉君、大丈夫かい？　何があったんだ？」

翔は道路に腰を降ろしたままだった。体がガタガタ震え、寒くもないのに止まらなかった。唾《つば》を吐くと、口の中が切れたようで、血が混じっていた。

犬の集団が路地に戻ってきた。

先頭のゴン太は、倒れている自転車のそばに落ちていた擂《す》り粉木《こぎ》棒のようなものを咥《くわ》えると、翔のほうをちらりと見やって、神田川のほうに下っていった。

その擂り粉木棒が、タイミングよく前輪に投げ込まれたものだろう。

「さては今晩も犬の集会だな」

と、林が犬の集団を目で追った。

翔は口を開いた。

「酔っ払って転んだんです……」

「それにしちゃ、人の声が聞こえたぞ。強盗でも出たのかと思った……」

「そんな、強盗だなんて。そこまで物騒じゃないでしょ」

翔は作り笑顔で、林の質問に答えた。

狙われているのは翔なのである。それも東洋光学から機密文書を勝手に持ち出したせいでこんな目に遭っているのだ。

書類は貴重品などと一緒にJJに預けたままである。翔を襲った連中は、必ずふたたび襲撃してくるはずだ。あるいはJJハウスの誰かに危害が及ばないとも限らない。

翔は咄嗟《とっさ》に水晶《スジョン》の顔が頭に浮かんだ。これ以上犠牲者を出すわけにはいかない。

しかし、もはや一人ではどうすることもできなかった。

「林さん、何でもないんです。本当なんです」

そう言うと、翔はデ・ローザのところに行って乗った。

「だったらいいけどさ。やけ酒もほどほどにしておけよ」

と林は店に戻った。

JJの部屋を訪ねると留守だった。時計を見ると午前〇時近くになっている。

翔は以前もらった『ボヘミアン』の名刺を財布から取り出した。北新宿多国籍同盟の捜査会議が開かれているかもしれない。

翔は、痛む体にムチ打つような気持ちで、自転車のペダルを漕いだ。行き先は歌舞伎町のゴールデン街だ。これ以上犠牲者を出さないためにも、彼らに事情を話しておかなければならない。

新大久保のホテル街にはタイ人の街娼がちらほらといた。ハイジアビルの周囲にはおかまや台湾人の街娼がうろうろしていた。しかし自転車で通り過ぎる翔には目もくれない。

歌舞伎町の中心に近づくと、煌々とした明かりの下で、黒人の客引きや、日本人のポン引き、水商売の女たちに甘い声を掛ける茶髪のホストたちが人勢道に繰り出していた。

中国人の案内人が中国人のグループを引き連れ、中国人の女が「マッサージ、マッサージ」と目の前を行き過ぎる男たちの手首を掴む。風林会館近くのビルでは、一階で客を見送る韓国人ホステスのきれいどころがずらりと並んだ。肩を出したロングドレスが艶《なまめ》かしい。

千鳥足で歩く酔客、奇声を上げる若者の集団、男とおかまのカップルもいれば、女となべのカップルもいる。

さすがはアジア一の歓楽街である。

明るいネオンサインの下でエロスが発散している。

ダミアンが言っていた。歌舞伎町には三千人のヤクザがしのぎを削《けず》り、日々四十万人の客が押し寄せると……。

一日で歌舞伎町がもっとも賑わう終電間際のこの時間帯は、もはや人間の欲望がごった煮状態だった。

翔は風林会館を通り過ぎ、ゴールデン街に入った。

「明るい花園8番街」から始まって、5番街、3番街、1番街と続き、その先がゴールデン街2とゴールデン街1である。長屋形式の二階建ての建物に、間口の狭い店が連なっている。横六本、縦一本の横丁に、全部で百七十軒もの店がひしめきあっているのだ。

喧騒が遠くなり、じっとりとした暗さが漂ってくる。

黄昏《たそが》れた昭和のムードが匂い立つ。

この界隈で勝るのはエロスよりも退廃である。日本人の年増娼婦が汁に立つ。

昼間とはまったく違う印象だ。間口が一間《けん》ほどの店々は、多くがドアを開放している。

案内図にしたがい『ボヘミアン』を探すと、ゴールデン街の一番奥のほう、四季の道に近いところにあった。木製のドアを開けると、見知った顔が翔のほうを見た。

JJとダミアン、水晶《スジョン》に梅子だ。梅子は泣きはらしたような顔をしていた。

カウンターの中には黒いドレスを着た三十過ぎくらいの美しい女が立っていた。くっきりとした目鼻立ちで、身長は一七〇センチ近かった。黒髪は後ろに詰めている。黒いドレスの胸元から豊かな胸の谷間が見え、真っ赤に引いた口紅《ルージュ》が、成熟した女の色気をさらに香り立たせるようである。

「ようやく真打ちの登場だな」

とダミアンが振り返ったまま言うと、

「部屋の鍵は付け替えた。おまえのバッグもここにある」

とＪＪが達磨《だるま》のような赤ら顔で笑った。

ＪＪはすでに相当酔っ払っているようである。

「翔、さっさと中に入りなよ。エェッと自転車は、京子《きょうこ》ママ……」

そう言って、水晶《スジョン》がカウンターの中の女を見た。

「ＪＪとダミアンの後ろに置いて」

と京子ママが、入ってすぐのカウンター席の後ろを指差した。

店は十人も入れば一杯になるくらいの大きさだった。Ｌの字型のカウンター席のみである。

入ってすぐの左の席にＪＪとダミアンが座り、角を挟んで水晶《スジョン》と梅子がいた。水晶《スジョン》と梅子が一つずつ席をずれて、翔のために席を空けた。

京子ママがカウンターの中から出てくる。

「今晩はもう閉店にしておくわね」

そう言って、いったん外に出ると店に戻って、玄関に鍵をかけた。

「この店はな、ママの趣味でやっているんだ。客が大勢入ればいいってもんでもないんだ」

ダミアンが、ウイスキーの水割りを口に持っていきながら言う。

「で、どうだったのよ。面接は？」

水晶《スジョン》の問いかけに、翔は、

「うまく行ったに決まっているだろ」

と嘘で答えた。

全員の視線が一斉に翔を向いた。

いい恰好《かっこう》をするために、店に来たのではなかった。ヤマガタフィルムの面接で、東洋光学の佐藤課長に会ってから、不穏なことになっているのだ。つい先ほど襲われて、事態の深刻さに怯えた。

「……今のは嘘です」

と翔は言い直した。

「嘘は泥棒のはじまりでしょ」

と水晶《スジョン》が口を尖らせる。

「何にする？」

と京子ママが訊ねた。

「じゃあ、水割り」

翔はしんみりとした調子で答えた。

すっかり酔いは醒めてしまっていたが、この夜はもっと酔いたかった。心の不安を消し去りたかった。

翔は渇いた喉に水割りを流し込むと、口の中が染みた。顔を顰《しか》める。

一気呵成《いっきかせい》に話し始めた。

東洋光学を首になったこと。その時に機密文書を持ち出したこと。会社側が躍起《やっき》になって、社長命令でその書類を奪い返そうとしていること。

それを依頼した先は「ＫＡＷＡＳＥ」だが、実行部隊は川瀬組か、川瀬組と関係のある組織だ。そのことが原因でマリアが殺された。部屋に侵入者があったことや北新宿公園で襲われたこと。今日会った佐藤課長のこと、つい先ほどバッグを奪われたことなどである。

水晶《スジョン》は驚いたように大きな目を見開いていた。

梅子は首を傾げた。

ＪＪは目を瞑《つむ》って考えている。

ダミアンは天井を見上げた。

京子ママが水割りのお代わりを作った。

「マリア事件の概要を整理したほうがよさそうだな」

とＪＪがダミアンのほうを見た。

大きな目がいつになく鋭い。

「俺たちは、マリアを殺した犯人をずっと覚醒剤がらみで調べていた。顔見知りの誰かに呼び出され、あの夜マリアは北新宿公園に行って殺された。警察では、アキラを重要参考人と特定したようだ。今日梅子さんの部屋と店に、ガサ入れがあった」

梅子が怯えたような表情でＪＪを見守る。

ガサ入れだけは受け止められたが、それ以上は耐えられないといった感じだ。

「さっき、屋台村に行ったんだけど、アキラが来てはめられた、俺は犯人じゃないって、言っていたそうです。タイ屋台の女主人が言っていた」

「本当に？　本当にそうなの？」

と梅子の表情にパッと明るさが灯った。

目の周りが腫《は》れたようになっているのは、これまで散々泣いたからだと察した。

「アキラが来たのはいつだ？」

「たしか一昨日、土曜日の夜だって言っていた」

「なるほど、それまでは日本にいたってことだな」

と、ＪＪが四角い顎を撫でながら頷いた。

「これだけ探しても見つからないんだ。海外に逃亡したんじゃないかと俺は見ている」

とダミアンがしたり顔で言った。

「でも今日、警察が店のほうにも来たのよ。それって、アキラを逮捕するためじゃないの？」

と言って、水晶《スジョン》がリンゴジュースに手を伸ばす。

「いや、警察もアキラを追っているのさ。殺しの物証はもちろん探したんだろうが、どこに逃げたか手掛かりを探すためでもあったんだろう」

「じゃあダミアンは、アキラがどこに逃亡したと思っているんだ？」

と翔は身を乗り出して訊ねた。

「間違いなく中国。親族、あるいは友人を頼ってのことだろう」

「友人なんているのか？　アキラは子供の頃から日本で育っているんじゃ……」

翔の問い掛けに、ダミアンが梅子に視線を移した。

「だからそれを今、梅子さんに聞いていたんじゃないか」

梅子がハンカチを握り締めて言う。

「ウーエイがいるわ。日本名は佐々木武夫《ささきたけお》。中国名は劉武偉《リュウウーエイ》」

「佐々木武夫と言えば、怒羅権《ドラゴン》創立のメンバーじゃないのか。年齢は……四十過ぎくらいになっているはずだ」

ダミアンが目を瞑って、記憶の底から掬い出すように話した。

梅子が小さく頷く。

「彼は私より二つ下の四十四歳。中国にいた時から弟のように可愛がっていた。日本にも一緒に来たのよ。でもあの子は金のためなら、どんなことでもやるような人間になってしまった。パチンコの裏ロム偽造、パチンコカードの変造、裏カジノ、一時は歌舞伎町で風俗店も経営していた。ただ、七年前にヤクザと暴力沙汰を起こしたのをきっかけにして中国に帰ったの。今では東北部の丹東《たんとう》という町にいる。昔の満州、北朝鮮国境の町よ。アキラは慕っていたし、憧れていたと思うわ。武偉《ウーエイ》はずっと東北幇《ドンベイパン》のリーダー格だったから。私もウイスキー頂戴《ちょうだい》！　ロックで」

と梅子が空のグラスを京子ママに差し出した。酒で気持ちを奮い立たせようとしているようだ。

ダミアンが、重い口調で話し始める。

「……やっぱり中国か。でもそうなると却《かえ》って問題だ。二〇〇七年に日中刑事共助条約が結ばれている。双方の当局が直接連絡を取り合って、捜査情報の提供や、一方の要請に基づいて、容疑者や参考人の供述調書を提供するようになっているんだ。アキラが中国に行ったことが確認されれば、すぐに警察庁は中国の公安警察に情報提供を要請するだろう。容疑は殺人だ。アキラが中国でもマークされることは、まず間違いない」

「そんな、冗談じゃないわ。中国の公安にマークされたら、どんなでっち上げでも逮捕される可能性があるじゃない！」

梅子は一段と高い声を上げると、京子ママから差し出されたウイスキーを呷ってむせた。

水晶《スジョン》が梅子の背中を撫でる。

「それでもし、中国で別の犯罪に加担でもして逮捕されれば、見せしめ的な処罰もあり得る。中国の罰則はそれほど厳しい」

ＪＪが、冷たい表情でグラスを見つめて呟《つぶや》いた。

翔には、彼の長い旅の経験が言わせているように聞こえた。つまり世界は、日本など比べものにならないくらいに残酷であると。

「……死刑ってこと？」

水晶《スジョン》が恐るおそる訊ねた。

ＪＪが頷くと、梅子が錯乱したように喚《わめ》いた。

「あの子が死刑だなんて、そんなの、そんなことって……」

水晶《スジョン》が、梅子の背中をさすった。

「中国にいては、逆にどうなるかわからない。だからアキラは日本に帰国したほうがいいんだ。あいつがはめられたと言っている以上、真犯人は他にいることになる。警察の見解とは異なるがな」

と、ダミアンが自信ありげに笑った。

ダミアンは、犯人の目星でもついているのだろうか。あるいはアキラ＝犯人説をまったく信じていないとも言える。

「そういえば俺の部屋のキーですが、マリアに一個預けてあったんです。彼女の所持品の中に俺の部屋のキーはなかったですか？」

翔は、ダミアンの話の間にあえて割り込み、JJに訊ねた。

「おまえの部屋のキーだって？　あったらそれはわかるだろう。でも彼女の部屋のキー以外はなかった。マリアに一個預けていたとなると、キーが見当たらないのは変な話だ」

「でしょう？　だからアキラがそのキーを使って、俺の部屋に侵入したと考えたんです。アキラは川瀬組の依頼で、機密文書を奪うように命ぜられ、マリアからキーをもらおうと思ったが、断られて、やむなく殺してしまった……」

翔は胸の中に溜まっていたものを吐き出すように話した。

アキラには会ったこともない上に、恋仇とも言える相手だ。梅子が反論することは予想できたが、言わずにおられなかったのである。実際のアキラを知っているダミアンとは違うのである。

「……東北幇《ドンベイパン》にいたのなら、暴力はお手の物でしょ。そのキーを使って俺の部屋に入り込み、公園で俺を襲い、風邪で寝込んでいる時には侵入しようと企んだ。すべて失敗に終わって、中国に逃げている。今日俺からバッグを奪ったのは、東北幇《ドンベイパン》の他の仲間だ。東北幇《ドンベイパン》と川瀬組は深い関係なんでしょ？　昨日JJが言っていました。梅子さんを前に、こんなことを言うのは気が引けるんですが、俺だって、追い詰められているんです。それにもうこれ以上、犠牲者を出したくない」

翔はそう言って、水晶《スジョン》を見つめた。

「次に殺されるの……私ってこと⁉」

と水晶《スジョン》が素《す》っ頓狂《とんきょう》な声を出した。

「だって機密書類は、まだここにあるんだ」

と翔は、JJの前、カウンターの隅に置かれたコーチのトートバッグを見つめた。

「いったいどんな機密文書なんだ？」

とダミアンが好奇心を隠せずにいる。

翔はJJからバッグを受け取り、ファイルケースに挟んだ書類をダミアンに渡した。

「これ、中国語ですよ」

とダミアンがJJに手渡す。

JJは緑色のアロハシャツの胸ポケットから携帯用の老眼鏡を出し、書類を手に取った。

「まずこれだな」

とJJが一枚目をめくった。

「これは、中国東洋光学と大連日相机有限公司《ダーリエンリーシャンジー》との間で結ばれた販売契約書だ。一昨年二〇〇八年のもの。毎月の納付台数が記されている。日相机というのは、中国語でビデオカメラのことだ」

「ええ、中国東洋光学は、この会社にもレンズを供給しています。それは主要取引先のエクソニーも了解済みです。問題はない」

と翔は解説した。

「もう一枚は、大連日相机の二〇〇八年の月毎の販売実績だな」

「大連日相机は、中国一のビデオカメラメーカーです。毎月、プレス発表しているはずです」

「最後の三枚目。これも二〇〇八年。中国の貿易統計だ」

「一昨年の貿易統計？　政府が発表した資料でしょ。公のもので秘密にするようなものではないはずです」

翔は言いながら、どうしてこれらの書類が狙われるのか理解に苦しんだ。

「大連日相机《ダーリエンリーシャンジー》、大連日相机？」

と梅子が眉間《みけん》に皺を寄せながら立ち上がり、ＪＪの手元にある書類を覗き込んだ。

一枚をＪＪから受け取って、念入りに読む。彼女も当然中国語は読める。契約書の最後には双方の会社の代表者のサインと捺印《なついん》がある。

「何のことかわかりませんが、とにかくあとでコンビニでも行って、さっさと宅配で課長に送り返しておきますよ。こんな書類、まったく縁起でもない」

縁起担ぎで持っていた書類が、人殺しにまで発展するとは恐ろしすぎる。

翔は深く考えたくなかった。

惨殺されたマリアや彼女の両親に申し訳ない気持ちで一杯なのである。

「ちょっと待て！」

とＪＪが右手を挙げた。

老眼鏡をかけて書類を読み込むＪＪの表情が鋭くなっている。

ＪＪは、書類をめくったり、また元の書類に戻ったり、繰り返し読む。

「こ、これは……、またえらい資料を手に入れたものだな」

そう言いながら、ＪＪは唾を飲み込んだ。

「三枚の書類を繋ぎ合わせて読み込むと、超弩級《ちょうどきゅう》の、つまりは社長の首くらい簡単に吹き飛ぶような情報になっている。東洋光学は一部上場の一流レンズメーカーだが、そんな会社にとって、あってはならないことが起こったのだよ」

ＪＪは、老眼鏡をカウンターに置くと、水割りを飲み干し、空のグラスを京子ママに差し出した。

「お代わり！」

「どういうことなんですか⁉」

と翔は椅子から腰を浮かした。

ＪＪはお代わりの水割りをうまそうに飲む。

「三枚の資料とも、いずれも一昨年、二〇〇八年のものだ。突き合わせてみると、第一の資料……中国東洋光学から大連日相机へのレンズの納付数は十一月が突出している。この月だけ特別多い。第二の資料……大連日相机の販売実績だが、これは翌十二月が極めて多くなっている。そして三枚目の貿易統計だが、これは中国から北朝鮮に輸出されたものだ。これも十二月分が際立っている。品名は数字の８５２５で表されているが、この番号がビデオカメラなんだろう。世界の貿易統計の品目番号は、ＨＳコードと言って、統一されているんだ」

「つまりは……」

ダミアンも、翔と同様首を捻《ひね》った。

ＪＪの言いたいことがわからないのだ。

梅子と水晶《スジョン》はキョトンとしている。京子ママは無関心にグラスを拭いている。

「つまりは、中国東洋光学の作ったレンズが大連日相机に納められ、大連日相机で製造されたビデオカメラが、大量に北朝鮮に流れたということさ。これは絶対何かある！」

ＪＪは自信を持って両腕を組むと、大きく頷いた。

「何かって……」

翔は不安な気持ちをそのまま口にした。

「北朝鮮がミサイルを発射したのはいつだったかな？」

　ＪＪは謎かけのような言い方をする。

「……たしか昨年の四月だった」

　とダミアンが考えながらゆっくり話した。

「まさか、ビデオカメラがミサイル用に軍事使用されたと？」

　ダミアンの問いに、ＪＪが深々と頷いた。

「俺の友人に軍事ジャーナリストがいる。彼に詳細を聞いてみる。ミサイルにビデオカメラが必要かどうかを。一昨年の十二月に輸入し、昨年の四月に発射。時期的には符合する」

　ダミアンはそう言って目を輝かせた。ジャーナリストの血が騒ぐようである。

「もしビデオカメラが軍事転用されたなら、これは日本政府を挙げての大問題だ。マスコミに明らかにされれば、法律上は問題ないにしても、東洋光学の現経営陣は道義的な責任を追及されるだろう。いくら中国東洋光学が現地法人であってもだ。何しろ日本の技術が、日本を標的にしかねない北朝鮮のミサイルに転用されたことと同じなんだからな。折りしも日本政府は、対北朝鮮の圧力を強めている時期なんだぞ」

　ＪＪが語気強く言った。

　翔は、今をときめく山口社長がマスコミにつるし上げられる場面を思い浮かべてゾッとした。他の国ではどうか知らないが、日本では最近よく見かける光景である。

「こんな書類、誰が、いったい何のために……」

と翔はうろたえながらＪＪを見た。

「それはわからん。ただしこれら三種類の書類を集めて、繋ぎ合わせて分析することができるのは研究所やシンクタンクくらいのものじゃないか」

「東洋光学は誰かに脅されていたと？」

「いや、それも不明だ」

とＪＪは腕を組んだまま首を振った。

「大連日相机のことだけど……」

と梅子が小さな声を出す。

おっかなびっくりといった表情だ。

「どうした？」

とＪＪが柔和な顔で梅子を見つめる。

ふだんは達磨のような顔のＪＪだが、女性に対しては、一様に緩い。

「社長の金政宰《キムジョンジュ》、私の……幼馴染みよ。それに従兄弟《いとこ》の李浩《リハオ》が営業部長をやっている。二人とも、日本に来てからは、二十年以上ほとんど会ってないけれど」

「スゴイじゃない。梅子さんの友達が社長さんなんて……」

水晶《スジヨン》の目がキラキラと輝いた。

「大連日相机は、中国一のビデオカメラメーカーですよ！」

と翔が興奮して言った。

「今は関係ないけれど……」

と梅子が水割りを一気に飲んだ。

二人の間で過去に何かあったのだろうか。そんなことを想像させる梅子の話し方である。

「話を戻すぞ」

とダミアンが、翔たちを見回した。

「問題は、昨日の昼間、梅子さんの店でうろついていた日本の公安だ。俺はＪＪに話を聞いて、これは変だとピンときた。たってそうだろ。覚醒剤の捜査をするために、現場に不慣れな本庁外事二課の警部が出てきたりするものか。それに彼は、アキラが厄介なところに首を突っ込んだから安全が保証できないと言った。これは同じ重要参考人の事情聴取でも、新宿署のマリア殺人事件捜査本部とは、対応がまったく違う。そうじゃないか？」

「いえ、そういうことではないと思います」

と翔は自信を持って言った。

「昨日、金子警部はアキラの名前を出しつつも、意味ありげな表情で僕を見ながら、厄介なところに首を突っ込んでいるから、安全の保証ができないと言ったんです。あれは、アキラに対してではなく、俺に対して警告しているのだと直感しました。そして現実に、俺が機密書類を盗んだからこそ、厄介なことになり、何度も襲われたりしてるんじゃないですか？　アキラより俺のほうにこそ、金子警部の言うことは当てはまるんです。金子警部が追っているのが、麻薬がらみではなく書類のほうなら、しっくりとくるでしょう。なぜ彼が書類を追っているのかまではわかりませんが……」

翔は、自分の推理を披露した。

「言われてみると、納得できるな。ただしマリア殺しの犯人はどうなるんだ？」

とダミアンが疑問を呈する。

ＪＪが口を開いた。

「これまでの翔の話から、書類を奪おうとしたのはアキラなんだろう。俺もそれは支持する。だがあいつは、マリアを殺しちゃいない。そんな人間じゃない。アキラは最後にマリアに会った人物ではなく、死後、最初に見つけた人間だったのかもしれない。そう考えれば、マリアの遺体から翔の部屋の合鍵だけを持っていったと説明できる。きっとアキラはマリア事件の真相にもかなり近づいているはずだ。あるいは犯人を知っている可能性もある。はめられたということは、アキラをはめた人間こそが犯人だからだ」

「じゃあ、アキラは犯人じゃないってこと？　真犯人は別にいるのね？」

水晶《スジョン》が言うと、梅子が「ワッ！」と両手を顔で覆って嗚咽を上げた。

「翔、これだけは言っておく」

とＪＪが翔を真剣な眼差しで見た。

「マリアが愛したのはおまえだった。そりゃな、アキラと付き合っていた時期もあったようだが、最終的にはおまえと一緒になりたいと言っていた。俺はこの耳で直接はっきりと聞いているんだ。ああいった商売の女の子たちは、逆にプライベートでは一途《いちず》なものだ。数百人は見てきたから知っている。彼女から、夜の商売から足を洗いたい、仕事はないかと相談を受けた。今はおまえが無職だから、自分が翔を支えたいと言っていた。そこで俺は、コンビニで働けるよう話をつけた」

「翔、いいな、そんなに愛されて……」

と水晶《スジョン》が翔の耳元で囁《ささや》いた。

翔は胸にグッと来た。

二股疑惑を言い出したのはどこのどいつだと、心の中で水晶《スジョン》を呪《のろ》った。

「そんなに愛されていたのに、翔は遺体の搬送費用は一円も払ってなかったな」

「ダミアン、その話はもうするな。汝《なんじ》の隣人を愛せよ……俺はＪＪハウスのオーナーとして、この誓約を実践しただけなんだから」

とＪＪがダミアンを制する。

二人のやりとりはどこか芝居じみていた。

しかし翔は二人の思惑にも気づかず、椅子から立ち上がると、直立不動の姿勢をとった。

「JJ、本当にお世話になりました。ありがとうございました。今は失業中で金がないんです。金以外のことだったら、例えば、屋上庭園の水遣りとか、アパート周辺の草取りとか、何でもしますので、それで勘弁してください」

「よし、わかった！　だったらおまえは、たった今から北新宿多国籍同盟の一員だ。今週中に中国へ飛べ。行き先は丹東だ。梅子さんに、向こうにいる武偉《ウーエイ》と連絡を取ってもらって、アキラを連れて帰ってくるんだ。いいか、わかったな」

とJJが、翔が頭を上げるか上げないうちに決め付けた。

JJは、こうなることを予想していたかのようである。翔が考えていたことくらい、すでに読んでいたのかもしれない。JJの観察力や分析力にダミアンの情報力が加われば、北新宿多国籍同盟の捜査能力は、少なくとも岩本警部補以上にちがいなかった。

「もう、行くっきゃないみたいね」

と水晶《スジョン》が薄ら笑いを浮かべている。

「お願い、翔。絶対にアキラを連れて帰って！」

と梅子が両手を結んで懇願《こんがん》した。

――はめられた！

と翔は心の中で叫んだが、もはやあとの祭りだ。

ＪＪの前のカウンターに置かれた翔のトートバッグが、何よりその事実を物語っていた。

部屋のキーが新しくなり、貴重品がここにある以上、どのみち翔は、この店に来なければ、自分の部屋にも入れなかったのである。

そして待っていたのが満州行きの切符だ。

それはともかく、マリアを殺した犯人はいったい誰なのか。

ＪＪとダミアンの推理では、アキラはあの書類を取り返すよう依頼されたが、マリアを殺した犯人は別にいるという。あの夜、北新宿公園のベンチでマリアと話していたのは、アキラではない若い男だったことになる。

「こうなったからには、絶対に俺たちの手で真犯人を見つけ出してやる！」

とＪＪが水割りを飲み干して言った。

壊れかけた人間たちの歯車が、噛み合って回り始めたようである。その中に、翔も組み込まれてしまった。

「みなさん、難しい話はもう終わった？　そろそろミュージックの時間にしましょうよ」

と京子ママが全員を見回して提案する。

とたんに場の雰囲気が和やかになった。

スピーカーから流れてきたのは、美しい女の歌声だった。切なく物悲しい調べだ。

「『EDERLEZI』という、アルバニアを中心に東欧のバルカン半島に伝わるジプシーの曲。インドで生まれたジプシーは、正式にはロマ族と呼ばれているのよ。ヨーロッパ中に彼らは歌とダンスを運んだの。漂泊の民ロマは、旅をしながら人々の心に染みわたる曲をずっと作り続けてきた。JJ、これをお願い」

そう言って、京子ママはJJにリモコンを渡すと、カウンターから狭い店内に出てきた。両手の平にはカスタネットが付いている。彼女は右手を高々と真上に挙げた。

ゆったりとしたリズムだ。アコーディオンの音が聞こえる。女が狂おしいまでに抑揚《よくよう》を利かせた歌声で歌い上げた。

翔の脳裏にマリアの姿が蘇《よみがえ》った。

白いドレスを着て花に囲まれた彼女が、太鼓でリズムを取るこの曲とともに、黄泉《よみ》の国へと送られていく場面が頭に浮かんだ。

まるでマリアに贈る葬送曲のようである。

京子ママは曲に合わせて体を旋回させ、タップが激しく床を鳴らした。指先まで神経を行き届かせ、鍛《きた》え抜かれた美しい肉体が音と響きあっている。荒い息づかいが聞こえる。

彼女の気持ちが徐々に高まっていくのがわかる。

水晶《スジョン》は京子ママのダンスを見ながら、感動して涙を流した。

『SZELEM SZELEM』と書かれたメモがＪＪから回ってくる。次の曲のタイトルだろう。アコーディオンの響きがどこか懐かしさを覚える。

京子ママは踊り続けた。

三十分くらい経っただろうか。すでに京子ママは汗だくになっていた。表情は恍惚《こうこつ》としている。

翔は、京子ママのダンスとジプシー音楽に魅了され、気持ちが心の奥底で揺さぶられるのを感じた。

「これが本物のフラメンコさ」

とダミアンが耳元で囁いた。

迫力ある曲がラストダンスとなった。

全員が拍手した。

翔は見えないマリアに向かって杯《さかずき》を掲げた。

絶対に犯人を見つけ出してやるからな。

第4章　鴨緑江《ヤールージャン》の龍《ドラゴン》

1

遼東《りょうとう》半島が見えてきた。

ロレックスで時間を確認すると、十二時十分である。成田発大連行きNH903便は、定刻どおりの到着になりそうだった。

機内はほぼ満席で、半数以上が満州時代の関係者だろうか、年配の日本人男性で占められている。その次に多いのが中年のカップルで、女性のほうが中国人である。翔のような若い者はほとんど見かけられず、わずかに三十代以上の旅好きそうな日本人女性がちらほらといるばかりだ。

眼下の陸地は、どの山もすべて開拓されて団地になっていた。翔が想像していたよりも先進的な町並みである。工場や大きな港、コンテナヤードも見えた。成田空港周辺よりはよほど開発されている。

その成田を出てからわずかに三時間である。

翔は距離の近さにあらためて驚いていた。家を出たのが午前六時で、八時前には成田に到着、飛行機に乗ったら食事をとってあっという間だ。

梅子が、翔が出発する前夜、ボヘミアンでこんなことを言っていた。

「私ね、小滝橋通りが満州とつなぐ道のように思えてならないの。新宿や大久保界隈《かいわい》には中国の東北地方出身者が多いでしょう？　それでみんな小滝橋通りに近い旅行会社でチケットを手配してもらっている。小滝橋通りが、新宿と満州を繋ぐ滑走路に見えて仕方がないのよ」

翔は徐々に近づく満州の風景を見下ろしながら、梅子が言っていたことを実感した。北新宿にあるアパートから満州まで、ほぼ半日の距離なのだ。

遼東半島は、かつて日本史で覚えた地名であった。半島の先端が日露《にちろ》戦争の最激戦地、旅順《りょじゅん》だ。旅順の二〇三高地を陥落させたことから、日本軍は勝利し、ロシアに支配権のあった鉄道を手に入れたのである。

これがのちの南満州鉄道、いわゆる満鉄である。その後、日本は満州事変を起こして、満州帝国の成立に積極的に協力し、第二次世界大戦で敗戦するまで満州の権益を確保した。

飛行機が着陸態勢に入った。翔は時計の針を一時間遅らせ、中国時間に直した。

入国審査と税関検査を過ぎれば、出口で迎えの人間が待っているはずだった。

翔は初めて海外に降り立った心細さを抱えながら、動く人波について歩いた。

空港は、日本の地方空港と遜色《そんしょく》がなかった。とくにきれいでもなく、汚くもないといった感じだ。薄暗いターンテーブルで預けた水色のソフトキャリーバッグを受け取ると、そのまま外に出た。

鉄柵で囲われた通路の先に「児玉翔先生」と書かれた紙を持つ男が立っていた。スラックスにポロシャツ姿だ。身長は一八〇センチ近くある。梅子の従兄弟の李浩《リハオ》だ。大連日相机の営業部長をやっている。

梅子によれば、李は、日本語が話せたことに加えて、金社長と幼馴染みだったからこそ出世できたような人物で、生来は気の小さい男だ。三通の書類から、大連日相机と北朝鮮の関係が明らかになったが、心配には及ばないということである。

翔は姿を認めると、ほっとして李に近づいた。

「わざわざお出迎え、ありがとうございます」

「いえいえ、なんの。これからすぐに丹東に向かいます。向こうでは武偉《ウーエイ》が待ってます。ところで児玉さんは、中国は初めてですか？」

李は、梅子より少し下くらいの年齢だった。にもかかわらず、翔に対して丁寧な日本語を話した。穏やかな表情である。

「はい、初めてです」

と翔は返事した。

空港を出て、正面の大きな駐車場に向かった。

カラッとした暑さで、東京よりは涼しく感じられた。青い空が広かった。

駐車場の先には派手な色合いの看板を施した店やホテルが並ぶ。

空港は、空港と言うより駅のような感覚だ。駐車場にはきれいな大型バスや古びたミニバスが何台か停車していた。

きれいな大型バスには、同じ飛行機に乗ってきた日本人たちがガイドに連れられ乗り込み、ミニバスには色あせた服を着た中国人たちが乗り込んだ。

李の車は、古いタイプのワーゲン・リンタナである。一流企業の営業部長にしては質素だ。

翔はキャリーバッグを後部座席に入れた。なぜかＤＶＤデッキが載せられている。助手席に乗り込んだ。

幅広の道路には、李の車と同じタイプのワーゲンが多数走っていた。

日本車や韓国車、ベンツやアウディの新車も走っていた。新しい車は日本の地方都市で見かける車よりもゴージャスなタイプが多い。反面、古い車は日本で見るものよりも古かった。道行く人々の服装は総じて安っぽい。

「あまり時間はかかりませんので、大連の町を一周してから行きましょう。大連は人口が六二〇万人、大連港は中国第二の規模を誇ります」

しばらく行くと、左側にかなり古びた倉庫とコンテナヤードが続いて見えた。

「六〇年代から七〇年代の文革の時代は、そりゃひどかったです。政治論議ばかりで経済がまったく顧《かえり》みられなかったですからね。そのせいで、中国は世界からずいぶん遅れてしまった。でも一九七八年からの改革開放路線のおかげで、とてもよくなりました。とくにここ十年くらいは飛躍的に進歩しています」

車は道なりに線路上を横切る高架に入った。

「この橋が昔の『日本橋《にほんばし》』です」

翔は日本橋よりも、正面に聳《そび》え立つ何棟もの高層ビル群に圧倒されていた。新宿の高層ビル群ほどではないが、どれも個性的である。水色のガラス張りのビルや全面金色のビルまである。

ＪＪが、新宿を満州と比べて話していたことを思い出す。大連のビル群が、規模の小さな西新宿に見えなくもない。しばらく行くとロータリーに出た。

「ここが中山《ちゅうざん》公園です。中山と言うのは、孫文《そんぶん》のことです。中国では孫文は孫中山と呼ばれているのです。革命の象徴的な人物です。中山広場や中山通りは中国のどの町にもあるんですよ。この周辺にある建物は、日本統治時代からのもの。正面が旧ヤマトホテルです」

時代を感じさせるレンガ造りの重厚な建物である。

ロータリーから放射線状に延びる通りの一つに入った。

「右手に見えてきたのが、旧満鉄本社です」

石造りの堂々としたものだ。

通り沿いには、日本料理屋や韓国料理屋の看板が目立った。古いバスも走っていれば、新しいかたちの路面電車や赤い二階建てバスも走る。

道路は広く、清々しかった。

「このあたりが、昔の日本人街です。私やミンメイ……梅子のことです。彼女は中国では名に梅と書いて、ミンメイという名前なんです。それに武偉《ウーエイ》もここで育った。今はもう見る影もないですが」

李によれば、日本人街に住んだのは、地方から出てきた者が多かったという。李や梅子の家族は延辺朝鮮族自治州の延吉《えんきつ》近くの村から、武偉《ウーエイ》の家族はさらに北のロシア国境に近い黒龍江《こくりゅうこう》省から移り住んだ。

「名梅《ミンメイ》と武偉《ウーエイ》は、子供の頃から仲がよかった。二人とも日本人の血を引いていましたからね。名梅《ミンメイ》が学校でいじめられるでしょ。武偉《ウーエイ》は年下なのに、年上の子にも構わず、名梅《ミンメイ》をいじめた子たちに殴りかかった。二つ年下ですから、子供だと体格がずいぶん違うものです。武偉《ウーエイ》はよく返り討ちに遭っていましたよ。でも絶対に諦めなかった。蛇《へび》のような奴だと恐れられていました。ただ、さすがに高校くらいから疎遠になっていきました。名梅《ミンメイ》は勉強がよくできたのに、武偉《ウーエイ》はさっぱりでしたから」

李は遠くを見るような目で語った。

「ところで、李さんも梅子さんも日本語がとても上手だ。どうしてなんですか？」

と翔は訊ねた。日本語を勉強したにしてもうますぎるのだ。

「名梅《ミンメイ》も私も朝鮮族の血を引いています。延辺朝鮮族自治州では朝鮮語が公用語になっていますし、大連に移ってからも家では朝鮮語を使っていました。朝鮮語は、日本語ととても似ているんです。学者によっては同じアルタイ語族の仲間ではないかと推察している人もいます。朝鮮族の人にとって、日本語はもっとも学びやすい外国語のひとつなんですよ」

だからだろうか、韓流スターの人たちも、みんな一様にある程度は日本語を話す。

旧日本人街は、開発が進んでいた。

「昔はこの路地で、名梅《ミンメイ》や武偉《ウーエイ》と一緒に遊んだものです。でもすっかり変わってしまいましたね」

李は郊外の高層アパートに住んでいると言った。

大連の町は、あちらこちらで古いビルが解体されていた。新しい時代を迎えるエネルギーに満ちている。

町を一周し、郊外に出た。街路樹にアカシアの木が植えられている。

「このあたりから工業団地です。私のアパートもこの中にあります。日本企業だけでも約五百八十社が進出しているんです。職住接近の考え方から、マンションも建てられたのです。人口は二十二万人。日本人駐在員も二千人ほど住んでいますよ」

翔は、中国東洋光学も大連の工業団地にあったことを思い出した。

ここのことだろうか。

「李さん、中国東洋光学っていう会社、知っていますか？　レンズメーカーで有名な」

「もちろん知ってます。我社と合弁してできたのですから。すぐそこに見えるでしょ」

と李は運転しながら右手を指さした。

懐かしい会社のロゴが工場の壁面に見えた。

「大連で成功した会社の一つです。児玉さんと何か関係が……？」

「いえ、別にそういうことでは。たしか大連に進出した記事を新聞で読んだ記憶があったので」

と翔は言葉を濁した。

日本を出る前ＪＪに、例の書類のことには触れないようにと釘を刺されていたのだ。かなりデリケートな問題だから、口外しないほうがいい。大連日相机の金社長には、梅子あるいはＪＪが、電話でそれとなく探りを入れることになっていた。

李は、そんな翔の胸のうちなど気づかぬように話した。

「成功したのは、合弁相手がよかったのでしょうね。相手の会社が私の勤める大連日相机《ミン》なんです。社長は、朝鮮族の中では立志伝中の人物で金政宰《キムジョンジュ》と言います。彼も私や名梅《メイ》、武偉《ウーエイ》と一緒に旧日本人街で暮らしていたんです。彼の家族は、日本統治時代に今の韓国南部から瀋陽《しんよう》……かつての奉天《ほうてん》近郊に移住してきました。戦争が終わった時に、朝鮮族の半数は祖国に戻ったのですが、彼の家族は大連に越してきて、私や名梅《ミンメイ》の家族と同様中国に残った。朝鮮戦争の勃発で、中国と韓国は一九九二年まで国交すらなかったからです。中韓関係は中日関係よりも悪かったのです。中国は北朝鮮を支援していましたしね。金政宰《キムジョンジュ》は、二十代の前半から、朝鮮族の親戚筋を利用して北朝鮮と貿易を始めたのです。七〇年代までは北のほうが中国よりも豊かでした。それで財をなし、九〇年代に入ると、日本語が話せたことから、今度は日系企業の中国進出でさらに会社は大きくなって、今ではいくつも会社を持っています。私や名梅《ミンメイ》にとっては、ちょっと歳の離れた兄貴的な存在でした」

高速道路の料金所が見えてきた。いったん停止する。

「これから高速道路に入りますから、飛ばしますよ」

と李がアクセルを踏み込んだ。

日本と同じような緑の標識が見えてきた。丹東まで三百キロと書かれてある。

広大な丘陵地帯にはトウモロコシ畑が続いた。翔は『延辺』で出されていたトウモロコシ麺を思い出した。中には赤い実をつけているものもあった。

「あれはトウモロコシではないですよね」

と翔が指を差すと、

「あれはコーリャンです」

と李が言った。

「コーリャン？」

「ええ、もろこしの一種で、日本ではタカキビと呼ぶそうです。これからまだまだ赤くなります。満州が『赤い大地』と呼ばれたのは、土が赤いせいもありますが、コーリャンの色もあるのでしょう。夕日に染まるとそれは美しいものです」

高速道路はひたすらまっすぐだった。田園風景ばかりが続く。ごく稀《まれ》に、畑の中に耕運機に乗った農民を見かけるくらいで、人の姿はほとんどなかった。

翔は気持ちが広く大きくなっていくように感じた。

大学時代に訪れた北海道のようである。ただし北海道と違うのは、この大地がロシアやインド、ヨーロッパともつながっているということだ。北海道よりもはるかに壮大なのである。

満州帝国時代には、下関《しものせき》と朝鮮半島の釜山《プサン》を朝鮮海峡トンネルで結び、中国から中央アジアを経由し、イスタンブールまで続く大東亜《だいとうあ》縦貫鉄道構想というものがあった。これだとシベリア鉄道で十五日間かかったパリまでが、十日間で行けるとされていた。

受験勉強で覚えた知識が、にわかに翔の頭に蘇った。

大東亜縦貫鉄道構想を推し進めたのが、当時の鉄道省（現国土交通省）と満鉄だった。実際に満州に足を踏み入れてみると、その時代、荒唐無稽《こうとうむけい》と揶揄《やゆ》された構想も、あながち非実現的でもないように思えてくるから不思議だ。

二時間ほど走って、ドライブインに立ち寄った。

冷たくないコカ・コーラを飲む。冷蔵庫に電源が入っていないのだ。空気が乾燥しているせいか、トイレに行きたくはならなかった。頬《ほお》を撫《な》でる風が涼やかだ。

翔は背伸びして体を動かした。

李は携帯で電話していた。表情が強張《こわば》っている。電話を終えると、

「さ、あと一時間です。出発しましょう」

と作り笑顔で車に乗り込んだ。

それまで饒舌《じょうぜつ》だった李が、休憩を挟んで口を閉ざした。

「ところで李さん、今日は、会社に行かなくてよかったんですか？」

と沈黙に耐え切れずに翔が訊ねた。

「ええ、会社のほうは有給休暇をもらいましたから。名梅《ミンメイ》の頼みじゃ、断るわけにもいかなくて」

と李は薄っぺらな笑顔を翔に向けた。

「さっきは誰と電話してたんですか？　武偉《ウーエイ》じゃないんですか？　あれから李さん、変ですよ」

と翔は思っていたことをぶつけた。

「武偉《ウーエイ》はすっかり変わってしまった。日本に行ってから、とくに。中国にいた頃、今から二十年前は、みんな貧しかったから問題なかった。私は旅行会社で働き、名梅《ミンメイ》は結婚していました。武偉《ウーエイ》は、父親の後を継いでゴミ業者をやっていた。会えば、話もしたし、酒も一緒に飲みました」

李はまっすぐ前を見たまま、表情を変えずに話した。

「中国残留日本人のことで、調査が来ました。名梅《ミンメイ》の母親も武偉《ツーエイ》の母親も、日本に戻ることを希望しました。名梅《ミンメイ》と武偉《ウーエイ》は、二人の母親が帰国した翌年、一緒に日本に行きました。名梅《ミンメイ》は日本語が得意でしたし、お母さんのことを放っておけなかったんでしょう。夫だった人と別れてまで。明忠《ミンジョン》を連れて行ったのです。あ、ミンジョンはアキラのことですよ。武偉《ウーエイ》はゴミ業者をやっているのが嫌だった。ただ武偉《ウーエイ》は、名梅《ミンメイ》と違って日本語なんてできなかった。彼は朝鮮族の出身ではないんです。それでも中国にいるよりはマシだと思ったのでしょう」

李はため息をついた。

「名梅《ミンメイ》が考えているように、私も明忠《ミンジョン》は、武偉《ウーエイ》のところに身を寄せていると思います。でも簡単には会えないでしょう。なぜなら武偉《ウーエイ》自身が、明忠《ミンジョン》などいないと言い張るからです。武偉《ウーエイ》はよくない仕事をしています。二年前だったか、彼と一度会いましたが、すっかり面相が変わっていました。もう彼とは一緒に酒を飲むこともないでしょう。別世界の人間ですよ。だから私は、あなたを彼のところに送ったら、すぐに大連に戻ります。正直、武偉《ウーエイ》とは関わりあいたくないんです」

翔は嫌な予感に苛まれた。

武偉《ウーエイ》は、東北幇《ドンベイパン》という中国マフィアの一員だったのだ。いや、一員というより、リーダー格だった。そんな彼をどうやって説得し、アキラを帰国させればいいのか。李もこれ以上は巻き込まれたくないと言っている。

「児玉さん、もし武偉《ウーエイ》のところで問題が起こったら、その時は、私の親戚を訪ねてください。彼にはよく話しておきますので」

高速道路を降りると、道の両側に民家や商店が続くようになった。最初はレンガ造りの粗末な建物が多かったが、やがて四、五階建てのビルも見えるようになる。

中心街に入ると、二十階建て以上のビルが林のように建っていた。日本の地方の中核都市くらいの規模はあるだろう。

駅前のロータリーには毛沢東《もうたくとう》の銅像が右手を挙げている。

道を挟んだ反対側の路上で車は停車した。

クラクションを鳴らすと、ほんの半間くらいしかないキオスクの店先から男が出てきた。店先では、人民帽をかぶった老人が電話している。貸し電話屋もやっているようだ。携帯電話が浸透しているのはまだ　部のようである。

「もし危ないことがあったら、この店を訪ねてください。この奥が自宅ですから、夜でもだいじょうぶです」

李が男に中国語で言うと、男は翔のほうを見てしきりに頷き、笑顔を送った。後部座席のドアを開け、置かれてあったDVDデッキを抱きかかえて、李と握手する。

ふたたび走り出し、車は駅前を左に折れた。片側四車線の広い通りを走った。川が見えてきた。

「ここが鴨緑江《ヤールージャン》、川の向こうが北朝鮮です」

と李が説明した。川には二本の橋が架かっていた。

「一本が中朝友誼橋《ちゅうちょうゆうぎきょう》で、これは中国が作った橋です。もう一本が鴨緑江《ヤールージャン》断橋、日本統治時代に日本が作った橋ですが、朝鮮戦争の時、米軍のB29に爆撃されてしまいました」

断橋の名前のとおり、その橋は、途中で切れていた。観光客が歩いて見学している。

もう一方の中朝友誼橋には、荷物を満載にした古いトラックやバス、乗用車が走っている。列車が北朝鮮側から来たようで、道路の上の高架がうるさく鳴った。直接には道路にも線路にも入れないようになっている。近くにある税関を通らないと行けないという。

「飛行機嫌いの金正日《キムジョンイル》将軍が、この五月にも、この鉄橋を通って列車で来たんです」

翔は北朝鮮の近さを実感した。

ちょうど上海万博が始まったばかりの頃だった。韓国では哨戒艦《しょうかいかん》『天安』が北朝鮮の小型潜水艦によって沈没させられたことを発表していた。翔が東洋光学の退職を決意したのと同時期である。

川沿いの中国側には、まるで北朝鮮を睥睨《へいげい》するように高層ビルがいくつも建っていた。反面、北朝鮮側はのどかな田園風景が広がるばかりだ。木はほとんど生えてない。

「北朝鮮側に木がないのは、脱北者が隠れられないようにするためです。同じ朝鮮族の親戚を頼って、今でも脱北者は絶えません。だから丹東の町には、北朝鮮の秘密警察が、駐在員という名目で滞在し、目を光らせているのです。その数は二千人とも言われています。最近では、ここ丹東は厳しいので、延辺朝鮮族自治州の延吉や図們《ともん》に逃げ出る人が多くなっているようです。着きました。ここが武偉《ウーエイ》の住むマンションです」

鴨緑江《ヤールージャン》沿いに建てられたそのマンションは、白とブルーの高層マンションだった。

「武偉《ウーエイ》は最上階の二十五階ペントハウスに住んでます」

と李が無表情のまま言った。

車止めに入っていくと、黒の上下の背広を着た男が二人待っていた。

李は車から降りようとせず、男たちと一言二言交わしただけだ。

荷物を降ろし、翔は車から出た。

「気をつけて」

それだけ言うと、李はすぐに発車させ、川沿いの道に流れる車列に消えた。

2

翔は、劉《リュウ》武偉《ウーエイ》に会ったとたん、中国などに来るのではなかったと後悔した。

武偉《ウーエイ》は、上半身裸の恰好で翔を迎えた。胸には龍の顔があり、体が彼の首に巻きつくように背中に向かって彫られていた。

見事過ぎる刺青《いれずみ》である。

坊主頭で頬に大きな傷があった。身長は李と同じくらいで一八〇センチ近くあり、筋骨隆々《りゅうりゅう》たる体は、見るからに喧嘩《けんか》が強そうだ。

「いやあ、今日は暑いからね。こんな恰好で失礼するよ。さっきまで運動をしていたんでね」

と、武偉《ウーエイ》は冷たい笑みを浮かべて言った。

「名梅《ミンメイ》にも言ったんだが、アキラはここにはいない。全部で八部屋あるが、何だったら、調べてみるか。八は中国ではラッキーナンバーだ。だからこのマンションも八部屋ある」

黒大理石の敷かれた玄関から、マットで靴の泥を落とすと、白大理石の廊下を通った。

招き入れられたのは、三十畳はあろうかという豪華な部屋だ。カウンターバーがあり、壁一面の窓からは、鴨緑江《ヤールージャン》と対岸の北朝鮮が見下ろせた。中朝友誼橋の北朝鮮側には、小さな観覧車が立っている。

武偉《ウーエイ》は男が持ってきた絹のガウンを羽織ると、大きすぎるほどのソファに体を沈めて、高級そうな煙草《たばこ》に火をつけた。

「君も吸うか？」

翔は首を振って無言で返事した。

煙草は吸わない。煙草好きの母親が反面教師だ。

煙草を吸いながら武偉《ウーエイ》は言った。

「名梅《ミンメイ》に何を吹き込まれたか知らないが、俺も今では東北幇《ドンベイパン》などではなく、れっきとしたビジネスマンなんだ」

紺色の人民服を着た老人が、仰々《ぎょうぎょう》しく両手で茶器を持ってきた。

「百グラム一万円の茶なんて、飲んだことがないだろう？　福建省《ふっけん》は武夷山《ぶいさん》の山麓《さんろく》で採れた最高級茶葉の烏龍茶《ウーロン》、武夷岩茶《ぶいがん》だ。よく味わって飲むといい」

老人は、ポットの湯で何度も茶碗や急須を洗ってから、茶碗に注いだ。

翔は一口飲むと、その豊潤《ほうじゅん》で力強い香りに驚いた。

「まさに武夷山の『気』が感じられるだろう。人間の活動はこの『気』を集めて発散させることに尽きる。わかるか？」

中国マフィアは、ビジネスマンでもあり、風水師のようでもあった。

「僕はアキラを連れて帰ればそれでいいんです。梅子さんからも聞いたと思いますが、アキラは中国にいたほうが危険なのです……」

翔は、アキラが現在マリア殺しの容疑者になっていることや、日中刑事共助条約のことを説明した。

「それにアキラには、個人的にどうしても聞きたいことがあるんです」

「聞きたいことって、何だ？」

「殺されたマリアは僕の恋人だった。アキラは元カレだった。彼女が殺されてどう思ったのか聞いておきたい。彼は、死んだマリアのバッグから僕の部屋のキーを盗んで、彼女を草むらに放置したままにした。どうしてそれほどまでに、あの書類を奪いたかったのか、直に訊ねてみたいのです」

「あの書類……？」

うかつにも口に出してしまって、翔は後悔した。

武偉《ウーエイ》が蛇のように目を細くして、興味ありげに聞いていたのだ。

「どんな内容だ？」

「内容は、その……、中国語なので、わからなかったのですが……」

と翔は言い逃れた。

武偉《ウーエイ》の目を覗き込むと、疑っているようでもない。何か別のことを考えて舌なめずりしていた。

翔は武偉《ウーエイ》の食いつき方が気になった。

これまで、金になることならどんなことでもしてきた男だ。勘は鋭いはずである。

総務人事課にいた経験から、翔は人を見る目は養われたのである。

武偉《ウーエイ》が、ダイヤモンドがちりばめられた時計を見つめた。

「もうこんな時間か……」

その時計は四時を指していた。

「ところでアキラはどこにいるんですか？　ここにいないことはわかりましたが、どこにいるかはご存知なんでしょう？」

「あの野郎、血相変えてここに転がり込んできやがった。書類のことなんて、ちっとも話してなかった。それよりも、シャブの売人もやっていた新大久保の街娼が殺されたんだと。その話は聞いた。あいつに殺しの容疑がかけられているってこともな。だからアキラを中国の公安の目が届かないところに行かせたのさ」

「それはいったい、どこ……」

翔が言い終わらないうちに、武偉《ウーエイ》は窓の向こうを顎《あご》で指し示した。

「北朝鮮？」

「そういうことだ。俺は朝鮮系じゃないが、向こうには商売相手がいる。裏から手を回してすぐにアキラのＩＤを作らせた。丹東から対岸の新義州に行くだけなら、中国人はパスポートは要《い》らない。ＩＤを持っていればすぐにビザが取れるのさ。それでアキラは向こうに行ったんだ。もちろん日本人でもビザを取れば北朝鮮に入国できるが、中国人なら、日本人みたいに監視されることもない」

「そんな……。アキラは日本国籍じゃなかったんですか？」

「おまえなあ、よく考えてみろよ。俺がこうして中国に住んでいられるのは、どうしてだと思う？」

「どうしてって……中国人だから？」

「そういうことだ。アキラも俺と同じで、日本国籍も中国国籍も持っている。だからＩＤは正式なものだ」

「でも日本政府は、二重国籍は認めていないのでは……」

「日本ではな。日本を出入りするには日本のパスポートを使っていればいいのさ。中国にいるうちは、中国人になる。そのほうが便利だ」

武偉《ウーエイ》はそう言って、冷めた茶を啜《すす》った。

武偉《ウーエイ》にしてもアキラにしても旧満州生まれだ。日本国籍を取る前から中国国籍を持っていて当然なのである。

「どうだい、おまえさんもこっちに住んでみる気はないか？ うちの関連会社でよかったら紹介してやるぞ。日本人だし、破格の給料を出してやる。見たところ大卒みたいだしな」

「どんな仕事をしてるんですか？」

その気はなかったが、翔は話を合わせて訊ねた。

「ハマグリとワカサギ、シラウオの稚魚を日本に輸出している。どれも目の前の鴨緑江《ヤールージャン》で採れるんだ。ワカサギは、元々霞《かすみ》ヶ浦《うら》で生息していたものを長野県の諏訪《すわ》湖《こ》に移植し、戦前の日本統治時代に鴨緑江《ヤールージャン》上流の豊水水庫に移植させた。だからこの鴨緑江《ヤールージャン》にいるワカサギのＤＮＡは、霞ヶ浦のワカサギと同じだ。霞ヶ浦では、外来魚による食害でワカサギの漁獲量はずっと減っていたから、逆輸入を始めたってわけさ。その手助けをしているのが俺の会社だ」

翔は、窓の外に滔々《とうとう》と流れる鴨緑江《ヤールージャン》を眺めた。川幅は三百メートルほど。国境観光なのだろう、遊覧船が、客を満載にして北朝鮮側に近づいたり離れたりしている。下流ではかなり年季の入った漁船や運搬船が何艘も停泊している。泳いでいる人もいる。それくらいきれいなのだろう。流れは結構速い。

「鴨緑江《ヤールージャン》は中国領か、はたまた北朝鮮領か、どっちだと思う?」

酷薄な笑みを浮かべながら、武偉《ウーエイ》が言った。

「普通国境は、川の真ん中にあるんですよね」

「そう思うだろ。ところがだ。この鴨緑江《ヤールージャン》は中朝両国の領土になっている。川そのものが国境ラインになるのさ。遊覧船が対岸まで近づけるのもそのせいだ。つまり中国人がワカサギを獲れば中国産だし、北朝鮮の漁師が獲れば北朝鮮産になる。変な話だろ。日本でいつだったか、北朝鮮産のハマグリを中国産だと偽ったという産地偽装の事件があった。あんなものは俺にしてみりゃ、ちゃんちゃら可笑《おか》しいってんだよ。中国産にしろ、北朝鮮産にしろ、この鴨緑江《ヤールージャン》産だって言うんだ。日本人はちんまりとした島国で、自分のルールが世界に通じるなんて思っているが、勘違いも甚《はなは》だしい。この現実を見てみろってな。うちの会社のハマグリなんて、全部北朝鮮人の漁師に獲《と》らせている。賃金がバカみたいに安いからな。それを中国籍の船で運んで、日本に輸出している。商売の鉄則は、安い金で人を使って、商品の値段が高くなるところに運んで売るんだ。そうすりゃ、億万長者になれるのさ」

武偉《ウーエイ》は身振り手振りを交えて話した。

そこに黒い背広の男が来て耳打ちした。

「ちょっと人と会う用事がある。君はいったんホテルにチェックインしろ。ホテルはすぐそこ、橋の近くに取ってあるから心配するな。まだ、聞きたいことがあるし、話しておきたいこともある。六時にホテルのロビーに迎えをやるからそれまで部屋で休んでいろ」

武偉《ウーエイ》はそう言うと、忙しそうに部屋から出て行き、翔もホテルに移った。

ホテルの部屋からも鴨緑江《ヤールージャン》がよく見えた。

六時には、迎えに来た背広の男についてホテルを出た。

橋の周囲や遊覧船乗り場のあたりには観光客がごった返していた。まだ太陽は西に傾き始めたばかりだ。北に位置しているから、夏は昼間が長いはずである。

川沿いの道を歩いた。温泉マークの付いた健康ランドのようなビルがあり、土産屋《みやげ》はどこでも北朝鮮グッズを扱っている。

木の看板にハングル文字が書かれた店に入った。

水色とピンクの色鮮やかなチマチョゴリを着た若い女が出迎えた。二人とも美人だ。

「アンニョンハセヨ」

案内されるまま店内に入った。

正面に舞台があった。舞台上にはドラムのセットと電子オルガンが置かれている。

　全部でテーブルが二十ほどあり、八割がたが埋まっていた。チマチョゴリを着た若いウエートレスが酒や料理を手に行ったり来たりしている。中ほどの丸テーブルに武偉《ウーエイ》の姿を認めた。二人の男と談笑していた。

　翔が席に近づくと、二人の男が立って翔に握手を求めた。

「おまえが心配していた公安の人間だよ」

と、武偉《ウーエイ》が口を歪《ゆが》めて説明した。

「今日の宴席にご招待した。おまえは、俺の頼りになる日本人の部下だと言ってある。まあいい。座れ」

　武偉《ウーエイ》に促《うなが》されて、翔は席に着いた。

「アキラの件は、すでに了承済みだ。中国では、金があればなんだって思うようになる。文革の反動だな」

　黄色いチマチョゴリを着たウエートレスの手で、それぞれのグラスにビールが注がれた。

「カンペー」

　とグラスを合わせた。

　公安の二人は、しきりにウエートレスに話し掛けている。

　ウエートレスは表情を硬くしている。

「どの子も美人揃《ぞろ》いだろ」

と、武偉《ウーエイ》が周囲にいるウエートレスに目をやりながら言った。

「この子たちは、日本でも有名な喜び組だ」

「喜び組といえば、サッカーの国際大会なんかで応援している女の子たち……」

「そういうこと。北朝鮮は外貨獲得のため、中国やカンボジアなどに何十軒も北朝鮮レストランを展開している。そこに喜び組を派遣してショーをやる」

「彼女たちは、単なるウエートレスではないと……」

武偉《ウーエイ》は頷く。

「朝鮮語と中国語はもちろんのこと、日本語が話せる子も英語が達者な子だっている。選ばれた子たちだ。頭もいい。食事が中盤から後半に差し掛かり、宴もたけなわになった頃を見計らって、彼女たちが舞台に上がって、歌や踊りを披露する。丹東にも数店舗あるが、どの店も大繁盛している」

店内はすでに満席になっていた。甘辛い匂い、ニンニクの香りが漂ってくる。

テーブルには焼肉や焼きハマグリ、鮑《あわび》の刺身、チヂミ、天ぷら、焼魚、各種のキムチやナムルなどが所狭しと置かれた。

武偉《ウーエイ》が公安の二人に、ハマグリを勧めた。

二人は一つ口に入れると、大仰に首を振って、次々にハマグリに手を伸ばした。

翔もハマグリに夢中になった。殻《から》自体はさほど大きくないのだが、身が肉厚でジューシーなのだ。

「こんな美味《うま》いハマグリは、食ったことがないだろう？」

と、武偉《ウーエイ》が翔に話しかけた。

翔は返事するのももどかしく、公安の二人と同様に大きく頷いた。

「これを日本に輸出して、儲《もう》からないわけがないのさ。日本でどれだけこのハマグリが、安全で美味しい日本産ハマグリとして出回っていることか。日本人ほどブランドに弱い国民もいないんじゃないのか。自分の味覚よりもブランドを信じる」

翔は、武偉《ウーエイ》の言葉の端々に、日本や日本人に対する憎しみを感じた。ダミアンが言っていた『怒羅権《ドラゴン》』の精神性は、こういったものなのだろう。

「俺は日本で散々悪さをしてきた。金になるんだったら、どんなことだってやったさ。金くらい持ってなかったら、日本じゃ屑《くず》の扱いだ。中国人＝貧乏人と蔑《さげす》まれてきた。事実俺の母親は、今でも生活保護を受けているよ。それでも日本から離れようとしない。俺が面倒を見てやると言っているのに、俺の金を受け取らないばかりか、中国にも帰ってこないのさ。バカだよ。もう時代は変わっているんだ。貧しかった中国は、もう終わった。大連のビルを見ただろう。丹東だって、どんどんビルが建っている。シンガポールや台湾《タイワン》、香港《ホンコン》の華僑《かきょう》が投資しているんだ。郊外には新市街が建設される。この町は、東アジア経済圏の重要都市になる。やがては佐賀の東松浦半島から壱岐、対馬を経て釜山が海底トンネルで結ばれ、東京から朝鮮半島、そして北京《ペキン》までがつながる。これは俺の考えじゃない。丹東当局のプランだ。ここでも北朝鮮とを結ぶ、鴨緑江《ヤールージャン》に架かる新しい橋の建設計画も着々と進んでいる」

翔は話を聞いていて、大東亜縦貫鉄道計画の焼き直しではないかと思った。鉄道省と満鉄が主導した計画を、今では中国人が考えているのだ。

「広い目でアジアを見てみろ。日本は東の果ての国だ。最近は、日本そのものが糞詰《ふん》まっている。自分の国だけでなんとかなる時代じゃないというのに、相変わらず経済大国だと威張り腐っていやがる。俺は中国に来て、本当に清々したよ。ビジネスや買物で日本にはちょくちょく行くだろうが、もはや住む気はしないね。かつて上海出身の中国人が日本には大勢いたが、すでに賢い奴らは帰国して、上海でビジネスチャンスを摑んで億万長者になっている。日本でなど暮らしていたら時流を逃す……そんな時代になったのさ」

ビールに続いて、武偉《ウーエイ》は焼酎《しょうちゅう》を呷った。

翔は鮑の刺身を摘んだ。コリコリしてうまい。

公安の二人は、二人で話して盛り上がっている。美人ウエートレスの尻を触って喜ぶ。

「今や中国こそが金になる。水が上から下に流れるように、物は安いところから高いところに、あるところからないところに流れる。ビジネスチャンスとはそういうことさ」

と武偉《ウーエイ》は、翔が手に持ったビールグラスに無理やりグラスを合わせた。

舞台上に黒っぽい衣装を着たバンドのメンバーが昇った。エレキギターが二人とドラムに電子オルガンだ。

聞いたことのない北朝鮮音楽が流れ出す。

ウエートレスが三人、マイクを手に壇上に上がった。

清らかな歌声が響いた。

翔のテーブルに来ていたウエートレスは、太鼓を肩から担いで、演奏しながら踊った。

公安の二人がウエートレスに呼ばれてステージに上がると、曲に合わせて社交ダンスを踊った。昔風の曲ばかりだが、大いに盛り上がる。喜び組の歌や踊りは、玄人はだしというよりも、トレーニングを積んだプロそのものだった。

二次会はカラオケ店になった。

翔は、酒と料理と喜び組の美しさと、彼女たちの芸にすっかり酔いしれていた。

外に出ると、ようやく太陽が沈んだばかりであった。

3

カラオケ店の個室はかなり暗かった。

公安の二人は、それぞれ店の女を横に座らせて熱唱した。『北国の春』やテレサ・テンの『愛人』のメロディーが聴こえた。歌詞はもちろん中国語だ。

翔の隣には武偉《ウーエイ》が座った。

武偉《ウーエイ》はしばらく二人の機嫌を取った後で話し始めた。

「北朝鮮に行っているアキラに電話した。おまえはまたとてつもない書類を手に入れたんだってな。アキラが渋々話したよ。この仕事をやれば東北幇《ドンベイパン》から抜けられる約束だったそうだ。東北幇《ドンベイパン》のメンバーも、今では中国人ばかりではない。日本人も大勢いる『組』になった。おまえも名前くらいは知っているだろう。川瀬組の傘下に入ったのさ」

翔は、あらためて東北幇《ドンベイパン》と川瀬組の関係を知った。だからこそアキラは、本来は『KAWASE』が依頼されたはずの三通の機密書類を追っていたのだ。KAWASEから川瀬組、そして東北幇《ドンベイパン》へと仕事が回った。ごく自然な流れだ。

「足を洗いたければ、どうしたって金が要《い》る。一千万は吹っかけられただろう。それを、おまえが持っていた書類を盗み出せば叶えてやると言われたんだと。こりゃ相当な代物《しろもの》だ。ところがこの書類には、ウツボまで食いついてきやがった」

「ウツボ?」

「歌舞伎町から新大久保界隈を縄張りにする新宿署の悪徳警官《ワル》さ。一度食いついたら離れない。だからウツボと呼ばれている。だが顔も本名も一部の人間しか知らない。ヤクザよりも、よっぽどえげつない男だ」

　ウッポのことを一部の人間しか知らないと言っているわりに、武偉《ウーエイ》は知っているような言い方をした。

　翔は一瞬、岩本警部補の顔を思い出した。翔に纏《まと》わり付いていた一連の行動も「ウッポ」なら理解できるというものだ。

「それで、ウッポがアキラに何か言ってきたんですか？」

「ウッポは、東北幇《ドンベイパン》の実質的なトップだ。この情報が耳に入らないわけがない。そこで書類を自分のほうに寄越せと言ってきたらしい。マリアが殺された直後だ。そうすりゃ、アキラにかけられている殺しの容疑を晴らしてやるってよ。日本の警察も中国の公安と変わらない。金でなんでもしてくれる。日本にいた頃、東北幇《ドンベイパン》の仲間で不法滞在で捕まった奴がいた。ところがウッポに百万円渡したら、次の日には無罪放免、警察から戻ってきたものさ。中国の公安は腐っているが、日本だって負けちゃあいない。権力はいつだって腐るんだよ」

　翔は、武偉《ウーエイ》の言葉に凄みが増したのを感じた。

　自然と体が縮こまる。

　とんでもない悪人が出現したのだ。現役警官にして、今や暴力団である東北幇《ドンベイハン》のトップに君臨する男。いくら北新宿多国籍同盟でも、太刀打ちできないだろう。第一警察でも彼を逮捕できるかどうかわからないくらいだ。

何よりウッポは、警察権力を自分の都合で行使でき、暴力団の組織も自由に扱える。

翔は武者震いした。

武偉《ウーエイ》が横の二人をチラッと見やった。

「アキラはこの二人がいるかぎり、丹東では絶対に逮捕されない。明日からの土日は税関が休みになるから、アキラが戻ってくるのは来週の月曜だ。アキラには、しばらく中国にいるよう話しておいた。仕事を手伝ってもらう」

武偉《ウーエイ》は自分で言っておきながら、ウッポについてはそれ以上言及しなかった。

一人の公安は中国の歌を熱唱している。

もう一人のほうが武偉《ウーエイ》に耳打ちした。

武偉《ウーエイ》は作り笑顔で頷き、黒いスラックスの尻ポケットから分厚い財布を取り出した。帯の付いた赤い百元紙幣をそのまま一束男に手渡す。歌いおわった男にも渡した。

中国語で何か話した。女のことを言っているようだ。

武偉《ウーエイ》が女にも百元紙幣を二枚ずつ渡した。

二人は陽気な調子で席を立ち、翔に握手を求めると、女の肩を抱いて個室から出て行った。

「ようやく静かになったな。女の金までたかりやがって」

と武偉《ウーエイ》が、グラスにブラックラベルをなみなみと注いだ。

「それで、物は相談なんだが、あの書類とやらを俺に売ってくれないか？　百万でどうだ。すぐに用意させるぞ」

わずか三枚の紙に百万円とは……しかし売り値は一千万円を下らないのだろう。

翔は酒酔いのせいもあって、頭がクラクラしていた。

どうりで佐藤課長が、あの書類を血眼《ちまなこ》になって探していたわけである。たしかに北朝鮮との関係が暴露されれば会社は存続の危機に瀕するかもしれないのだ。

「持っていると物騒《ぶっそう》なので、会社の元の上司に送り返しましたよ」

と翔はけろりと言って、ブラックラベルに口を付けた。

「送り返しただと？　盗んでおいてそれはないだろう」

「でも、あの書類のせいで何度も襲われたし、僕自身はマリア殺害にも深い関係があると思ったのです。考えてみれば、まったく疫病神《やくびょうがみ》みたいな書類だった……」

「そうは言っても、コピーは取った。違うか？」

翔は脳裏に薄っすらとＪＪの達磨のような顔が浮かんだ。ＪＪと一緒にコンビニでコピーをとったのである。ただしコピーしたのは間違いなくＪＪである。

「いいえ、取ってません！」

と翔は自信を持って断言した。

「本当に取ってないんだろうな。嘘だったらその小指はもらうぞ」

と武偉《ウーエイ》は、翔の手を取り、指を触った。

蛇のような目だ。

「ほ、本当です、コピーなんか取らずに送り返しました。じゃなかったら危険でしょ。危険だと思ったから返したんです」

翔は正直な気持ちを吐露《とろ》した。

部屋に戻ったのは、深夜零《れい》時を過ぎた頃である。

対岸の北朝鮮は真っ暗だった。


土日の二日間、翔は武偉《ウーエイ》と共に過ごした。

武偉《ウーエイ》が翔から目を離さなかったとも言える。毎朝、ホテルのレストランに迎えの男が現れ、夜寝るまで部屋に戻ることはなかった。

まるで観光旅行でもしているように、翔は武偉《ウーエイ》に連れられてあちこちを見て回った。

虎山長《こざんちょう》城《じょう》は万里《ばんり》の長城の東の端と言われるもので、すぐそばには、いくらでも脱北できそうな北朝鮮との国境があった。

『一歩跨《いっぽまたぎ》』という石碑が建てられており、小川に三、四個の置石があるだけの国境なのだ。対岸は鴨緑江《ヤールージャン》の中洲となっていた。畑が広がっている。川に浮かんだ中州はすべて北朝鮮領という取り決めだそうである。

一歩跨にも大型観光バスで、中国人観光客が押し寄せていた。日本人はまったく見かけなかった。武偉《ウーエイ》の話では、丹東に来る日本人は少ない。

また満鉄が開発したという五龍背《ごりゅうはい》温泉にも行った。歌人の与謝野晶子《よさのあきこ》も入ったことがあるそうだ。温泉と言っても、温泉プールであった。

そして月曜日の午前十時、翔は武偉《ウーエイ》に連れられて税関に向かった。中朝友誼橋を左に折れて、市街に向かう途中だ。トラックが数珠《じゅず》繋ぎに、税関の中庭から道路にまで続いていた。

門から中庭に入った。

ミニバスが一台、専用の高架道路に現れた。線路はそのまま丹東駅に続いているが、道は税関から広い中庭に降りるようになっている。

入国審査を終えたアキラが、武偉《ウーエイ》に向かって右手を挙げた。広場に降りてきたミニバスには、再乗車する人たちが集まっている。

アキラは、そんな人たちから分かれて一人で広場を横切った。

写真だけではいまひとつ実感が湧かなかったが、間違いなく北新宿公園で翔を襲った若者だった。

髪は金色から黒に、長さも翔と同じ程度だ。黒いTシャツにジーンズをはいている。ジーンズはパンツが見えるほどに降ろし、デイバッグを右肩に担ぐ。お決まりのチーマーらしいファッションである。

アキラは翔を一瞥《いちべつ》すると、あえて無視して武偉《ウーエイ》に話しかけた。

「武偉《ウーエイ》、こうなったからには俺も中国でがんばってみるよ。今さら日本に戻ったってしょうがないし。仕事、手伝わせてくれないか」

「ついにやる気になったか。いつか名梅《ミンメイ》も呼んで、こっちで暮らせばいいのさ。俺のお袋は日本人だからしょうがないが、おまえのお袋は、元々中国生まれなんだし」

「ウツボの汚さには反吐《へど》が出る。あいつにマークされてたんじゃ、新宿じゃ身動きできないもん。俺はマリアを殺したのは、あいつじゃないかと睨んでいるんだ」

アキラは最後の部分を話す時だけ、ちらりと翔のほうを見た。

「マリアを殺したのは現職の刑事だって言うのか？」

と翔は声を上げた。

「ああ……」

とアキラは暗い目で頷く。

その時、アキラのすぐ横に立っていた武偉《ウーエイ》の巨体が突然地面に崩れ落ちた。

翔は、通りがかった黒いスーツの男を目で追った。

武偉《ウーエイ》の自宅で見かけた用心棒のような男だ。男は何事もなかったかのように悠然《ゆうぜん》と遠ざかり、通りを右折して建物の陰に消えた。

「武偉《ウーエイ》！」

とアキラが腰を降ろして寄り添った。心臓から鮮血が溢《あふ》れ出ていた。

武偉《ウーエイ》の白いワイシャツがみるみる真っ赤に染まった。

アキラは武偉《ウーエイ》の心臓を押さえた。

それでも血が噴き上がり、あたりに飛び散った。

アキラは、腕から胸、顔まで血まみれになっていく。

「武偉《ウーエイ》、武偉《ウーエイ》、死なないでくれ！」

とアキラが叫んだ。

武偉《ウーエイ》はすでに、ことりとも動かなかった。

アキラが肩を持って揺すった。

武偉《ウーエイ》の太い首が力なく上下し、胸元の龍が躍った。

つい今し方まで、欲望の塊だったような男があっけなかった。

バスの乗客たちが近づいてきて悲鳴を上げた。数珠繫ぎのトラックからも次々にドライバーたちが降りてくる。

笛を鳴らしながら、門にいた税関職員が駆け寄ってきた。

それら一連の人々の動きが、翔の目には、まるでスローモーションのように映った。声や車の音などもあったのだろうが、耳には届かなかった。無声映画を観ているようだった。

つい今し方、黒スーツの男が中庭の奥にある建物のほうから歩いてきたのだ。武偉《ウーエイ》と擦れ違いざま、右手にグッと力を入れて、きっとサイレンサー付きの拳銃を弾いたのである。そしてまた何事もなかったかのように門の外に姿を消した。

翔は膝がカタカタ鳴った。

横に「公安」と書かれた白と青のパトカーがやってくると、二人の警官に腕を取られた。

アキラも捕まり、別のパトカーに押し込まれた。

警察署では、翔は一人で取調室に残された。

設備は新宿署とは雲泥《うんでい》の差だ。壁には拷問《ごうもん》の跡だろうか、血のりがべっとりとこびり付き、ところどころでペンキも剝《は》げ落ちていた。二重になったガラスの窓枠は建て付けが悪いようで、涼しい風が吹き込んでくる。どこもかしこも発展途上国の臭いがした。

梅子があれほど恐れていた中国の公安警察である。でっち上げなど朝飯前だ。

翔は、警官が来たら、まずは日本大使館に連絡するよう訴えてみようと考えていた。

頭の中では悪いことばかりがよぎり、そんな考えを払拭《ふっしょく》するためにも「日本大使館、日本大使館……」と呪文のように唱えた。

そうでもしていなければ、精神が持ちそうにもなかった。震えから始まった貧乏ゆすりが止まらなかった。

昼食が運ばれてきた。

濃紺の制服を着た警官が、トレーに入った食事と、コップに入った水を放り投げるようにスチールデスクの上に置いた。

パッと見、中華丼かと思ったが、ボロボロに砕《くだ》けた米に野菜炒めが載っているだけの粗末な食事だった。量だけはかなりある。

少し口に付け、翔はその塩辛さに水で口をゆすいだ。

この三日間、武偉《ウーエイ》と一緒に高級店ばかりで食事していたので、余計に不味《まず》く感じた。

新宿署の留置場の、とくに夕食は、まさに美食国家日本の象徴のように思えた。いくら日本でも、留置場には二度と行きたくなかったが、あの夜の弁当だけならもう一度食べてもいいとさえ翔は思った。

部屋の中は蒸し暑い。それがすきま風のおかげでましになる。

考えなければならないことが山ほどもあるように思えたが、何も考えられずに時間だけが過ぎた。時折椅子から立って部屋を歩き、ドアノブを回すと、施錠されていた。

夕食にまたも不味い食事がでた。ボロボロの古米のような飯と魚の素揚げだ。翔はあまりの空腹で、味わいもせずに胃に流し込んだ。

窓の外が暗くなった。時計の針は夜九時を少し過ぎていた。

翔は持ち物検査も身体検査も受けてなかった。今さらながらに、この事態を変に感じた。

窓の外に目をやった。

日本に帰れるのだろうか……そう思うと切なくなった。日本が恋しくて堪《たま》らなかった。日本よりいい国など世界にはないだろうとさえ思った。

突然、部屋のドアが開いた。

翔が日本から持ってきた、水色のソフトキャリーバッグが乱暴に投げ入れられる。北朝鮮レストランとカラオケ屋に一緒に行った公安の男が制服姿で入ってきた。

彼は左手でアキラのTシャツの襟《えり》の部分を摑み、引き摺られるようにアキラも部屋に入ってきた。

アキラの顔は赤く膨《ふく》れ上がり、衣服は乱れ、血がこびり付き、また汚れてもいた。

「いいか、この男を連れて、三日以内に中国から出るんだ。三日だけなら押さえられるが、それ以上は無理だ。俺にできる約束はそれだけだ。武偉《ウーエイ》が、鴨緑江《ヤールージャン》に棲《す》む龍《ドラゴン》の尻《しっ》尾《ぽ》を踏んだのだろう。そうとしか考えられない。こいつを連れて、今すぐに出て行け」

男は冷たく言い放つと、ドアを開けて、厳しい表情を翔に向けた。

翔は男が流暢《りゅうちょう》な日本語を操ったことに驚いた。三日前の夜には、日本語が話せることなどおくびにも出さなかったのだ。

「早くしろ！」

と男の言葉には有無を言わせぬ凄みがあった。

翔は左手でキャリーバッグを引っ張り、右手でアキラの肩を抱いた。アキラが持っていたディバッグはなかった。どさくさで失くしたのだろう。

「イテッ！」

とアキラが脇腹を押さえた。肋骨《ろっこつ》が折れているかもしれなかった。

翔は薄暗い廊下を歩いて公安の建物を出た。

通りすがりの黄色いタクシーを、手を挙げて止めた。

町は明るくまだ賑わっていた。

「タントー、ステーション！」

と言っても通じなかった。運転席の横に置いてあったペンを取り、財布にあったスーパーのレシートの裏に「丹東駅」と書いて、ドライバーに指し示した。ドライバーはなおも首を傾げる。

次に「毛沢東」と書くと、頷き、アクセルを踏み込んだ。

ものの五分もしないで毛沢東像の前で止まった。

中国元の持ち合わせはなかった。ぐったりしているアキラのジーンズから財布を出して、ブルーの十元紙幣を渡した。財布の中には中国の身分証があり、日本のパスポートも同じポケットにしまわれていた。

アキラと荷物を車から引き摺り下ろした。

「おい、しっかりしろ、アキラ。おい！」

と翔は、アキラの体を起こして頬を軽く叩いた。

「すぐそこだ。そこまで歩くぞ」

荷物を引っ張りながら、アキラを抱えて道路を渡った。猛スピードで走ってきた車が、翔の脇を擦った。黒いアウディの運転席で、武偉《ウーエイ》を撃った男の笑い顔が見えた。

翔の体の奥の方から、恐怖がそそり上がってきた。

汗だくでキオスクの前に着いた。

アキラの様子にキオスクの主人は色をなくした。公衆電話代わりの店の電話から、すぐにどこかに電話した。主人が翔に受話器を渡した。

「今、話を聞いた。いったい何があったんだ？」

電話の相手は李だった。

「武偉《ウーエイ》が撃たれて殺されたんです。その時、僕とアキラは現場に一緒にいました。アキラが北朝鮮から帰ってきたところだったのです。その後公安に連れて行かれて、アキラは拷問にあったみたいです」

「公安から逃げ出したのか？」

「いいえ。三日以内にアキラを連れて中国から出て行けと言われました。釈放されたんです。アキラはぐったりしていて、とても話ができるような状況ではありません。それに……今も車に轢《ひ》かれそうに。もうヤバイです。いえ、恐ろしいんです」

翔は話しながら、寒くもないのに奥歯がカチカチ鳴った。

「わかった。日本行きのチケットの手配は私がしよう。明日朝の大連行きバスに乗って戻ってくるんだ。丹東のバスターミナルは店のすぐ裏手だ。主人に送ってもらうよう頼んでおくから心配するな。大連ではバスが到着するところで待っている。主人に電話を代わってくれ」

店主は李と話し終わると、翔に手を貸して、二人でアキラを店の奥にある部屋に運んだ。

翔もアキラと並んでその小さな部屋で横になったが、まんじりともしないまま朝を迎えた。

4

タイル貼りのきれいとはいいがたいシャワー室で水を浴びると、気分がシャンとなった。血が付いたままだったアキラはかなり長めにシャワーを浴びた。

翔はリーバイスのジーンズと黒いアルマーニのTシャツに着替えた。

着替えのないアキラには、トランクスとエビスのジーンズ、ポロシャツを用意した。背格好が同じくらいだったので、どちらもアキラには丁度よかった。

着替えるのに不自由しなかったことから、怪我《けが》は大したことがないようである。

「すまない……」

とアキラは声を落として言った。

それは、着替えを借りたことよりも、以前北新宿公園でナイフをちらつかせて襲ったことを謝罪しているように聞こえた。

店の主人と連れ立って、近所の屋台で肉まんとラーメンを食べ、そのまま大連行きのバスに乗り込んだ。

朝早くに出発しようと思っていたが、アキラが起きられず、すでに十二時である。

平日のせいか、席は三分の二ほどしか埋まっていない。乗客の半数以上が翔やアキラと同年代の若者だった。ブルーのバスは韓国製で真新しかった。

キオスクの主人に礼を言ってバスに乗り込んだ。

ほどなくバスは出発した。行きと同じ道を大連に向かう。

窓側に座ったアキラは、水で湿らせたタオルを、腫れぼったい顔にずっと押し当て、考え込んでいた。

一時間ほどは互いに何も話さなかった。

「アキラ、どうしてもおまえに聞いておきたいことがあるんだ」

と、ドライブインでトイレ休憩したあと、翔はおもむろに口を開いた。

「なぜ、マリアの遺体をそのままにして、俺の部屋のキーを奪って逃げたんだ。マリアとは一時でも愛し合った仲だったんだろう？　あんまり酷い仕打ちじゃないか」

窓の外を見ていたアキラが、翔のほうに振り返った。

不意を突かれた驚きが顔に出ている。

しばらく翔の顔を見つめると、意を決したように話し始めた。

「……わけがわからなかった。無我夢中だった。あの時点で俺は、犯人にされると思った！　マリアに電話で呼び出されて現場に行ったんだからな。草むらに倒れている彼女を見た時には、心臓が飛び出るんじゃないかというほど驚いた。周囲に人がいないことを確かめてから、何度もマリアの肩を揺すって呼びかけたさ。でもマリアはもうダメだった。昨日の武偉《ウーエイ》と同じだ。何の反応もなかった。そんな時、マリアがあんたの部屋のキーを持っていることを思い出した。ハンドバッグからあんたの部屋のキーを見つけた」

「ちょ、ちょっと待て。マリアに呼び出されたと言ったな」

「そうだ。シャブのことで相談に乗ってくれと……」

「それがどうして、犯人にされると思ったんだ？」

「だってそうだろ。呼び出した本人が殺されていたんだ。彼女はウッボに無理やり電話させられたと思った。マリアを殺したのはウッボだ！」

「なぜウッボなんだ？」

「ウッボがマリアをシャブ漬けにして、ウリをやらせていたんだからな。俺が付き合っていた頃、どれだけマリアにシャブを止《や》めるように言ったことか。仲間内にはシャブ中で若くして廃人のようになった奴が何人もいる。大勢見てきたよ、そんな奴らは」

殴《なぐ》られたところが痛むのだろう、アキラは時折顔を顰《しか》めながら話した。水を口に持っていく。

「ところがいつだったか、母さんの店で彼女に偶然会った時、もうシャブは止めるんだとやけにさっぱりとした顔で言っていた。もうやってないって。本気で愛した男のために止めるんだって。恋人がシャブ中じゃ、カッコつかないでしょ。その人普通のサラリーマンだからって。あんたのことだよ。俺はそこまで彼女に愛されなかった。俺は心底あんたにジェラシーを感じた。マリアはあんたのためにシャブを止めると心に決めたんだからな。ウッボとも切れると言っていた。だからあの夜の彼女の電話は、ウリを止めるための相談だと思った」

翔の胸に熱いものが込み上げてきた。

人を愛することの重みを感じる。

「しかし、マリアにウリを止められたら困る人間がいる……」

　とアキラは断じた。

「それがウツボか？」

「そういうことだ。きっとマリアはウツボとの肉体関係も拒《こば》んでいたと思う。シャブ中の人間のことを、極悪非道のように言う奴もいるけれど、シャブ中と人間性は関係ない。マリアは誰よりもピュアで、愛に溢れた女だった……」

「ウツボはマリアを利用できなくなり、男としてもすげなくされた。それで殺したって言うのか？　ずいぶん感情的な話じゃないか」

「いいや、そういう話じゃないんだ。ウツボは、自分を裏切った人間は決して許さない。それが裏社会の常識だ。ウツボがウツボでいられるためには、マリアを殺すしかなかった。きっと彼女は、あんたから書類を奪ってくることを命じられていたんだと思う。しかし彼女は拒絶した。だからこそ殺された。いい見せしめだ。裏社会のゴロツキたちに恐れられるには、容赦《ようしゃ》しないことだ。恐れられれば、みんながしたがう」

「ウツボはマリア本人に電話させ、おまえを呼び出したあとでマリアを殺した。ウツボははなからおまえを犯人にするつもりだったのか？　だったら、コンビニ店員の曹の証言はどうなるんだ？　彼はマリアが若い男とベンチに座っていたと言っている」

「曹が不法滞在者だったらどうなる？　ウツボに証言を強要された。その代わり不法滞在は問わない」

　翔は、事件当日、曹が入管を恐がっていた様子を思い出した。

「その後ウツボから、例の書類のことで持ちかけられた？」

「そうだ。マリアを自らが殺してしまったんだからな。新しい人間が必要になったのさ。そこで前々から書類を狙っていた俺に白羽の矢を立てた。書類を持って来たら、マリア殺しの容疑を晴らしてやるって。東北帮《ドンベイパン》の奴らなら、俺が組を辞めたい一心であんたの書類を奪おうと動いていたのは知っていた。それを聞きつけたんだろう。何たって奴は東北帮《ドンベイパン》の影のトップだからな」

　アキラはペットボトルの水を飲む。

「いつから俺のことをマークしていた？」

　翔は疑問に思っていたことを口にした。

「引っ越してきてからすぐにだ」

「じゃあ、おまえは俺を尾行してたのか？」

「いや、それはない。尾行したのは、夜、北新宿公園で襲った時だけだ。普段はマリアが一緒にいる時間が長かったから、手出しできなかった。マリアに見つかったら、問い詰められるに決まっているから。逆に時々マリアからあんたの行動パターンをそれとなく聞いてはいたが」

やはり翔を見張っていたのは金子警部だ。翔は確信を得た。

「おまえ、ウツボの顔を知っているのか？」

と翔は訊ねた。

武偉《ウーエイ》の話では、ウツボは一部の人間にしか顔も名前も知られていない。

「何度も会ったよ。最初はマリアに紹介された……」

とアキラはあっさり言った。

「……この人を知っていれば損はないって。まだあんたが越して来る前のことさ。マリアとしては、保険みたいなものだったんだろう。ウツボの顔を俺が知っていれば、ウツボもそう簡単にはマリアに手を出せなくなるからね。ただ名前までは教えてもらえなかった。いつかはウツボと切れることを、彼女も考えていたんだと思う」

アキラは、遠い昔の日のことを思い出すような目をした。

「ウツボの年齢や、背恰好は？」

と翔は訊ねる。

「年齢は四十前後だ。若作りしている。背恰好は俺たちと同じくらい一七五センチくらいかな」

翔はアキラの証言から、ひとまず岩本警部補だけは除外した。

新宿署の警官と言っても、知っている人間などいないに等しい。誰がウツボか翔がわかるはずがなかった。

「あんたが越して来てからさ。マリアがシャブまで止めてまともになろうと頑張っている姿を見てさ、俺も母さんのためにまともになろうと思った。母さんは昔から間違ったことが大嫌いだった。仲間が大事と思って、大学にも行かずに東北幇《ドンベイパン》に入ったけど、結局みんな、金、金、金、金……金の亡者《もうじや》だった。いくら金を持っていても、いじめた日本人を見返すことなんてできないのに。それで挙句が犯罪者になって刑務所送り。そんな人生、違うんじゃないかと思った。ばあさんたちの世代が、中国残留邦人と言われて日本に帰った。日本に行けば豊かになれると家族も付いていった。でもほとんどの連中が貧しいままだ。日本語ができないから、学校の勉強についていけない。勉強についていけないから、喋《しやべ》りはある程度できるようになっても、読み書きができない。自然と働く場所もコンビニなんかに限られてくる。それでも働くところが見つかれば、まだいいほうで、犯罪に手を染める奴だっている。一度は犯罪に手を染めても、いつかは足を洗ってまともな商売で身を立てればいいんだ。東北幇《ドンベイパン》にいる中国系の連中には、そんな考え方の奴らも多い。日本人の組員は完全にヤクザそのものだけどね」

「東北幇《ドンベイパン》のドリームを手に入れた、代表的な人物が武偉《ウーエイ》というわけか」

「でも俺、北朝鮮に行ってわかった。武偉《ウーエイ》はまたもや犯罪に手を染めていたんだ」

アキラの表情に翳《かげ》りが見えた。

「そうとわかって、どうして武偉《ウーエイ》に中国で仕事を手伝うと言ったんだ？」

「昔の武偉《ウーエイ》は、もっと男気があってカッコよかった。五年ぶりに会って、正直失望したよ。でも、そんな武偉《ウーエイ》だからこそ、一緒にやればいいほうに方向転換できるかもしれないとも思った。中でもハマグリとワカサギ、シラウオの養殖には力を入れていた。もう少しで犯罪社会から抜け出せるところだったのに……」

アキラは車窓からの景色を眺めた。

赤いコーリャンの畑と緑のトウモロコシ畑が続いて見えた。

武偉《ウーエイ》は日本人の血を継いで、ここ満州に生まれ、終《つい》にはここの土となって還《かえ》った。

「今日は浩《ハオ》叔父が迎えにくるんだろ？」

と言って、アキラが顔を上げた。

「……なかなかいい叔父さんじゃないか。おまえのことをそれは心配していた。梅子さんから話を聞かされたみたいだ」

「母さんは、最近の叔父のことはよく知らないはずだよ。だって母さんが日本に来てから、もう二十年以上が経つんだ。母さんは、中国時代の話をしたがらなかったし、当時の友人や親戚たちともほとんど付き合いがなかった。付き合っていたのは武偉《ウーエイ》くらいのものさ。それだけ日本での暮らしが大変だったんだろう。だから俺だってあの人のことは知らない。ただ武偉《ウーエイ》は、中国に来てからはよく連絡を取り合っていたみたいだ。電話で話しているのを聞いたことがある。武偉《ウーエイ》が中国で成功できたのも、叔父の助けがあったからだとも言っていたし……」

アキラの話は、丹東に向かう車内で、李が話していたことと違った。

李は、武偉《ウーエイ》は別世界の人間で関わりあいたくないとまで言っていたのだ。丹東のマンションに到着しても車から降りなかったくらいだ。

翔がその話をすると、

「おかしいな……」

とアキラは首を捻った。

「武偉《ウーエイ》が中国に帰ってきたのも、叔父が戻って来いと誘ったせいもあるって言っていたのに」

アキラは饒舌《じょうぜつ》になっていた。腹の中に溜め込んでいたものを一気に吐き出しているようである。

「武偉《ウーエイ》は自分の部下に殺された。あの男は部下だった。あんたも見ただろ?」

アキラの指摘に、翔は頷いた。

「俺はあの男が、誰かの指示で武偉《ウーエイ》を殺したように思うんだ。武偉《ウーエイ》はもはや中国人だ。殺しても日本大使館は出てこない。俺やあんたを殺したら、日本大使館が出てくる。だからそれはできなかった。もし俺が指名手配されているなら、俺の中国名謝明忠《シェミンジョン》でも手配されているだろうから、俺も殺せない。日本大使館が出てきたら大事になる」

　アキラは翔が考えていた以上に頭がよかった。

　北新宿公園で翔を襲った時には、有無を言わせぬ乱暴さだけを感じたが、話してみると、印象がまったく違うのだ。物事を順序立てて考えられるし、客観的な思考法も身につけている。ダミアンがアキラ犯人説を最初から否定したわけである。

　アキラは東北幇《ドンベイパン》に入ったものの、結局ヤクザにはなりきれなかった。

　北新宿公園の時も、最初からナイフで翔を刺してしまえば、容易に書類は手に入ったはずである。乱暴なふりをしていただけと理解できた。

「話を戻すが、ウツボは、書類を持ってきたら、マリア殺しの容疑を晴らしてやるって言ったんだな」

　アキラはペットボトルの水でタオルを湿らせ、顔に当てた。

「ああ……。事件後、新大久保駅前の喫茶店で会った時にそう言っていた」

「おまえを容疑者から外せるということは、ウツボは、新宿署勤務というだけでなく、マリア殺人事件の捜査本部にいるってことか？」

「それはわからない。ただ、新宿署内ではかなりの実力者なんだろう」

「ところで、ダミアンの話では、公安が、東北幇《ドンベイパン》が扱っている覚醒剤の中国ルートを洗っているということだった……」

「たしかに東北幇《ドンベイパン》では覚醒剤を扱っている。でも俺くらいの下っ端じゃ、ルートまではわからなかった」

「わからなかった……ということは、今はわかったということか」

アキラが頷く。

「武偉《ウーエイ》が中国側で仕切っていたんだ」

「武偉《ウーエイ》はハマグリなどの輸出をしているんじゃなかったのか？」

「それはもちろんやっているけど、北朝鮮側に行ったら、社員たちが覚醒剤のことを話しているのを聞いた。俺が、朝鮮語ができることを知らなかったみたいだ。じいさんが朝鮮系中国人だったこともあって、母さんは話せた。俺も興味を持って、語学学校に通いながら、母さんにも習ったんだ。武偉《ウーエイ》は朝鮮語は知らないから、俺も同じだと思ったんだろう。ハマグリなどを運ぶ船で、覚醒剤も運んでいる。覚醒剤は水に溶かして、日本で水抜きするらしい。中国産と思われている覚醒剤は、実は北朝鮮産だったのさ。そして、武偉《ウーエイ》が単なる雇われ社長だということもわかった」

「武偉《ウーエイ》の背後に本物の社長がいるのか？」

「そう。かつて日本の関東軍が、愛新覚羅《あいしんかくら》溥儀《ふぎ》を傀儡《かいらい》にして満州国を建国したように」

「武偉《ウーエイ》は溥儀だったってことか。だとすれば、関東軍は……」

「鴨緑江《ヤールージャン》の龍《ドラゴン》だ。龍《ドテゴン》の正体を明かせと散々公安で拷問まがいの取調べを受けた。あの日本語を話す公安警察によれば、武偉《ウーエイ》は鴨緑江《ヤールージャン》の龍《ドラゴン》に殺されたと言うんだ。実行したのは彼直属の部下だった。武偉《ウーエイ》はきっと、鴨緑江《ヤールージャン》の龍《ドラゴン》の癇《かん》に障ることをしてしまった。それが原因で殺害されたと公安は見ている。でも俺も、鴨緑江《ヤールージャン》の龍《ドテゴン》なんて初耳だったから、答えようがなかった……」

確かに公安警察は、「鴨緑江《ヤールージャン》に棲む龍《ドラゴン》の尻尾を踏んだのだろう」と言っていた。

「あの公安は武偉《ウーエイ》から賄賂《わいろ》をもらっていたから、次は我が身のことを心配して疑心暗鬼になっていたのかもしれないな」

「そういうことだったのか……」

とアキラは、タオルを頬に押し当てた。

「ところでアキラ、日本に帰ったら成田空港で即逮捕されるかもしれないぞ」

と翔は、アキラの顔をまじまじと見た。

逮捕される恐ろしさを、翔は身をもって知っているのだ。

「わかってる……」

とアキラは小さく呟いた。

「闘えよ」

と翔はアキラを見つめた。

自分にはできなかったことだが、この若者ならできると思った。翔は人を見る目だけはあるのだ。

「マリアを殺したのはおまえではない。ウッボがどんな工作をしようと、事実は一つだ。それに、おまえにはＪＪハウスのみんながついている」

「なんか、頼りないな」

とアキラは力なく微笑んだ。

「それからウッボのことだが……」

と翔は、情報収集しておこうと話題を変えた。

「ウッボが警官で実質上東北幇《ドンベイパン》のトップだということはわかったが、川瀬組とはどういう関係だったんだ？」

「ウッボは、元々川瀬組の用心棒のような存在さ」

「暴力団の用心棒とは、そりゃまた凄いな」

「暴力団の天敵は警察だ。しかし警察内部に内通者がいれば強力だ。警察のガサ入れ情報なんかがすべて筒抜けになる。東北幇《ドンベイパン》は前から川瀬組のシャブの小売をしていた。それをウッボが、直接、大量に中国から仕入れるようになった。つまり中国側では武偉《ウーエイ》が、日本側ではウッボが、東北幇《ドンベイパン》や川瀬組を使って流していたのさ。マリアはウッボの一番近くで、売人をさせられていたと思う。ウッボは、マリアや東北幇《ドンベイパン》、川瀬組以外の暴力団がシャブを流せば徹底的に取り締まった。正式な捜査でイラン人の売人などを挙げることもあったけど、売人を脅して個人的に押収し、又売りしてもいたらしい。やりたい放題さ」

「なるほどな。しかしウツボは、東洋光学の書類が手に入らないとわかった時点で、おまえの命も狙ってくるんじゃないのか？」

「でもそうなると、日本に帰国して成田で逮捕されれば、逆に安心ってことになる」

とアキラは皮肉な笑みを零《こぼ》した。

工場団地が見えてきた。

翔は、中国東洋光学のすぐそば、道を挟んで反対側に、大連日相机有限公司の大きな工場があることに気が付いた。

5

バスは定刻どおり午後三時に大連に到着した。

そこは新宿駅西口にある新宿高速バスターミナルと同じで、道路に面して瀋陽や北京など各方面行きのバスが停車していた。

「あれが大連駅だ。日本が建てた。上野駅とそっくりだろ。武偉《ウーエイ》に聞いたことだけど……」

と、バスを降りたとたんにアキラが指差した。

どっしりとした四角い石の建物の正面上部に『大連』と緑色で書かれている。駅までは二百メートルほどで、その間に市内バス乗り場があり、大勢の人や車でごった返していた。

バスの降り立った側は広場で、周囲にはビルがいくつも建っている。道路を挟んで反対側は、水槽にトコブシや鮑などの海産物を入れた食堂、スルメなどの乾物を扱う土産屋などが軒を連ねる。

クーラーの入った車内と比べて、外は蒸し暑かった。

パラソルの下でジュースを売る店の男は、ポロシャツをめくって太鼓腹を出し、団扇《うちわ》で扇《あお》いでいる。よく見ると、腹を出した男たちが多かった。こういうところが先進国にはほど遠い。

「児玉君!」

と声を掛けられ、振り返ると長身の李が立っていた。

「迎えに来たんだ。彼が明忠《ミンジョン》か?」

と李は、翔の隣に立っているアキラを見た。

李の表情はこの前よりも硬かった。

「私が浩《ハオ》だ。覚えているか? ずいぶん大きくなったな。あれからもう十一年も経っている」

李の言葉に、アキラはぶっきら棒に首を横に振った。

「そりゃそうだろう。あの頃君はまだ四歳だった。覚えてなくて当然だ。ところでお母さんは元気にやっているか？　店も繁盛《はんじょう》しているそうだね」

アキラは「ええ……」と小さく答えただけである。

まともに顔を見ようともしなかった。人見知りなのかもしれない。昨日翔と初めて会った時もそうだったのだ。

「さ、早く車に乗ってくれ。ここじゃ長いこと駐車できない」

すでに李のワーゲン・サンタナは、バス会社の関係者から移動するように注意を受けている。

翔はソフトキャリーバッグを引っ張りながら、小走りに車に向かった。

全員が車に乗り込んだ。アキラと翔は後部座席だ。

「すぐにホテルに行く。昔ヤマトホテルだった大連賓館《ひんかん》だ。明日の飛行機のチケットも用意した。NH904便午後一時十五分出発だ。成田には五時五分に着く。日本と言ってもすぐだよ」

アクセルを踏み込みながら李が言った。発車する。

「ホテルや飛行機の代金は心配しなくていい。金さんが用立ててくれた。大連日相机の社長の金政宰《キムジョンジュ》さんだ。私も名梅《ミンメイ》も昔からの友人なんだ。名梅《ミンメイ》が金さんに直接電話したみたいだよ。金さんも、私と同じで明忠《ミンジョン》のことをとても懐かしがっている。それで、今晩彼が食事に招待してくれた。六時に迎えに行く」

李は笑顔を浮かべながらも、どことなく上の空で話した。言葉に力がなかった。

アキラは黙りこくったままだった。金政宰《キムジョンジュ》という名前にも反応しない。窓からぼんやり外を眺めるばかりだ。

ほどなく大連賓館に着く。玄関前の車寄せはさほど広くなかった。アールヌーヴォー様式の鉄製の雨よけが美しい。

「そのままフロントデスクに行ってくれ。チェックインは、つい今し方済ませた。では六時に」

李はまたもや車から降りることはなかった。

疲れているのか目が充血していた。あるいは火急の用事でも抱えているのか。すぐにでも会社に戻らなければならないのだろう。この日は火曜日なのである。

まず翔が先に回転ドアを押して館内に入った。アキラも続く。

ロビーは広くなかったが、絨毯《じゅうたん》のような模様の床は様々な色の大理石を組み合わせてできており、ピカピカに磨《みが》き上げられていた。象嵌《ぞうがん》はふつうテーブルになるが、それが床になっている。そう考えればそこそこの広さだ。

天井からはシャンデリアが二機吊るされている。奥には紅色のカーペットが敷き詰められており、右手に続く階段の手摺りが、アールヌーヴォーらしい曲線を描いている。

部屋に入ると窓からは、鉄製の柵の向こうに中山広場と日本が作ったいくつかの歴史的建造物、その背後にビル群が見渡せた。

翔はソファに座ったアキラを見た。

彼の姿に大連の風景を重ね合わせた。

アキラの祖母は日本人だった。祖父は朝鮮族の中国人だった。梅子は、元は名梅《ミンメイ》という名前の日系朝鮮系中国人で、別れたご土人、アキラの父親は中国人だ。

そしてアキラは、日本で日本人として生きている。

アキラは、近代満州の歴史が生んだ人間だった。東北幇《ドンベイパン》の中国系の連中は、さしずめ満州が生んだ鬼っ子だ。

翔はいつしかソファで眠ってしまった。

アキラに起こされ時計を見ると、六時近くになっていた。

「翔、俺、あの男のこと、信用できない……」

とアキラが言った。

「李のことか」

「ああ、叔父ぶっているが、ちっとも親しみが湧かない。母さんから浩《ハオ》なんて名前、聞いたことがないし」

「でも今回、俺を武偉《ウーエイ》のところまで案内するのに、梅子さんが頼んだ相手なんだぞ」

「それはそうなんだが……」

とアキラは思案気な顔をした。どうにも納得できないようである。

「ともかく、もう時間だ。下に降りよう」

そう言って、翔はソファから立ち上がると、大きく背伸びした。

ロビーに行くと、李ともう一人、李よりは若干背の低いごま塩頭の中年男が立っていた。ホテルの支配人だろうか、スーツ姿の男が寄り添い、恐縮しながら話をしている。

翔はこの男が、朝鮮族の大立者金政宰《キムジョンジュ》だとすぐにわかった。

寸分の隙もないような仕立てのいいグレーのスーツを着、足元の靴は床と同じく光っている。ごま塩頭の髪は短い。中肉中背で体つき以上の存在感を醸《かも》し出している。さすがは中国一のビデオメーカーを率いる企業の総帥《そうすい》だ。

大久保でほんの小さな延辺料理の店をしている梅子からは、想像もできない昔の友人である。

「君が明忠《ミンジョン》だな。名梅《ミンメイ》にそっくりだ。すっかり大人になったね」

と金は両手を差し出すと、アキラの両手を力強く握った。

「君たちは若いから、堅苦しいところじゃなんだと思って、今日はこの近所にある生ビールの旨い店にした。ざっくばらんないい店だ。自家製の生ビールがある。日本人にも人気だよ。大連名物の海産物も美味しい。さあ、行こう」

金はアキラの肩を抱いて歩き出す。

心からうれしそうである。

車寄せには最新型の黒のメルセデスが止まっていた。

ドライバーの指示どおり、翔は助手席に、後部座席にアキラと金が乗り込んだ。李は自分の古いワーゲンだ。

道路はかなり渋滞していたが、十分ほどで店に着いた。

金の顔を見るなり、受付の女性がヘッドセットのマイクを通して、どこかに連絡していた。かなり驚いたようである。コールセンターのオペレーターが使うようなマイクでやり取りしているところは、日本でも中々見かけないシステムだ。それほど店は広かった。

すぐに二階に続く階段から支配人らしき人が降りてきた。

金と握手し、店の奥に案内する。

水槽にはハマグリや鮑、ナマコなどが入り、氷が敷き詰められた台の上には魚やエビ、シャコが魚屋のように緑色の籠《かご》に盛られている。隣には肉や野菜が皿に載せられ、調理法は好みで頼むようである。

「何が食べたいか？　何でも好きなものを食べるといい。児玉君と言ったな。君も好きなものを。今回は、本当にご苦労だった。わざわざ日本から明忠《ミンジョン》を探しに来てくれて。名《ミン》梅《メイ》とは電話で話したが、明忠《ミンジョン》が見つかってとても喜んでいた。私もとてもうれしい」

翔は遠慮して注文できなかった。

見ず知らずの人にご馳走《ちそう》になるのは気が引けたのだ。

アキラの顔を見て、彼も同じ気持ちだと察した。母親の昔の友人は、アキラにとっても単なる他人なのである。

金はそんな二人の様子を見て、

「日本人なら鮑がいいだろう、エビも好きだよね。シャコもいいし、ハマグリも」

と言って、次々に支配人に注文した。

梅子は金に、アキラや武偉《ウーエイ》のこと、翔を派遣したことや李に仲介してもらったことも話したのだろう。JJも、例の書類のことについて説明しているかもしれない。金が李に連絡し、翔とアキラの泊まるホテルと航空券を手配してくれたのだ。

ゆったりとした螺旋《らせん》階段で二階に上がると、窓際の席に案内される。丸テーブルに清潔そうな白いテーブルクロスが敷かれている。

最後尾から李が続いた。

一階も二階も、おおよそ五十席はあろうかという大きな店なのに、九割がたの席が埋まっていた。

「じゃあ、ビールは黒とふつうのを頼もう」

他の席では、黄色い制服を着た女性たちが応対していたが、翔たちの席では支配人が陣頭指揮を取った。

「東北料理は残念ながら中国の八大料理には入らない。味が濃くて塩辛いと言われていてね。だから今日は、地元の海産物を使った広東《カントン》料理の店にした。日本の中華料理は横浜をはじめ広東料理が主だからね。君たちの口にもきっと合うはずだよ」

金の説明に、翔は丹東の公安警察での食事を思い出した。たしかに塩辛かったのだ。

ピッチャーに入った黒とふつうのビールが運ばれてくる。

さっそく乾杯して、運ばれてきた料理に手を伸ばす。ハマグリ、赤貝、シャコとすべて湯がいたものだ。どれも新鮮で身がぷりぷりしていた。

飲んで食べているうちに、自然とリラックスしてくる。

翔は無心にシャコの皮を剝《む》き、アキラは口の中が痛むのか、時折顔を歪めながらも食は進んだ。金は笑顔でビールを飲んだ。李だけが元気がなかった。

「ところで明忠《ミンジョン》、初めての中国はどう感じた?」

と、金が赤貝を醬油だれに付けながら口を開いた。

「思った以上に発展していて驚いた。ビルも車も新しい。でも、貧富の差は日本よりも激しい。金持ちもいるけれど、貧しい人はかなり多い。この店の客は金持ちさ」

アキラは周囲を見渡しながら、ハマグリを口に運んだ。

「……そうか。そうだな。中国はまだまだこれからの国だからな。ところで児玉君と合流するまで、明忠《ミンジョン》はどこにいたんだ？　武偉《ウーエイ》のところにいたんじゃないのか？」

「それが……」

とアキラは口ごもった。翔のほうを見る。

翔はシャコを手に持ったまま、深々と頷いた。

洗いざらい話せばいいのだ。

日本で多少の悪さはしたかもしれない。しかしアキラは、翔が新宿署の留置場で見かけたような、骨の髄《ずい》からのワルではなかった。マリア殺しに関しても無実だ。日本に帰って逮捕されても、司法の場で闘うのである。それははっきりしている。

翔はアキラと話したことで、ダミアンと同じような心境になっていた。

アキラはバスの中でと同様に、話し出すや、まるでダムの水が決壊したように息せき切って話し続けた。

それは日本で中国残留邦人の家族が差別や貧困に苦しんでいることから始まって、怒羅《ドラ》権《ゴン》や東北幇《ドンベイパン》のこと、マリアが殺されたこと、武偉《ウーエイ》のこと、北朝鮮で得た情報などに移っていった。

翔はバスの中で聞いた話だったので、次々に運ばれてくる焼売《しゅうまい》やカニ炒め、鮑のステーキなどに舌鼓を打った。

アキラの話に、金の表情が徐々に変化した。

顔全体が赤みを帯びて、怒りが膨張しているかのようだった。

武偉《ウーエイ》が殺害されたことはすでに知っていたようで、さほど驚かなかったが、昔馴染みの死に、さすがに落胆して見せた。

公安警察で受けた尋問に話が移った。

「……公安警察に何度も殴られて聞かれた。鴨緑江《ヤールージャン》の龍《ドラゴン》を知らないかって……」

そこまで話して、アキラはビールを飲み干すとカニに手を伸ばした。

ウエートレスがすかさず空いたグラスにビールを注いだ。

「公安は、鴨緑江《ヤールージャン》の龍《ドラゴン》とたしかに言ったのだな？」

金は、厳しい表情でアキラを見た。

アキラに目で求められて、翔も頷く。

「たしかに言っていました。僕も聞きました」

「満州の怨念《おんねん》だ……」

と金は、吐き出すように呟いた。

「満州の怨念？」

と翔が訊ねる。

「そうだ、この満州には日本統治時代からの怨念が地中深くに沈んでいるのだ。満州開拓団として渡ってきたのはいいが、厳しい寒さと闘って土地を耕し、敗戦と同時に結局は日本に捨てられてしまった日本人の農民たち。彼らの中から生まれたのが、中国残留邦人だ。半ば強制的に韓国から移住してきた者もいれば、中国の貧しい農民や労働者もいた。戦後は、北朝鮮からの脱北者、彼らを捕らえようとする北朝鮮の秘密警察……。この地には、戦前戦後を通じて、中、朝、韓、日の欲望の果ての残骸《ざんがい》が、累々《るいるい》たる屍《しかばね》の上に折り重なっているんだよ。中国政府は、満州という言葉すら否定しているんだったな。中国の歴史に、満州国など登場しない。登場したとしても偽満州と呼ばれる……」

金は黒ビールをグイッと飲み干した。

「そして怨念が沈むこの地に、今になって亡霊が現れた」

「今度は亡霊ですか？」

と翔は唾を飲み込んだ。

累々たる屍の上に生まれた亡霊だ。

「鴨緑江《ヤールージャン》の龍《ドラゴン》は、もう二十年も前に死んでいる。それが今になって中国と北朝鮮の間で跋扈《ばっこ》しているんだからな」

「鴨緑江《ヤールージャン》の龍《ドラゴン》っていったい……」

と翔は金の顔を見た。

金は眉間《みけん》に皺を寄せ、小さく頷く。

「かつて丹東に、合法、違法を問わず、すべての中朝貿易に絶大なる力を発揮する人間がいた。それが鴨緑江《ヤールージャン》の龍《ドラゴン》だ。彼の許可なくしては、貿易はできなかったのだよ。なぜかわかるか?」

話を振られて、翔は首を横に振る。

「いいえ、わかりません」

「それはこの人物が、自分に反旗を翻《ひるがえ》したり、裏切ったりする人間を容赦せず、裏社会の人間を使って、徹底的に痛めつけたからなのだ。だから鴨緑江《ヤールージャン》の龍《ドラゴン》と言うだけで、震え上がる連中は山ほどもいた」

翔は、まだ見たこともないウツボのイメージが頭をよぎった。恐怖で相手をねじ伏せるやり方はウツボと同じなのである。

しかし鴨緑江《ヤールージャン》の龍《ドラゴン》が凄いのは、それが新宿、新大久保界隈と狭い地域に限定されているのではなく、広く中朝両国にまたがっていることである。

それだけ、鴨緑江《ヤールージャン》の龍《ドラゴン》がつくった屍の数は半端ではないのだろう。

鴨緑江《ヤールージャン》の龍《ドラゴン》は、悪の非情さ、巨大さで、ウツボをはるかに凌駕《りょうが》しているようだった。

「どうして生き返ったんだろう?」

アキラが素朴な疑問を呟いた。

「それは生き返らせれば、利する人間がいたからだろうな」

と、金は李に鋭い視線を送った。

李は顔面蒼白《そうはく》である。

「続きを話してくれ」

と金はアキラに右手を軽く振る。

翔は二人の顔が似ていることに、今更ながら気が付いた。丸い顔に細い目、おちょぼ口が二人の特徴である。

アキラは日本に帰れば逮捕されるかもしれないことや、東北幇《ドンベイパン》から抜ける決心をしたこと、それからあの書類のことを話した。

「一昨日電話で、名梅《ミンメイ》からこっぴどく叱られたよ。まだ犯罪に手を染めているのかってね。参った。私はこれでも、今ではこの満州、いや中国で言えば東北地方になるが……を代表する企業のリーダーだ。もう昔の私ではない」

翔は金の話を聞いて、なるほど武偉《ウーエイ》も、そして東北幇《ドンベイパン》の連中も、この金を手本にしていたのだと確信した。

金はかつて犯罪的経済行為をしていたにちがいないのだ。あるいは金こそが、鴨緑江《ヤールージャン》の龍《ドラゴン》だった可能性すらある。話を聞いて、翔はそんな気がした。

「あの書類のことについては、名梅《ミンメイ》からも問い合わせを受けた。JJという人とも話をしている。善処すると答えたよ。我社が関わっている案件だからね。ただし少し時間がほしい。あまり図体がでかくなりすぎると、細部にまで気が回らなくなるようだ。とても迂闊《うかつ》だったと思っている。ただ、鴨緑江《ヤールージャン》の龍《ドラゴン》の話を聞いて、手掛かりが見えてきたところだよ」

金は、ひとりで何度も頷いた。

翔は、日本で暴力団が扱う覚醒剤をめぐって悪徳警官が暗躍していることも話した。この男が誰かをはっきりとさせ、弾劾《だんがい》しないかぎりは、アキラはもとより翔も安心できないのである。その警官こそがマリア殺しの真犯人なのだ。逮捕して罪を償《つぐな》わせるべきである。

「その男のことについても考えがあるから、心配しなくていい。ただしこちらも少し時間がかかる。秋風が吹く頃まで待っていてくれ」

金は詳しく説明しなかったが、すでにJJや梅子に何か伝えているのかもしれない。

東京の新宿で起きた事件が、旧満州である中国の東北地方と太くつながっていた。

中国ルートの覚醒剤の出荷地が丹東であり、それを支配していたのが、武偉《ウーエイ》を傀儡にしていた鴨緑江《ヤールージャン》の龍《ドラゴン》である。いや金が言うには、その亡霊だ。

そして日本側ではウツボが待っていた。

「僕たちはどうすればいいんですか？」

と翔はアキラをチラッと見ながら訊ねた。

「日本にいるＪＪの指示にしたがってくれればいい。彼はなかなか腹の据わった人物だ。少し時間のかかる方法で解決することにしたんだが、わかってくれたよ。そうこうするうち、やがてウッボが腹を空かして頭を持ち上げてくるだろう。その時に叩く！　そうさな。同じ時期に、例の書類の件も解決できるはずだ」

翔は詳しい内容まではわからなかったものの、アキラと顔を見合わせて納得した。頼りになる援軍の存在をしっかりと感じられたからである。

たとえ金が、かつての鴨緑江《ヤールージャン》の龍《ドラゴン》だったとしても、否、そうならば却って、これほど強い味方もあるまい。鴨緑江《ヤールージャン》の龍《ドラゴン》は、ウッボが小さく見えるほど暴悪な男だったのだ。ウッボを飲み込むことくらい、注意深くやってのけそうである。

テーブルに北京ダックが運ばれてきた。

翔とアキラは同時に「オオッ！」と言った。

まだまだ腹に入りそうである。

翔はビールを呷った。

「私は仕事がありますので、この辺で」

と白いナプキンをテーブルに置きながら、李が立ち上がった。

「せっかくの席に何を言い出すんだ。座りたまえ。今日は仕事よりも大切な会食なんだぞ」

　鋭い金の声に、李は諦めたように椅子に座った。

　翌日、翔とアキラは金のメルセデスで空港まで送ってもらった。李は姿を見さなかった。

「お母さんによろしくな」

　と金はアキラの両手を力強く握った。

「東北幇《ドンベイパン》からは足を洗って、真面目に働くんだ。いいか。わかったな。いくら金を持っていても、叶えられない夢はあるものだ」

　そう言って、金はアキラを抱きしめた。

　体を離すと瞼《まぶた》を拭った。

　翔は、金は、やはりアキラの父親、別れた梅子の元夫かもしれないと思った。

　アキラも口には出さなかったが、飛行機に乗ったあとも、丸い窓の向こうに金の姿に思いを馳《は》せているようだった。

　日本に到着したら、成田空港で早々にアキラが逮捕されると思っていたが、翔と同様すんなり入国審査を通った。

まだ指名手配されるまでには到っていないようである。

荷物を受け取り、税関を経て外に出ると、ＪＪハウスの面々が迎えに来ていた。いつの間にか『ボヘミアン』の京子ママもメンバーのようである。

梅子はアキラを見るなり、駆け寄って抱き付いた。

この日、彼女は清楚《せいそ》な花柄のワンピースを着ていた。ローラ・アシュレイのようである。薄っすらと化粧も施している。髪型も似合うし、髪につやもある。

京子ママがコーディネイトしたのであろう。

こうなると、梅子も日本人の中年女性らしかった。

「母さん、心配かけてごめんな」

とアキラは梅子の背中を擦《さす》った。

翔には水晶《スジョン》が駆け寄った。

「お役目、ご苦労様！　今回は上出来だよ。褒めてあげるよ」

そう言って、水晶《スジョン》は翔の腕に自分の腕を絡めた。

「ご褒美に腕を組んであげるよ」

水晶《スジョン》は見た目より豊満な胸のようである。

「どうした、翔。向こうで何かあったか？」

と水晶《スジョン》が翔の顔を覗き込む。翔は、自分では気づかなかったが、緊張した表情をしていたのだと思った。

武偉《ウーエイ》が殺された現場にいたのだ。人が殺されるのを間近に目撃することなど、ふつうの人生ではないだろう。それ以外にも、問題は山積みである。書類が手に入らないとわかった時点で、アキラがウッボに命を狙われる恐れさえあった。

「いや、何にもなかった。わりとすんなりアキラを連れ戻せてホッとしてるんだ」

と、翔はあえて平静さを装って答えた。

翔が水晶《スジョン》に説明する時、全員がいったん歩くのを止めて、翔のほうを見た。

「ほんとだってば、何にもなかったんだって！」

と翔は、疑わしそうな顔を向ける水晶《スジョン》に、無理やり笑ってごまかした。

ようやく全員が歩き出す。

アキラが翔を見て、小さく笑みをこぼした。

中国での出来事は、当面二人の間の秘密になりそうである。

「アキラ、一応、明日にでも警視庁に事情を話しに行って来い」

とＪＪが言うと、アキラは頷いた。

「とにかくいったん帰りましょう。無事だったから安心した」

と、ダミアンが京子ママをうながし歩き出す。

京子ママは、後ろから見ると数字の８の字のような体型だった。思わず見とれる翔に、水晶《スジョン》が脇腹を抓《つね》った。

「イテッ!」

「スケベ!」

「スケベ」は、外国人女性がすぐに覚える日本語だ。翔は本か何かで読んだことがあった。

二階までエスカレーターで行くと、駐車場に続く連絡通路に入った。

「JJ、車持ってたんだっけ?」

と翔が訊ねると、

「京子ママのだよ」

と前を歩くダミアンが振り返って言った。

「あの黒いエルグランドだ」

と、立体駐車場に入ってダミアンが指差す。

「京子ママは、ちょくちょくフラメンコのショーもやっているんだよ。あの車で日本全国回るんだって」

と、翔の傍らで水晶《スジョン》が説明した。

「ごめん、水晶《スジョン》。ちょっとトイレに行ってくる。新宿まで持ちそうにない」

水晶《スジョン》は翔を突き飛ばし、

「いやん、早く行っておいでよ」

とソフトキャリーバッグを奪って言った。

「車はわかるな？」

とＪＪがエルグランドを指差した。

翔は右手を挙げて、駐車場を突っ切りトイレに走った。思ったよりも遠かった。中に人影はない。便器の前に立つ。ようやく人心地がついて、ジッパーを下げた。

その瞬間、背後から何かを嗅がされ意識が遠のく。

翔の脳裏にかすめたのは、黒いＴシャツを着ていたせいではないかということだ。アキラはいつも黒のＴシャツを着ていた。

アキラに間違われたのだ！

ほどなく翔の意識は、暗闇に吸い込まれた。

第5章　ボヘミアンの夜

1

翔はどこにいるのかわからなかった。

手足を縛られ、芋虫《いもむし》のように床に転がされていた。後頭部から首にかけて、突っ張るような痛みがあった。

目を開けても真っ暗である。クーラーなどないようで、全身がぐっしょりと汗にまみれている。コンクリートの床が冷やっこいのがせめてもの救いだ。床を手の平で撫《な》でると汚れが付いたような気がした。

どこからともなく音楽が聴こえる。アップテンポで派手な曲だ。明るいが、行く果てが定まらないようで、虚無《きょむ》的な感じすらする。しんみりと心に馴染《なじ》んだジプシー曲とは正反対である。

どのくらいの時間、そうしていたか知れない。

翔には時間と空間を把握《はあく》する術《すべ》がなかった。

足音が聞こえ、ドアの施錠が外された。

「これでようやく一件落着ってとこですな。アキラが元恋人を殺してしまったことを苦にあと追い自殺する。書類は元の持ち主に戻りましたし、先生、この辺で終わらせましょうや。人間、あんまり欲をかくのも考え物です」

「ヤクザがよく言ったものだね。金になると見れば、骨までしゃぶり尽くすような人間に言われたくはない」

「でもね、先生。あの書類を使って先生が相手を強請《ゆす》ったんじゃ、俺たちの立つ瀬ってのがなくなるでしょう」

「だからバカは困るんだ。相手は僕が何者なのか知らない。君のところとの繋がりなんて、わかりっこない。そうじゃないかな」

「それにしたって先生は、またずいぶん金集めに忙しいみたいですね」

「まとまった金がいるんだ。最悪、海外に行くことになるかもしれない。フィリピンでは世話になるからよろしく頼む」

「金がかかりますよ」

「まったくヤクザは最後まで金だ」

ドアが閉められ、懐中電灯の光が灯った。二人の人間の靴音が聞こえる。

「明かりを照らせ」

と先生と呼ばれていた男が言った。

懐中電灯の光が翔の顔に当たった。

翔は突然の明るさに目を瞑《つむ》った。

「成田空港は、中に入るには検問が厳しい。あんなに厳しいのは世界一だと言われてますが、出るのは一向に無関心だ。だからこの男一人を拉致《らち》するくらい朝飯前だったと言っていました」

「こ、こいつ……アキラじゃない」

と近づいていた男の足音が止まった。

「そ、そんなはずは……」

と、もう一人の男の声が慄《おのの》いた。

間髪入れずに「グシャッ」と肉の軋《きし》む音がした。男の足がたたらを踏む。続けて数発殴《なぐ》られる。

「アキラはいつも黒のTシャツを着ていたんです。それで勘違いしたんじゃ……」

「おまえのところも、相当人間の質が落ちているようだな。拉致したのは誰だ？」

「高山《たかやま》です」

「指詰めだ」

と先生と呼ばれていた男が、あっさりと酷いことを言う。

「おっ、よく見たら、この男は、マリアの彼氏じゃないのか」

と男が言った。

翔は男の声と、すましたような話し方に、どこかで聞き覚えがあった。だが、それがいつ、どこでのものなのか思い出せない。顔となったらまったく浮かばなかった。

「君も不運な男だな。彼女が殺され、今度は拉致、監禁されているんだから」

と男は翔に話しかけるように言った。

「先生、こうなったからには、こいつヤバイでしょ。いっそのこと、日本海に沈めてきますか。今週到着予定の船に載せればどうってことない」

「生きたまま沈めるの？」

「このまま重石《おもし》をつけりゃ沈むでしょう。手もかからない」

「ヤクザは残酷なことを平気で言うよね」

「先生ほどじゃないですよ」

とヤクザのほうが小さく笑った。

翔は、男のうちの一人が川瀬組の幹部で、もう一人がウツボだと思った。

現在の捜査本部の見解はどうあれ、アキラに自殺してもらえば、ウツボは、被疑者死亡で捜査を終わらせる自信だけはあるようだ。

だからこそアキラを拉致しようとしたのだ。間違って翔が捕らわれてしまったが。

「起きろ！　コラッ！」

　とヤクザのつま先が翔の腹に突き刺さった。

　翔は咳《せ》き込んだ。

「待て……」

　とウツボがヤクザを制した。

「おい、起きたか、児玉君」

　とウツボが猫撫《な》で声を出す。

「いやな、このアホが、君を殺したくてしょうがない。だが僕は、君を殺させたくはない。なぜかわかるか？」

　顔も姿も見えない。暗闇の中から声だけがした。

　翔は恐怖で体が震《ふる》えた。丁寧な話し方が逆に恐ろしい。

　背中を丸めて腹を防御した。

「あの書類だ。あの書類のことで相談がある。会社に送り返したそうだが、コピーを取っているんじゃないのかな？　マリアの話では、君はなかなか頭が切れる男らしい。そんな男が、わざわざ会社から盗んだ書類を、いくら課長の頼みでも簡単に戻すはずがない。これから本格的に会社を強請《ゆす》ろうと考えているんじゃないのか？　この不景気のご時世に首にされたんだ。そう簡単には引き下がれないだろう」

　ウツボは、まさに海底の岩陰から声を発しているようだった。

「僕は君をこの男から助けたいと思ってね。コピーでいいから、あの書類を持ってきてくれないか。それから必ずアキラも連れて来るんだ。いいね。そうすれば、君や君の家族、友人が、マリアのようにならなくてすむ」

「先生、本気で言っているんですか？」

　とヤクザが少し心配そうに話した。

「公安部がシャブの件で捜査しているという話も耳に入った。こうなったからにはまずい。僕もついに覚悟を決める時が来たみたいだね。ただしここに最後のチャンスが巡ってきた。いい考えが閃《ひらめ》いたんだよ。どうだ、児玉君。飲んでくれるね？　いや、君は飲まなければならない」

　ウツボの声が止むと、途端にトーキックが翔の腹を見舞った。

　翔は激しく咳き込みながら、背中を丸めた。

「期限はこちらで設定させてもらうよ。早ければ来週中だ。こちらにも都合があってね。それに合わせてもらうよ。それでもし、君が僕の思うとおりに動いてくれなかったら、まずは小指をもらうよ」

　たぶんヤクザのほうだろう。翔は男に左手を押さえ込まれた。

「指を切るってのはね、こんな痛さじゃないんだ。想像できるだろ？」

ウツボは靴のかかとで、翔の小指を踏みつけた。


「勘弁してください！」

と翔は叫んだ。脂汗が全身から噴き出してくるのがわかった。

「これ以上やると折れるから、やめておくよ」

ウツボの足音が遠ざかる。ヤクザの重みがなくなった。

翔は寝たまま左手を握った。鈍痛が走った。

ドアが開く音がした。ウツボのシルエットがはっきり見えた。外から明かりが入ってきている。ただし顔までは影になってわからない。

アニメキャラクターのステッカーが、ドアの背後の窓に貼られているのが見えた。首を傾げて両腕を真下に伸ばし、手だけを直角に曲げている。水晶《スジョン》がいつも店でしているポーズに似ていた。

「もちろん、今日のことは他言無用だ。誰かに話したことがわかった時点で、凄惨《せいさん》な結末が待っている。そのことだけは理解しておくように。名古屋にも手を回しておくよ。もちろんあのアパートの連中もタダではすまなくなる」

いつも悪態をついている母親でも、翔にとってはたった一人の肉親だ。もとより、JJハウスの面々を危険な目に晒《さら》すことも考えられない。

鴨緑江《ヤールージャン》の龍《ドラゴン》と比べれば、小さく見えるはずのウツボだったが、翔は実際に対面してみて、彼の凶悪さが身に染みた。小指の痛みが震えるほどの恐怖心を募らせるのだ。

かすかな笑い声とともにウツボの姿はすっと暗闇に消えた。

代わりに大柄な男が入ってきた。徐々に翔に近づく。この男のトーキックを一発受けると、翔は失神しかかった。

止《と》めはスタンガンである。

翔は完全に気を失った。


「大丈夫か、君、こんなところで寝ていちゃいかんよ」

「相当、酔っ払っているようです。いったんハコに連れて行ったほうがいいでしょう」

「それもそうだな。兄ちゃん、兄ちゃん、立てるか？」

濃紺の制服を着た警官が二人、膝《ひざ》に手をやり、翔を覗《のぞ》き込んでいた。

「ここ、どこですか？」

と翔は訊ねた。

後頭部の痛みが激しく、首の付け根を擦《さす》った。

「どこって、あんた。歌舞伎町だよ。歌舞伎町二丁目。ほんとにだいじょうぶか？　財布とか盗まれてないかい」

翔は慌《あわ》てて、ジーンズのポケットに手をやった。財布もパスポートも無事だった。

首に手をやりながら、体を起こして四方を見回す。あたりにはホストクラブが何軒も建ち並んでいる。最近増えた中国料理の店もある。

ホストクラブでは、店の前の呼び込みたちが看板を片付け始めていた。

茶髪でロン毛の若者が、斜め前のホストクラブの店先から鋭い視線を翔に送っていた。JJハウスの近所で翔を襲《おそ》ったうちの一人に似ていた。

翔が頭を振って見返すと、その男の姿はすでになかった。

「被害はないようですね」

と、若いほうの警官が言った。

「一応、保護したほうがいいだろう。かなり服が汚れているし、事情を聴いてみるか」

と、年配の警官が若い警官に目配せした。

翔は、二人の警官に両脇を支えられるようにして、歌舞伎町交番に入った。

中では四、五人の警官が談笑していた。時計は午前二時を指している。見た目より内部は広く明るい。奥の部屋に通される。「自白」という単語が頭に浮かんでくるくらい四方の壁が真っ白だ。

「名前は?」

「児玉翔です」

そう言って、翔は財布から運転免許証を出した。

「いったいどうしたんだい？　人が倒れていると通報があったんだよ。近所のホスト連中は、酔っ払いだと決め付けていたが、それにしては君、アルコール臭くないんだよね」

と年配の警官がにやりと笑った。

「尿検査をしたいんだが、協力してもらえないかね」

翔は言われるままにトイレに連れて行かれた。

尿検査はつい二週間前にしたばかりだ。陰性に決まっている。

こういう事情聴取を犯罪の芽を摘むとでも言うのだろうが、翔はばかばかしい気持ちになっていた。

なぜならウツボと呼ばれる現職警官が、中国から覚醒剤を密輸し、歌舞伎町界隈で捌《さば》いているからである。まさに木を見て森を見ずといった状況である。

しかしそんなことを話すわけにもいかない。ウツボから口止めされていることはもちろんのこと、証拠など何一つとしてないのだ。

翔の目の前に、若い警官が検査キットを置いた。

蓋《ふた》を外して長さ五センチくらいの帯状の紙を出す。紙コップに入れられた尿に、その紙を浸すと、デスクの上に戻して、時計を見ながら時間を待った。

「おっ、結果が出てきたな」

と年配の警官が言う。

「チェッ、シロですよ」

と言ったのは、若いほうの警官だ。

CTと表示されている検査キット本体に、二本のラインが浮かび出ている。

「これが一本だったら、クロだったんだよ。もう帰っていいよ」

と若い警官が、気《け》だるそうに首を振った。

翔は、交番を出て、ハイジアビルのほうに向かって早足で歩いた。

二丁目付近で監禁されていたことは、ほぼ間違いないだろう。だから余計に、二丁目から遠ざかる方向に自然と足が向いたのかもしれない。

気がつくと翔は、真夜中の北新宿公園にいた。ベンチに腰掛け、どうしたらいいのか必死で考えた。

あの書類のコピーはJJが保管している。連絡が来た時点でアキラに同行してもらわないといけないだろう。

ウツボはアキラを犯人に仕立て上げようとしている。当初の計画どおりにアキラに自殺してもらえれば一件落着できると考えているのだ。

それに手を貸すことになるのか。

大連の金社長は、秋が来るまで待ってほしいと言っていた。

そうすれば、覚醒剤の問題も書類の問題も解決するような口ぶりだった。

どうすれば解決できるのか、翔にはまったくわからなかったが、金社長の言うことだから信用していた。

金社長は中国東北地方の経済界のリーダーだけあって、言葉の端々に責任感が滲《にじ》み出ていたからである。いったん話したことを簡単に反故《ほご》にするような人物ではない。

そうだとすれば、ウッポの要求を先延ばしにするしかないと思った。ただ、あの書類のコピーだけは、早々に手に入れておく必要がある。ウッポから連絡があった時のためである。

翔は財布から、青山巡査部長にもらった名刺を出して見つめた。

もし岩本警部補の協力が得られれば……。

しかしウッポの話を信じてもらえるだろうか。

翔はベンチに座って考え続けた。

東の空が明るくなってきた。夏の夜明けは早い。

セミが鳴き出し、カラスの群れが、上空を歌舞伎町方面に向かって飛んでいく。歌舞伎町の早朝はカラスのレストランである。

大連以上に東京も暑くなりそうだった。

喉《のど》が渇《かわ》いた。

翔は公園を出ると、大久保通りを渡って、コンビニでミネラルウォーターを買った。

「曹はどうしてる?」

と、「何」という名札を付けた青年に訊ねた。

「それが曹さん、どこかにいなくなったよ」

と何が答えた。

「どこに行ったのか、わからないのか?」

「同じ中国人でも、友達以外はあんまり横のつながりないよ。僕は上海《シャンハイ》出身だけど、曹さんは北京出身だから。それに働く時間帯も正反対だし。いらっしゃいませー」

派手な服を着た女が店に入ってきた。水商売風である。

翔は女と入れ替わるように店を出て、明け方の公園を歩きながら考えた。

JJハウスの面々に、成田空港から消えた理由を何と説明したらいいのか。正直に話すべきなのか。アキラの警視庁への出頭をどうやったら止めさせられるのか。岩本警部補から協力を取り付けるには……。

みんなの力を借りなければ、ウツボとは戦えるはずがなかった。

アキラと二人だけでは、どうあがいても負けるに決まっている。負けはすなわち死を意味するだろう。かと言って、ウツボの命令にしたがわなければマリアの二の舞である。

翔は自分の命が惜しかった。

「汝《なんじ》の隣人を愛せよ……か」

と翔は一人で呟《つぶや》いた。

2

翔は部屋に戻ると、まっさきにシャワーを浴びた。

体のあちこちが紫色に変色していた。こんなに殴られたのは、生まれて初めてである。

顔にかすり傷一つないのはプロの仕事だからだ。

翔は、体の奥の方から恐怖が立ち昇ってくるのを感じた。洗面台の前で武者震《むしゃぶる》いした。

タオルで濡《ぬ》れた髪や体を拭き、きれいなジーンズとTシャツに着替えた。

赤紫色に腫れ上がった小指に湿布を巻きつけ、絆創膏《ばんそうこう》で固定する。本来なら包帯を巻いたほうがいいのだろうが、大袈裟にはしたくなかった。

幾分気持ちが落ち着いた。

冷蔵庫から牛乳を出して飲むと腐っていた。唯一の食材、ウイダーｉｎゼリーを水と交互に流し込む。

二度も失神させられたせいか、頭が痛いばかりでまったく眠くなかった。

テレビでは、マリア事件の続報などなかった。二週間も過ぎれば、もはや世間では忘れられた事件になっているのかもしれない。

翔は八時を待って、二階にあるＪＪの部屋を訪れた。チャイムを鳴らす。

水晶《スジョン》が出てきた。

水晶《スジョン》や、たぶん梅子もＪＪの部屋に匿われているのだと察した。ウッポがどう仕掛けてくるかわからないのだ。ＪＪならば、それくらいの対策を講じて当然である。金社長のＪＪに対する信頼ぶりを目の当たりにして、翔のＪＪに対する評価もずいぶん高くなったのである。

水晶《スジョン》は、翔を見るなり、大きな目をさらに大きくさせた。

「どうした翔!?　翔が来たよ！　みんな！」

大声で水晶《スジョン》が、階段の上に向かって叫んだ。

下の階は事務所のようになっている。奥の部屋に応接セットやデスクが置かれる。

「その指、どうしたの？」

と水晶《スジョン》が翔の小指を差し示す。

「ちょっとドアで挟んだだけだよ」

水晶《スジョン》は翔の顔をジッと見て、

「こうなったらチョウチュウよ。ダミアンにも電話しないと」

と、携帯で電話しながら階段を駆け上がった。

「チョウチュウ」とは「召集」のことだとわかった。「シ」は外国人には発音しにくいと聞いたことがある。

「おまえ、どこに行ってたんだ？」

と水晶《スジョン》と入れ違いに、黄色いアロハシャツを着たＪＪが、左耳のピアスを揺らしながら階段を降りてきた。

「拉致されたんです」

と翔は、思い切って正直に話した。

考えた末の結論である。

すべてを話すことはできないが、ある程度説明しないと納得してもらえないと思ったのだ。

「誰に？」

とＪＪは短く言った。

大きくて力強い目は、翔の考えなど簡単に見抜くかのようである。

まさに達磨《だるま》だ。

翔は答えた。

「ウツボです」

「顔を見たのか？」

「いえ、声だけです。暗がりでわかりませんでした」

「そうか……」

とＪＪは思案げに四角い顎を撫でた。

「まあ、上がれ」

とＪＪが言った。

「これから朝飯だ。せっかくだからみんなで食おう」

上の階に上がると、かなり大きなリビングダイニングのほかに二部屋あった。翔の部屋のちょうど倍くらいの広さだ。

リビングからは緑のきれいな屋上庭園に出られるようになっている。アキラがキュウリやトマトを収穫していた。その向こうに西新宿のビル群が見渡せる。

コーヒーのいい香りが鼻に届いた。

梅子がキッチンに立って目玉焼きを焼いている。真新しい白いＴシャツにジーンズだ。ジーンズをはくのはめずらしい。

水晶《スジョン》はトースト係のようである。アキラが摘んだ野菜を籠《かご》に入れて運んだ。ＪＪは安楽椅子に腰掛けて、老眼鏡をかけると新聞を読み始めた。

ごくふつうの平和な日常的光景だった。

翔が椅子に座ってゆっくりしようとしたら、矢継ぎ早《ばや》に水晶《スジョン》の指示が飛んだ。

「翔、お皿用意して！」

「翔、コーヒーカップ！」

「翔、スプーンを忘れているじゃない！」

「翔、塩と胡椒《こしょう》に、マヨネーズ！」

——心配かけてすまん。

と翔は心から思った。

水晶《スジョン》に反発することなくしたがった。水晶《スジョン》がことさら「翔！」と呼びたがっているような気がしたからだ。

翔は自分がここに居ることを感じた。

それだけのことが、とても幸せに思えた。

チャイムが鳴った。

「上がってよ！」

と、水晶《スジョン》が階段の下に向かって声を飛ばした。

トントントンと勢いよく階段を昇ってきたのはダミアンである。

一日ぶりだが、ずいぶん前に会ったような気がした。相変わらず頭の金髪は薄い。

「翔、どうしてたんだ?」

「ウツボにひっ捕まってたんだと」

と新聞から顔を上げて、ＪＪが平然と答えた。

シンクで野菜を洗っていたアキラの動きが一瞬止まり、梅子もフライ返しを持ったまま、水晶《スジョン》もトースターの前で、JJと翔の顔を交互に見やった。

触れてはいけない話をしてしまったかのような反応である。

事前にみんなで打ち合わせでもしたのだろうかと翔は思った。アキラはどこまで話しているのか。

「ま、飯でも食いながらゆっくりと聞けばいいだろう」

JJは、秘策でも持っているのかゆとりのある表情だ。

翔はコーヒーを人数分淹《い》れると、テーブルに運んだ。一杯を自分の手に、もう一杯をJJのところに持っていく。

「あの書類の件はどうなったんですか？　金さんは秋風が吹く頃には解決するだろうと言ってましたが」

翔は、まずは自分のことを話すより、今の状況を訊ねた。

「今にわかるさ」

とJJは事もなげに答えた。

「JJ、はっきりと教えてくれませんか。俺があの書類を盗んだことが、やはりマリアが殺される原因の一つになったと思えるんです」

翔はここ数日間じっくりと考えたのだ。

マリアの誘いでＪＪハウスに越してきて、隣室に住んでいたのがマリアだった。

こんな出来すぎた偶然があるだろうかと……。

アキラが言っていたとおり、当初、マリアはウツボの指示で翔を誘惑し、あの書類を手に入れようと近づいたのではないか、ということだ。

ＪＪはコーヒーをゆっくり飲んでいた。

「答えてください！　ＪＪ」

「アキラからも話を聞いたが、たぶん、おまえの考えているとおりだと思う。しかしマリアは、おまえを心から愛してしまった。だからウツボの命令など聞けなくなったのだ」

「結果、彼女は殺されてしまった……」

「間違いないね。新大久保界隈でウツボの聞き込みをすればするほど、奴がどれほど残忍な人間なのかわかった」

とダミアンが、コーヒー片手に話し始める。

翔の左小指が疼《うず》いた。

「ウツボは、命令に背いたものには容赦しなかった。そうでなければ、ウツボはウツボでいられない。だからみんなが彼にしたがっている。こんなことを言うのは酷《こく》だが、俺の調べでは、この春くらいまでは、マリアはウツボの愛人だった。彼女はウツボの庇護《ひご》を受けていたからこそ、新大久保で商売できたのさ。新大久保の七不思議も、わかってみればどうってことがない理由だった。彼女はウツボの指示でシャブを売り捌《さば》いていたし、本人もシャブ中だった。でも本物の愛の力って凄いよな。これまでのマリアのそんな暮らしを全部ひっくり返したんだから。マリアはおまえを愛し始めて、ウツボと切れようと必死になった。彼女にそこまでさせたのが、翔、おまえの存在だったたってことさ」

ダミアンの話に区切りがつくのを見計らって、サラダや目玉焼き、トーストがテーブルに運ばれた。全員が席に着く。

翔は体より心がキリキリ痛んだ。

マリアは命を賭けて愛に殉《じゅん》じたというのに、翔自身は自分の命惜しさに、ウツボの命令にしたがおうとしているのだ。

「翔、もっと食べなよ」

と、水晶《スジョン》が隣から翔の皿にサラダをよそった。

翔は自分の情けなさを隠すような気持ちで、口の中にサラダを一杯詰め込んだ。トーストに目玉焼きをのせ、コーヒーで流し込むように食べた。

一見、水晶《スジョン》より大食いに見えたことだろう。

全員が黙々と食事した。まるで戦闘開始前の燃料補給のように。

アキラが席を立ち、コーヒーメーカーで新しいコーヒーを作った。

「翔、もう一杯飲むか？」

「ああ、頼む」

と翔は、カップを持って席を立つ。

「俺と間違われたんだろ？　背格好も年齢もあまり変わらないから」

とアキラがこっそり翔に訊《たず》ねた。

翔は無言で頷いた。

「もし、俺が必要なら言ってくれ。どんなことでも力を貸すよ」

アキラには、何も説明しなくてもわかっていたのだ。

翔が拉致される理由などない。

「それに、みんなの力を借りるんだ」

とアキラは、テーブルに着いているＪＪたちの顔を見回した。

アキラはみんなに洗いざらい、知っていることを話したにらがいなかった。

「例の書類のコピーを僕に預けてくれませんか？」

翔はカップにコーヒーを注いでもらうと、振り返って口を開いた。

ＪＪが翔の目を覗き込むように見た。

全員がＪＪの返事に注目している。

「……わかった」

とＪＪは短く言うと立ち上がって、階段を降りていく。しばらくして戻ってくると、テーブルの上に東洋光学の社名が入った大きな封筒を置いた。

翔は中を検《あらた》めた。

例の三枚の書類が入っていた。

「おまえがウッポに拉致されて、タダで戻されたとは思っていない。必ず何か命じられているはずだ。命と引き換えにな。そして他言は無用とも言われているんだろう？　だから俺はあえて何も訊ねない。ここからは、おまえがやり抜くしかないんだ」

ＪＪの目力はいつにも増して強かった。

翔に強い生命力を吹き込もうとしているようである。

「おまえはおまえの考えたように動くがいい。俺たちは必ずおまえの行動を見守ってやる。心配するな」

「そうさ、なんと言っても汝の隣人を愛せよ……だからな」

とダミアンが軽快な口調で言った。

「翔、死んだりしたら許さないから。絶対に私のデビューを見るんだからね」

「芸能界デビューが決まったのか？」

翔が水晶《スジョン》に訊ねると、

「今日がＣＭの最終オーディションよ。モリモリ食べて元気をつけておかなくっちゃね」

「食べ過ぎて、下痢したりして……」

翔の嫌味に、この日の水晶《スジョン》は素直にしたがった。

「それもそうね」

と言ってから、食べかけの六枚日のトーストを皿に置くと、一リットル入りオレンジジュースを一人で飲み干した。

「そう言えば、どうしてアキラは成田空港で逮捕されなかったんでしょう？」

と翔は、疑問に思っていたことを口にした。

皿を片付け始めた梅子の表情がさっと変わった。

いまだアキラには危険が迫っているのだ。心配は拭えない。

「ウツボが手を回したのが第一だろうな。なぜならウツボは、アキラを拉致するつもりだったんだろうから」

とダミアンが、新しく淹れたコーヒーを啜《すす》った。

「それから、コンビニの曹が姿を消していました」

「やっぱり曹の証言は、アキラの言うように偽証だったってことだな」

とＪＪが翔のほうを見て言った。

「ウツボは、曹が再度事情聴取されるとまずいとでも考えたんだろう。つまり、今のところ捜査本部の見解は、アキラ犯人説では固まっていないということだ。ただ公安の金子警部が『延辺』にひょっこり来て、中国から帰って来たら、アキラを警視庁に出頭させるように言って帰った。保護すると言っていた」

JJは話しながら、アキラから新しいコーヒーを受け取った。

「仮にアキラを金子警部に預けたとしよう……」

JJは思いめぐらすように天井を見上げた。

「まさかあの人が、実はウッボだったりして……」

と言って水晶《スジョン》が席を立つ。梅子の手伝いを始めた。

翔は水晶《スジョン》の背中に向かって、うっかり口が滑《すべ》った。

「それはない。ウッボは新宿署の捜査本部の中にいる」

「そうなの?」

と水晶《スジョン》が振り返る。

「だめだよ、水晶《スジョン》。その話をしちゃいけない」

とダミアンが目を吊り上げた。

JJが厳しい表情で言う。

「翔、どうせ秘密厳守を言い渡されているんだろう? ウッボのいつものやり方だ。だったら、ウッボとの約束は守ること。奴を裏切らないことだ。精神的に弱みがなければ堂々としていられる。そうでなければ、あの男との対決などはできないだろう。これまで警察を欺《あざむ》き、川瀬組と組み、東北幇《ドンベイパン》を手下にして、新大久保界隈の裏社会を牛耳《ぎゅうじ》ってきた男だ。これまでがそうであったように、少しでもおかしな点を嗅ぎつけられたら、その時点で、この戦いはジ・エンドだ。ウッボは岩陰に隠れてしまって、二度と姿を現さなくなるかもしれない。そうさせないためには、翔、おまえが自然に振る舞うことだ。おまえが一番のキーパーソンなんだぞ。だが翔、これだけは忘れるな。おまえはもはや一人じゃない。俺たちがついている」

「それでアキラはどうなるの？」

　とキッチンのほうから梅子が訊ねた。

「公安の金子警部に保護されたことがわかったら、ウツボはどんな攻勢をしかけてくるか想像できない。出頭させないほうがいいだろう」

　ＪＪの説明に、梅子は安心したように頷くと、シンクに向かって洗い物を始めた。

　翔も胸を撫で下ろした。

　ウツボの要求にはアキラも入っているのだ。しかしこのことは梅子に言えることではなかった。秘密裏にアキラに協力を頼むのである。

　その時、玄関のチャイムが鳴った。

「おい、ＪＪいるか？　アキラが中国から戻ってきたんじゃねえのか？　入管に調べさせたんだよ。隠すとためにならねえぞ。アキラの母親も、このところこの部屋で寝泊まりしているっていうじゃねえか。起きてるんだろ？　さっさと開けろ」

インターフォンから聴こえてきたのは、岩本警部補の声である。

「オイ、ＪＪどうした？　さっさと開けろ。さてはアキラを匿《かくま》っているんじゃねえだろうな」

「朝からうるさい。近所迷惑だ。今、行くから待ってろ！」

ＪＪはインターフォンに向かって怒鳴ると、

「アキラ、おまえはいったん、庭にでも隠れていろ」

と小さな声で言った。

梅子がエプロンで手を拭きながら心配そうにアキラに近づいた。

「ちょっとの間だけだ、心配するな」

階段を降りながら言うＪＪに、梅子は頷き、アキラは庭に出て行った。

3

まずはＪＪが階段を上がってきた。なぜかウインクしてみせる。

続いて岩本警部補と青山巡査部長が上の階に現れた。

「結構な住まいじゃねえか」

と岩本警部補はあたりを見回す。

「なんだ、児玉もいたのか。このところちっとも顔を見ねえと思ったら、こんなところに隠れていやがったのか」

岩本警部補が、眼光鋭く翔を見た。

「オイ探せ！」

と岩本警部補は、全員が見守る中、青山巡査部長と二人で全室見回った。

「何を探してるんですか？」

とダミアンが訊ねた。

「何じゃない、誰だ」

と岩本警部補は強い口調で言った。

「さてはあの野郎、東北幇《ドンベイパン》の中国人の仲間のところにでもしけこみやがったな。こうなったからには、もう一度東北幇《ドンベイパン》の縄張りを探るか。あと、マリアの周辺も徹底的に洗い直さないとな。ウッボとか言う真犯人が、マリアの元愛人だったことは、まず間違いがねえ。シャブの絡みで、マリアがウッボを裏切った。だから殺されたんだ。去年まで東北幇《ドンベイパン》にいたチンピラをぶちのめして口を割らせた。鉄の結束力を誇る東北幇《ドンベイパン》でも、日本人の元組員とくれば、話は別だったのさ」

岩本警部補の話に、全員が顔を見合わせた。

警部補は警部補なりの方法で、真犯人に辿り着いていたのだ。ただし殺害理由は翔とは異なっている。警部補は機密書類のことまでは知らないようだった。

「そんなことまで話したら、まずいですよ？」

と青山巡査部長が心配そうに言った。

「うるせえ！　バカ野郎。人一人が殺されて、殺した奴あ、のうのうと新宿界隈を歩いているかもしれねえってんだ。こうなりゃ、市民の協力がどうしたって不可欠だ。今日だって捜索令状は出てないんだからな。大事なのは、一日も早くホシを挙げて、仏さんに成仏《じょうぶつ》してもらうことだ。そうだろう？　青山よ。刑事の仕事ってのはなあ、被害者のために精《せい》魂《こん》込めて動き回ることとなんだよ。オッ、ＪＪ、邪魔したな。アキラから連絡があったら、くれぐれも用心するように言ってくれ」

「アキラはどうなるんですか？」

と梅子が、階段の前で岩本警部補の行く手を遮《さえぎ》った。

「アキラはウツボに狙われている。なぜかは不明だが、東北幇《ドンベイパン》の一部の連中がアキラを探しているんだ。ウツボは、東北幇《ドンベイパン》も顎で使える人間らしい。ただ、どいつもこいつも奴の本名はもとより、顔も知らねえと来ている。そこでアキラから話を聞きたい。アキラはきっとこの事件の真相を知っているんだ」

「捜査本部ではどうなの!?　アキラを犯人だと思っているの？」

梅子が必死の形相《ぎょうそう》で、警部補に食ってかかった。

「いや、それが俺の見解と、捜査本部の見解が見事に衝突しているんだわ。アハハ……」

そう言って、警部補は人差し指で頬を掻《か》いた。

「捜査本部は、従来の容疑者三人を探しているが、俺は本ボシとは見ていない。この三人の向こうにホシがいる。それがウツボだ。だがな、捜査本部の中には、目撃証言を盾《たて》にとって、アキラがホシだと主張するグループがいるのも確かだ……」

「警部補、もうこれ以上は話さないほうが……。やっと謹慎が解けたばかりじゃないですか。捜査本部にも戻れたところなのに……。さっ、行きましょう」

青山巡査部長が岩本警部補をうながした。

「岩本警部補、どうです、コーヒーでも」

とJJが二人を誘った。

「なんだい、猫撫で声を出しやがってよ。気味悪いぜ。ま、でもせっかくだから一杯いただいていこうか」

「警部補、もう捜査会議が始まっていますよ」

と青山巡査部長が腕時計を見た。

壁掛け時計は八時四十五分を指している。

「どうせ、遅れているんだ。それに俺たちにこれといった仕事もないじゃねえか。今日も新大久保でアキラ探しだ。こう関係者の口が堅いと捜査も容易じゃねえやな」

「ですから警部補……」

「わかった、わかった。これだな」

と岩本警部補は口の前で、指で×印を作った。

梅子が二人の前にコーヒーを運んだ。

岩本警部補の隣に座ったＪＪが、テーブルに手を突いて警部補の顔を下から見上げた。

「なんだよ、なんだよ……」

「実はアキラはこの家にいるんです」

「なんだと！」

「アキラ、出て来い！」

ＪＪの声を合図に、アキラが庭から姿を見せた。

「アチッ！　この野郎、そんなところに隠れていやがったのか？」

コーヒーをこぼしたところに、水晶《スジョン》がさっと布巾《ふきん》を運んだ。

「いい嫁さんになるよ」

と言われて、水晶《スジョン》が顔を赤らめる。

「どういうことなんだ、ＪＪ。ちゃんと話してもらおうじゃねえか」

と岩本警部補が、椅子に深く座ってコーヒーに口をつけた。

「アキラ、せっかくだ。おまえから話したほうがいいだろう。警部補、実はアキラはウッボの顔を知っているんだ」

「なんだと!?」

アキラが警部補の正面に、翔はアキラの隣に座った。

水晶《スジョン》と梅子はキッチンのそばで見守り、ダミアンは安楽椅子だ。

「ウツボと初めて会ったのは、ちょうど去年の今ごろです。マリアに紹介されて。マリアは、ウツボと知り合っておいたほうが何かと便利だと言うんです。噂《うわさ》では知っていたんで、興味津々でした。会ったのは新大久保駅前にある二階の喫茶店『マドンナ』です。マリアはこれからも、ウツボと会う時は、必ずこの店でと指定しました。なぜか知らないですが。会って話すと、噂はすべて本当だったと知りました」

青山巡査部長がメモをつけていく。

「どんな噂だ」

と岩本警部補が目を大きくして訊ねた。

「東北幇《ドンベイパン》の影のトップだとか、川瀬組の用心棒をやっているとか、歌舞伎町に流れる中国産のシャブを一手に引き受けているとか。それに……」

「サツカンだとでも言うんじゃねえだろうな」

アキラは静かに頷いた。

岩本警部補も青山巡査部長も顔色が変わった。

一気に血の気が引いたような顔つきである。

「かたっぽじゃシャブの犯人をパクっておいて、もう一方じゃシャブを流してたってか？　最低最悪のサツカンじゃねえか」

「そうです。ウツボは最悪の警官ですよ。捜査情報を川瀬組に漏らす。川瀬組や東北幇《ドンベイパン》の息のかかった連中が警察に持っていかれれば、裏金を使って無罪放免だ。どんなやり方を使ったのかわかりませんが、新宿署の中でも上にいる人間だと想像がつきます」

「いったい、ウツボは誰なんだ⁉」

岩本警部補が、岩のような形相でアキラに迫った。

「……顔だけしか知らないんです。ウツボはウツボというだけで」

「畜生！　新宿署内に本ボシがいるとはな。どうりで捜査方針がコロコロ変わって、捜査が混乱するわけだ。それでウツボにしてみりゃあ、アキラ犯人説が通らなければ、事件をお宮入りさせればいいんだからな」

岩本警部補がため息をつく。

「どうすりゃいいんだ⁈」

「だからウツボが誰なのか探すんですよ。マリアの元愛人で、去年からはアキラとも度々会っていた警察官を」

ダミアンの説明に、青山巡査部長が、何かに気づいたような顔をした。岩本に耳打ちすると、隣で警部補がにやりと笑った。

「なるほどな。手間のかかる仕事だが、やる価値はありそうだな」

「それに警視庁の公安部も動いている……」

とＪＪがボソッと言った。

「公安だって⁉　またなんでだ？」

ダミアンが安楽椅子から立ち上がり、まるで大学教授が、教壇で持論を展開するように歩きながら話し始めた。

「これまでわかったことを総合するとこうなります。中国側、かつての満州には鴨緑江《ヤールージャン》の龍《ドラゴン》と呼ばれるフィクサーがいる。彼が北朝鮮で覚醒剤を買い集め、それが鴨緑江《ヤールージャン》を渡って中国に、そして中国の丹東から日本に運ばれた。日本側ではウツボが受け取り、これを川瀬組や東北幇《ドンベイパン》の連中が売り捌いていた。この二者の関係を取り持ったのが、かつて東北幇《ドンベイパン》のリーダー格だった劉武偉《リュウウーエイ》。日本名佐々木武夫……」

「佐々木武夫といやあ」

「そうですよ」

と岩本警部補と青山巡査部長が顔を見合わせている。

「数年前まで歌舞伎町で散々暴れていたスジモノだ」

と青山巡査部長がダミアンを見た。

ダミアンが話を続ける。

「……しかし、劉武偉《リユウウーエイ》は先日丹東で殺された。殺させたのは、ウッボではなく鴨緑江《ヤールージャン》の龍《ドラゴン》だ。なぜなら日本の警察官は、一般人のように自由に海外旅行などできないからだ。国内旅行であっても旅行計画を出さなければならないし、海外となると審査が厳しい。ましてや中国などでは、警察官であることが発覚するとスパイ容疑をかけられる恐れがあって、おいそれと許可されないのが実情だ」

ダミアンの説明に、JJも厳しい表情で頷く。

「劉《リユウ》が……、あの不死身と言われた佐々木武夫が殺された……」

岩本警部補は、青山巡査部長と顔を見合わせて茫然《ぼうぜん》としている。

「まさか……政宰《ジョンジュ》が……」

と梅子がか細い声を出す。

政宰《ジョンジュ》とは、金政宰《キムジョンジュ》……大連日相机の社長のことである。

「それもない。彼自身が鴨緑江《ヤールージャン》の龍《ドラゴン》は二十年前に死んだと言った。亡霊が蘇った……と金社長は言ったんだったな」

JJが、翔に向かって訊ねた。

「確かです……」

と、翔はアキラの顔を見ながら首を縦に振る。

「金社長は、かつて違法な商売に手を染めていた。だから疑っているんだね」

ＪＪの問い掛けに、梅子が頷く。

「私は、今でも彼のことを心の底からは信じられない……」

ダミアンが話を継いだ。

「金社長は、今となっては中国一のビデオメーカーの社長だ。もはや昔の彼ではない。よもや覚醒剤など扱うことはないだろう。覚醒剤を扱っていたのは、鴨緑江《ヤールージャン》の龍《ドラゴン》を騙《かた》った別の人物だ。彼こそが、北朝鮮から覚醒剤を中国に入れ、日本に送り出していたフィクサーだ。劉武偉《リュウウーエイ》は彼の下で働いていたに過ぎない。北朝鮮では覚醒剤はグラム百円そこそこだ。それが中国に渡ると六百円ほどになる。そして日本では五万円。輸送費その他を差し引いたって、こんなにうまい商売は他にはそうはない。なんたって元値の五〇〇倍になるんだからな」

「なんだか凄まじい話になっていやがったんだな。たしかに公安が食いついてきそうな案件だ」

と岩本警部補が興奮を隠せないように言った。

「警部補の役目は、ウッボが誰であるのか、証拠を摑《つか》むことだ」

「なんだ、ＪＪ。俺に命令しようってのか？」

と岩本警部補は不満そうな声を上げる。

「そういうわけではない。ただし今の状況では、ウッボが誰かわかっても、殺人事件の容疑者としても、覚醒剤取締法違反の容疑者としても逮捕できまい」

JJが自信ありげに言った。

「……だったら、どうすりゃいいんだよ？」

と岩本警部補が、大仰に両手を挙げて肩をすくめる。

JJが椅子から立ち上がり、テーブルをぐるりと回った。

翔の後ろで止まると、翔の両肩に分厚い手をのせる。

「この男が、犯人逮捕の決め手となる証拠を必ず摑んでくるはず……」

「失業中のこいつがか」

と岩本警部補は半ば呆《あき》れ顔で言ったあと、

「下手を打つんじゃねえぞ、若造！」

と気合の入った顔で翔を見つめた。

4

週末になって、翔の携帯にウッボから電話があった。

「書類は手に入れたか？」

「……ハイ」

「だったら北新宿公園の、上のベンチの横にあるゴミ箱に、新宿区推奨のゴミ袋に入れておけ。入れる時間は午前〇時だ。一分たりとも遅れることのないように。早く入れてもダメだ。何事も正確にだ」

「わかりました……」

「それからアキラのことだが、彼はどうしてる？」

「どうしてるって、言われても……」

「中国から仲良く二人で帰ってきたんだ。話くらいはするだろう？」

「東北幇《ドンベイパン》から抜けることになったみたいです。母親の話では、焼きを入れられたとかで、顔がジャガイモみたいになっていました。今は『延辺』の厨房を手伝っています」

「東北幇《ドンベイパン》から抜けられるようにしてやったのは、僕が手を回したからだよ。まずは彼に自由になってもらわないと、好きに使えないから。そんなことはアキラに話さなくてもいいかな。こっちの準備が整い次第、連絡をする。その時には彼を連れて来るように」

「どうやって？」

「理由はなんだっていいさ。今より仲良くなっておく。そうすれば、飲みに行こうとか適当なことを言って連れ出せるんじゃないのかな」

「わかりました」

「ところで、君が成田から急に姿を消したことで、迎えに来ていた連中から何か言われなかったか？」

翔は電話の向こうで、用心深く耳に集中しているウツボの顔が浮かんだ。

「いえ、特に」

「どうして？」

「実は中国で食べた物があたったみたいで、かなり長いことトイレから出られなかった。出たら今度は、車を駐車していた位置を見失ったと説明しました。立体駐車場はどこもそうですが、番号を覚えておかないと迷子になりやすい。あの時、僕はトイレに急いでましたので、確認する余裕もなかった」

「また上手《うま》い口実を見つけたものだね」

とウツボは納得していた。

翔は胸を撫で下ろす。

これで第一関門を突破したのだ。ＪＪの入れ知恵である。

「マリアが見込んだように、君はなかなかいい男のようだね。これまでと同様、他言は無用、僕のことを話したら、どうなるかはわかっているね。名古屋市天白《てんぱく》区平針南《ひらばりみなみ》２―３―３０６。児玉美恵子。店は栄《さかえ》の女子大小路にあるスナック『アマリリス』……」

ウツボは電話の向こうで小さく笑った。

すでに母親のことまで調べ上げていることに、翔はウツボの用意周到さを感じた。

翔は精神的に、完全にウツボに支配されていた。いい男だと褒めておき、脅迫する。マリアもこの罠《わな》にかかったにちがいなかった。自由に身動きできないような気持ちになるのだ。

翔は指示通り、書類を北新宿公園のゴミ箱に入れた。もちろん振り返ることもなかった。

しかしその後、アキラを連れて来いという連絡はなかなか来なかった。

うだるような夏本番の日が続いた。

八月に入って立秋を過ぎたために、テレビの天気予報では残暑と呼ぶようになっていたが、残暑と呼ぶのが憚《はばか》られるほど夏真っ盛りである。

全国の週間予報は、連日、すべてオレンジ色の晴れマークで埋められている。

「どうも歌舞伎町界隈の様子が変だ。目をぎらつかせた奴らがうろついている。このままじゃ一触即発だって、みんな口々に言っている」

深夜のゴールデン街、『ボヘミアン』に入ってくるなり、ダミアンが話し始めた。よほど汗をかいていたのか、少ない金髪が、頭にへばりついている。

この夜はＪＪと翔以外に客はいなかった。

ダミアンは水割りを京子ママに注文するや、話し始める。

「いやね、売人から聞いた話だが、歌舞伎町界隈のシャブの値段がうなぎ登りに高くなっているらしい。一グラム十万円を超えたと言うんだ。なんでも中国産がストップし、カナダ産とトルコ産が急騰《きゅうとう》している。カナダでは末端価格でも五千円だ。カナダと結んでいる密輸業者は堪《こた》えられないだろうな。まさに漁夫《ぎょふ》の利だ」

「しかし中国産が急にストップしたんでは、ジャンキーは堪らんだろうな」

と、JJは他人事《ひとごと》のように言うと、水割りに口を付けた。

ダミアンは、京子ママが作ってくれた水割りを水のように飲み干した。

「それにしても暑いなあ。夜になっても一向に気温が下がらない。熱帯夜、今日で何日目だっけか?」

「ニュースで十八日目って言っていたわよ」

と、京子ママが水割りをマドラーでかき混ぜながら答えた。

「ハイ、どうぞ。もう一杯」

「サンキュー」

「それだけは英語でも言えるのね」

「嫌味なママだね、まったく」

とダミアンが喉を潤す。

「話を戻すが、中国産の覚醒剤がストップし、新宿界隈のジャンキーどもが干上がっているってことなのか？」

　とＪＪが訊ねた。

「売人の話じゃ、様子が変なんだと。二〇〇三年に北朝鮮産がストップした時に似ているそうだ。あの時も歌舞伎町はきな臭かった。覚醒剤の縄張り争いから暴力団同士の抗争が激化し、シャブ中たちが街の真ん中で暴れたりしていたものさ」

　翔は二人の話を聞いていて、金社長の言葉を思い出していた。

「……やがてウツボは腹を空かせて頭を持ち上げてくるだろう」

　金社長はそう言ったのだ。

　中国産の覚醒剤が、歌舞伎町界隈でストップしている。それはウツボが覚醒剤を流していないことと同義語だ。金社長が何らかの手を打ち、中国を迂回《うかい》して入ってきていた北朝鮮産の覚醒剤をストップさせた……。

　武偉《ウーエイ》が扱っていたのは、そもそも北朝鮮産の覚醒剤なのだ。ただし日本では、中国から入ってくるから中国産という位置付けだったのである。ハマグリやワカサギと同じだ。

　翔が説明すると、ダミアンが、

「いよいよだな」

　と水割りで唇を濡らした。

「ついにウツボが顔を出す」

とＪＪが不敵な笑みをこぼした。

ダミアンがたすき掛けにしていた一眼レフをカウンターに置いた。

「こいつでウツボの正体を撮ってやる。いくら裏社会を調べても、ウツボが何者であるのか知っている奴には出会わなかった。アキラは何度も会ったと言っていたが、俺は、もしかしたら、それこそ亡霊じゃないかと思ったくらいだ。二十年前に亡くなったはずの鴨緑《ヤールー》江《ジャン》の龍《ドラゴン》みたいに。だってアキラ以外は誰も顔を知らないんだからな」

翔は、何度もウツボの声を記憶の中に求めたが、いまだに誰かわからなかった。シルエットが頭に浮かぶだけである。

「鴨緑江《ヤールージャン》の龍《ドラゴン》はともかく、ウツボの場合は、歌舞伎町界隈の人混みに紛れることが可能だ。毎日四十万人が押し寄せる歌舞伎町で、誰が誰であるかなどわからない」

ＪＪが顔を顰《しか》めて水割りを飲む。

「歌舞伎町では、誰もが無記名の個人になれるのよ」

と、京子ママが煙草《たばこ》に火を付けた。

白い煙が天井に吐き出された。

「そこがウツボの狙い所だ。ウツボは歌舞伎町を熟知している。そう簡単にはひょっこり頭を出さないだろう」

とＪＪがしたり顔で言った。

木製の玄関ドアがギーッと音を立てて開いた。

「やっぱりこちらでしたか？」

と黒縁眼鏡の金子警部が顔を出した。この夜は半袖のワイシャツにスラックスである。

翔にはわざとらしい声に聞こえた。

翔のことを見張っていたにちがいないのだ。

翔は、金子警部の顔を見た。

なぜ見張っていたのか聞こうと思う前に、ＪＪが口を開いた。

「何の用だ？」

と、取り付く島もないような言い方である。

「一杯いただこうと思いましてね」

と金子警部は、翔を一瞥《いちべつ》すると隣に座った。

「水割りを……」

と注文する。

金子警部が口を開いた。

「あれほどアキラを出頭させるように言っていたのに、あなた方が言うことを聞いてくれないから困りものです」

「あくまで任意なんだろ？　それにアキラを警察に渡したら、それこそ飛んで火にいる夏の虫だ」

ほどよく酔いが回っているようで、ＪＪはほんのり頰を赤らめていた。

「どういうことですか？　警察が信用できないって言うんですか？」

「当たり前だ。この歌舞伎町の裏社会を牛耳っているのも、警官だって噂だし」

「ど、どこでその話を……」

と、酔っ払ってもいないのに、金子警部の顔が赤みを帯びた。

「おっ、まんざら嘘でもなさそうだな」

「引っ掛けましたね」

「あんた、ウツボのことを知ってるのか？」

金子警部は口をあんぐりと開け、頰の筋肉がピクピク動いた。心の動揺を気取《けど》られまいとするように、水割りを一気に喉に流し込んだ。

「これ以上は危険だ。手を引きなさい！」

と金子警部は、ＪＪとダミアンの顔を交互に見つめた。

「我々はもう一歩のところまで来ているんです」

金子警部の声が、命令口調から懇願口調に変わった。

翔の携帯から着信音が鳴る。

「失礼！」

と翔は、店を出た。

ムンとした熱気が体に纏《まと》わり付いた。

「明日の午前〇時、アキラと二人で新宿大ガード下にいろ。わかっているだろうが、このことは他言無用だ」

翔が話す以前に電話は切れていた。ウツボからのものだった。

翔は店の中に戻った。

「どうした？　誰からだった？」

とＪＪが訊ねた。

「あ、いえ、水晶《スジョン》から。今日は疲れたから部屋に直行して寝るって」

『延辺』で夕食を食べた時に、水晶《スジョン》が言っていたのだ。昼間のダンスレッスンで、相当疲れた様子であった。

「いいですか、お二人ともこの件からは即座に手を引いてください。私はあなた方の身を案じているんです」

「そう言って、あんたは日本の国家権力たる警察の沽券《こけん》を案じているんだろう」

と、ＪＪが金子警部に反駁《はんばく》して見せた。

「権力側の人間は、権力こそが、国家こそがすべてに優先されると信じて疑わない。国家があってこその人民だ。そうだろう？　いつだって、どこの国でもそんなものだ」

ＪＪの意見には何も答えず、金子警部は千円札を一枚カウンターに置くと、

「くれぐれも気をつけてくださいね」

と店を出て行った。

ＪＪと金子警部は、互いの腹を探り合っているようだった。

5

翔は、ウツボから呼び出しがあったことを、ＪＪにもダミアンにも話さなかった。いや話せなかった。

しかしアキラには話した。

アキラは約束どおり、翌日夜十一時に現れた。待ち合わせたのは、小滝橋通りに面した新宿大ガード近くの喫茶店だ。

歌舞伎町側と違って、すでに通りの人影はかなり少なくなっていた。

ＪＪやダミアン、それに金子警部の姿は見えなかったが、翔は、彼らがどこかで見てくれているだろうと確信していた。

昨夜の『ボヘミアン』でも、ＪＪとダミアンは、ウツボ出現の機が熟してきていることを語り合っていたのだ。金子警部も様子を薄々と感じていたからこそ、『ボヘミアン』に

顔を出したのである。

　そんな彼らが、よもや翔とアキラの行動を見逃すはずがなかった。

「線路のこっち側なら、東北幇《ドンベイパン》の連中もあんまりうろつかないから、好都合だよ」

　と通りを見つめてアキラが言った。

　東北幇《ドンベイパン》の縄張りの歌舞伎町は、線路の向こう側なのである。

「大ガード下を待ち合わせに選んだということは、そこから車で拉致するつもりなんじゃないのか？　アキラ、いくらＪＪたちが後方支援してくれるとわかっていても俺たちも対抗策を練っておいたほうがいい」

「翔、俺、この三週間ほど考えたんだ。もしウツボに殺されるようなことになっても、それが俺の運命じゃないかって。最近ちょくちょく、立川にいる武偉《ウーエイ》のおばあさんの家に行っている。彼女は日本で生まれて、中国で育った。そして日本に戻って、生活保護を受けて細々と暮らしている。友達だってほとんどいないんだ。団地の一階に住んでいるから、ほんの小さな庭がある。その庭で、ＪＪみたいに野菜を育てて、それだけを楽しみにしているようなものさ。

　日本人でありながら、毎日中華料理を作っているよ。ここでの暮らしに満足しているかって聞いたら、おばあさん、運命だからしょうがないって言うんだ。誰も悪くはない。歴史がそうさせたんだって。歴史って、教科書の中だけの世界だと思っていたけど、たった一人の人間が、歴史の渦《うず》に巻き込まれることもあるんだね。おばあさんを見てるとそう思う。

武偉《ウーエイ》も結局は、満州と日本の渦に巻き込まれて亡くなったような気がするんだ。だって、そうじゃないか。日本人の血を引くのに、日本人を憎んだ中国系日本人が創設したのが怒羅権《ドラゴン》であり、東北幇《ドンベイパン》だ。そんな人間だからこそ、中国に戻って、麻薬ビジネスに手を染めたとも言える。だから俺も武偉《ウーエイ》のようになる予感がするんだ。これまで散々悪さをしてきたしね。恐喝、傷害、窃盗《せっとう》、強盗……捕まったことがないだけさ」

「贖罪《しょくざい》の気持ちはわかるけど、ちょっと弱気すぎやしないか。今こそウッボを叩くチャンスなんだから」

「もちろんさ。これでも元怒羅権《ドラゴン》のメンバーだ。ただでは死なない。マリアの復讐は絶対に果たすつもりさ。そのためには、敵の懐《ふところ》に入らないと。今晩はきっとウッボが出てくる。そこを狙っているのさ」

そう言って、テーブルの下を見た。

翔もテーブルの下を覗き込んだ。

アキラがジーンズの裾を捲《まく》り上げるとナイフが現れた。

アキラの覚悟は本物だった。

翔にはそこまでの覚悟はなかった。暴力が物を言う裏社会の人間たちに対して、どう対応したらいいかわかるはずもない。

しかしアキラには、これまで裏社会で磨いてきた牙《きば》がある。

アキラはコーヒーを啜ることもなく、黙って小滝橋通りを眺め続けた。梅子が満州行きの滑走路のようだと言った通りだ。

今日も旧満州から、この通りに中国残留邦人の親戚たちが飛来しているのだろう。

車の通りがめっきり少なくなった。

午前零《れい》時十分前に店を出た。店もちょうど閉店だった。

スポーツジムやプールの入っている大型ビルの角を左に折れると新宿大ガードだ。

ブルーシートで覆われた段ボールハウスが道路沿いに連なっている。その横をタクシーが通り抜ける。列車が高架の線路をけたたましい音を上げて通った。静かになると段ボールハウスの中から寝息が聞こえた。

「アキラ！」

と背後から声がした。

振り返ると、自転車に乗った若者が目の前にいた。

若者は自転車から飛び降りるや、アキラの体をまさぐった。

「こんなことだろうと思ったぜ」

と若者は、アキラの脛《すね》からナイフを取ると、鳩尾《みぞおち》に一発食らわした。アキラは膝を折って苦しそうに呻《うめ》いた。

車道にメルセデスが止まった。ヤクザ風のスーツを着た男が三人降りてきた。

若者が、翔に向かって酷薄そうな笑みを浮かべる。

翔は彼の迫力に身動きできなかった。

若者はこれ見よがしに、腰を落としたアキラの顎に膝蹴りを見舞った。

段ボールハウスの上に仰向けにひっくり返ったアキラは、すでに失神していた。

三人のヤクザが、車道側からアキラを引き摺り上げて車内に押し込む。その間、ものの二十秒だ。

「わかっとるやろな!」

と、一際大柄なヤクザが翔に凄んで、助手席に乗り込む。警察に通報するなということだろう。彼の左手小指には包帯が巻かれていた。

メルセデスはすぐに発車した。

自転車の若者は、ネオンきらめく歌舞伎町の中に走っていった。

翔は茫然と立ち尽くした。

アキラの決意など、筋金入りのヤクザにしてみれば、子供のお遊びと変わらなかったのである。

翔はあらためて、背中にゾッとするものを感じた。

どうしたらいい……。

ＪＪたちの姿は見えない。

足が地面に根を生やしたように動かなかった。

段ボールハウスの住人が、垢《あか》に汚れた顔を出していた。右手には擂《す》り粉木《こぎ》棒のようなものを持っている。

以前翔が襲撃された時も、擂り粉木棒をタイヤに投げ入れられて自転車が転倒した。

まさかあの時の擂り粉木棒をこの男が持っているとは思えなかった。男は単に、襲われることを警戒し、自衛のために擂り粉木棒を持っていたのであろう。

翔は男を見ると、急に体の力が抜けた。

男の目線に合わせて膝を折る。

「何もしないよ、本当だ」

と翔は、犬や猫に接するように言った。

「あんたは人でなしかい？」

と男は言った。

「…………」

翔は何のことかと思った。

「友達がさらわれたのに、知らん顔か」

男は黒光りする顔を挑戦的に翔に向けた。

翔の心にまっすぐに、男の言葉が突き刺さる。

「俺にはどうでもいいことだがね」

段ボールのドアを閉めようとする男に、翔は言った。

「その棒を貸してくれないか」

「なんで？」

「助けに行くんだ」

「誰を」

「友達だ！」

「どこに？」

翔は一瞬考えた。

水晶《スジョン》のあのポーズがにわかに頭に蘇る。

自転車で歌舞伎町をうろついた時に見つけたステッカーが、拉致されたビルにも貼ってあったのだ。アキラが連れて行かれたのも、あのビルだと考えて間違いないだろう。

「場所はわかった」

と翔は答えた。

しかし助けに行くにしても武器が要《い》る。あるいは武器に代わるようなものがほしい。

翔は男の右手に握られた擂り粉木棒をじっと見つめた。

男は翔を値踏みするように凝視する。

「いくらで買う？」

「千円？」

「安すぎる」

「じゃあ……」

と言って、財布を見ると千円札のほかには、一万円札が一枚しか入ってなかった。

翔は半ばやけくそ気味に、財布から一万円札を取り出した。失業中の身の上でつらい出費だ。

「……一万円！」

一万円札を差し出すと、男はにんまり笑って金を受け取り、擂り粉木棒を翔に渡した。

「健闘を祈っているからな！」

と男は言って、段ボールハウスの中に姿を消した。

翔は、もう一度大ガードを戻って小滝橋通りに向かった。自転車を置いているいつものビルまで走った。

ピンク色の愛車、デ・ローザを取り出す。

擂り粉木棒をジーンズの後ろに差し込んでTシャツで隠すと、愛車に乗って、全速力でペダルを漕いだ。

治ったはずの左小指がズキズキいった。

6

歌舞伎町交番を過ぎると、翔は自転車を漕ぐスピードを緩めた。

アニメキャラクターのあるビルを探して目を凝らす。

あたりには五、六階建ての小さな雑居ビルが寄り添うように建っている。中華料理屋、ホストクラブ、居酒屋、ヘルス、スナックなどの看板がビルの横に掲げられている。

ほどなく例のポーズをとったアニメキャラクターを見つけた。ピンク色のセーラー服姿だ。右足を跳ね上げている。この部分だけが水晶《スジョン》のポーズと違った。

六階建てのビルの五階に、このステッカーが貼り付けられている。一階はホストクラブだ。翔が警察に保護された時、じっと翔のほうを見ていた茶髪のホストが立っていた。翔を襲ったメンバーの一人にちがいなかった。

自転車でビルに近づくと、ホストの茶髪が翔に気づいた。

「何だよ、テメエ!」

と茶髪がにじり寄ってくる。

「何でもないです」

と翔はいったんビルの前を離れた。

エレベーターは、ビルの踊り場の奥に設置されていた。

翔は十五メールほど行き過ぎると、Uターンして徐々にスピードを上げ、全速力でペダルを漕いだ。三段ある階段をジャンプ台にして踊り場に滑り込む。エレベーターのボタンを押した。

「何しやがんだ、この野郎！」

と茶髪が突進してきた。

「この前の夜のお返しだ！」

そう叫ぶと、翔は自転車から飛び降りた。ジーンズの後ろに挟んでおいた擂り粉木棒を抜き取り、茶髪の顔面に、左から右に向かって払うように切り込んだ。

茶髪は膝を折ってかわした。

飛び出しナイフを左手に持つ。

「ぶっ殺してやる！」

翔は気持ちを鎮めて、茶髪に正対した。

茶髪が姿勢を低く、左足を前にナイフを構えてタイミングを取る。翔の左から右に向かって下から上に、数回ナイフを繰り出した。口で「シュッ！　シュッ！」と擬音を発する。

刃が明かりでキラリと光った。

翔は呼吸をはかった。

擂り粉木棒を竹刀《しない》のように両手で持った。剣道は、小学四年から高校三年まで続けた。小学校の頃、上級生のいじめを排除できたのは、剣道のおかげだ。

茶髪が鋭く左足を踏み込んできた。ナイフが地面を這《は》うように下から出てきた。

翔は上体もろとも突っ込んだ。体が自然に反応していた。

かわすより素早く打ち込んだほうが勝つのだ。剣道の鉄則である。そのために日々腕と心を鍛《きた》えた。

擂り粉木棒が茶髪の喉を正面から捉えた。

茶髪が振り上げたナイフが、翔の体から遠ざかりながら左上腕部を掠《かす》めた。

茶髪は音を立てて仰向けにひっくり返った。

もはや正体はなかった。

エレベーターが開いた。中にはロングドレスの女とスーツ姿の客が乗っていた。女が悲鳴を上げた。

一階のホストクラブからホストたちが出てくる。

翔はエレベーターに飛び乗った。五階を押した。

ホストたちに襲われる寸前に、ドアは閉まった。

左の肩がざっくりと切れていた。Tシャツが見るみる鮮血に染まった。

翔は右手で押さえた。あらためて痛いと感じた。

五階に降りるや、例の部屋のドアの前に立つ。アニメキャラが背後から歌舞伎町のネオンサインを受けている。非常階段からだろう。複数の足音がビル中にこだましている。

翔は一瞬、自分のとった無謀な行為を悔やんだ。

なぜＪＪたちに電話しなかったのか？

いや、事態は一刻を争っている。すでにアキラは殺されているかもしれない。ＪＪたちを信じるしかない。思い切ってドアを開けた。

前と違って、部屋には明かりが点されていた。百平米くらいの広さがありそうだ。

遮光カーテンが閉じられた窓際で、アキラがメルセデスで連れ去った男の一人に羽交《はが》い絞めにされていた。男は一九〇センチ近い。プロレスラーのような体格だ。左手小指に包帯を巻いている。

奥の席には、デスクを前に高級そうな革張りの椅子に座ったウツボの姿があった。

翔ははじめてウツボをはっきりと見た。決して知らない顔ではなかった。

デスクの上には砂糖のような白い粉の袋が十袋ほども置いてある。一袋一キロとして、千グラム。グラム五万円だから、しめて五千万円だ。それが十袋で五億円である。価格高騰の今なら十億円だ。

アキラを除いて五人の男たちがいた。全員が翔のほうを見た。

「児玉君、君はなんてバカな男なんだい。あの書類のご褒美として、せっかく逃がしてやったのに。これで日本海にドボンが決定だよ。そうそう、東洋光学の佐藤さんがようやく三千万円で折れてくれたよ。来週入金。これで日本に未練はなくなった。

このシャブは二袋だけ置いていく。残りは東北幇《ドンベイパン》に売らせるよ。これが来なかったら、干上がるところだった。二袋はアキラがシャブの元締めだった証拠にする。僕たちが撤収したら、あとは下のホストに言いつけて、歌舞伎町交番に通報させることになっている。すぐにマリア事件の捜査本部が呼ばれて、全部片を付けてくれるさ。

そろそろ行くぞ。おい高山、アキラ君をさっさとその窓から突き落とすんだ」

ウツボは翔のことなど眼中にないかのように話した。

ウツボの「いい考え」とは、東洋光学を恐喝して金を手に入れることだけでなく、アキラをマリア殺しの犯人にし、覚醒剤の元締めにも仕立て上げることだった。

そのためにウツボは、覚醒剤が手に入るまで待っていたのだ。鴨緑江《ヤールージャン》の龍《ドラゴン》のルートが一端途絶えたせいで、時間がかかったにちがいなかった。

大連の金社長が覚醒剤の配給をコントロールしたにちがいなかった。

遮光カーテンの一部が開いた。窓が現れ、歌舞伎町のネオンが差し込む。

翔の背後のドアが開いた。

「今、児玉がこっちに！　一人やられました！」

と黒いスーツ姿のホストたちが、部屋になだれ込んでくる。

「君たち、児玉君を何とかするんだ」

とウツボが涼しい声で言った。

窓が開き、アキラの上半身が外に出た。

翔は、捕まえようとしたホストから身をかわすと、万に一つの可能性にかけて、擂り粉木棒を投げつけた。

しかし、血で濡れた手が滑った。

擂り粉木棒はブーメランのように唸りながら部屋の中でカーブを描いた。

アキラが首の後ろを押さえられて今にも落ちそうになっている。そこに擂り粉木棒が迫った。

高山の視界に入った時には、彼の側頭部を直撃した。

高山の膝ががくんと折れた。

その反動で、アキラを抱えたまま窓の向こうに二人とも姿を消した。

万に一つなどなかった……。

そう思った瞬間、翔の頬にホストのパンチが炸裂《さくれつ》した。

ウツボが窓の外を見ながら、慌てて立ち上がった。

「こうなったからには、僕は早々に失敬するよ」

残りのヤクザに向かって告げると、ウツボは白い粉の入ったビニール袋をすべてボストンバッグに詰めた。

翔はホスト三人に腕を捩《ね》じ上げられた。

身動きなどできない。

その前を、ボストンバッグを持ったウツボが突っ切ろうとした。

パトカーのサイレン音が届いた。

にわかにドアの外が騒がしくなった。

ウツボがドアの手前で立ち止まる。

ドアが開いた。

坊主頭の岩本警部補の姿があった。

「やっぱりあんたがウツボだったんだな。ここは警官らしく潔く御用になれ！」

警部補は、拳銃を両手で構えてウツボに向けた。

傍らには青山巡査部長もいる。彼も拳銃を手にしている。背後に制服警官や、ＪＪとダミアンの姿も見えた。

やはりＪＪは翔たちを尾行していたのだ。岩本警部補に連絡したのかもしれない。

ホストたちは茫然とし、翔から手を離した。ヤクザの三人は窓際に立ったままである。ウツボは岩本警部補が一歩前に出るたびに、じりじりと後退した。

翔の前に差し掛かる。

「いつから知っていたんだ？」

とウツボが岩本警部補に訊ねた。

「つい三日前だよ。ようやく新大久保駅前の防犯ビデオにあんたの姿を見つけた」

「そりゃ僕の管轄だ。ビデオに映っていてもなんら不思議はないだろう」

「いや、俺たちは、この青山と二人でな、ここ三週間ほど、マリア殺しの一ヶ月前から七月前半までのビデオテープを全部検証し直したのよ。防犯ビデオにマリアが映った場面を全部チェックした。するとあんたが一緒に映っている場面が何度もあった。他にもアキラと一緒のところも映っていた。つまりあんたをウツボと断定したのさ。二人と接触していたサツカンはあんただけだったんだよ。こうなったからには、尾行しないと」

マリアがアキラに指示したことが、こんなところで役に立っていた。いや、マリアは最初から新大久保駅前に防犯ビデオがあることを知っていて、ウツボと会う喫茶店を指定したのかもしれない。

「今晩も尾行を……」

とウツボが岩本警部補を見つめた。

「当たり前だ。何かあったら動き出そうと思っていたのよ。そしたらこのＪＪから連絡が入った。アキラが拉致されたとね。逮捕事由もこれで揃った。確たる証拠が欲しかったんでね。そのバッグの中身、シャブじゃねえのか？　そうだとすれば、覚醒剤取締法違反でも現行犯逮捕だ！」

「わかった、わかった。僕も潮時《しおどき》のようだね」

とウツボこと岸田警部が力を抜いて、両手を挙げた。新宿署生活保安課課長だ。本庁の管理官に昇進することはもはやなくなった。

一瞬あたりの空気が緩んだ。

岸田警部はその一瞬を逃しはしなかった。

素早く背後にいた翔の後ろに回ると、首にヘッドロックをかけた。そして銃口を、翔のこめかみに押し当てた。

「簡単にスキを見せるから、君は所詮警部補止まりなんだ。僕を逃がしてくれれば、君の銀行口座にそれ相応の礼金を払い込ませていただく。一千万でどうだい？」

と岸田警部が軽くバッグを叩いた。

「俺を買収しようってのか？　それでもあんたは警官か？」

岩本警部補が言い終わらないうちに、警官隊の後ろのほうから声がした。

「そこまでだ。岸田！」

両手に銃をしっかり握って現れたのは、金子警部であった。

「このホシは、うちのほうでもらうぞ！」

と拳銃を構えながら、金子警部がちらっと岩本警部補を見た。

「なんだ、てめえは!?」

「本庁公安二課の金子だ」

「殺しの案件じゃねえのか!?」

と岩本警部補が声を飛ばした。

「殺しであっても、うちで事情聴取する」

透明の防弾盾を手にした機動隊員が前に出てきた。

岸田警部が部屋中に声を轟《とどろ》かせた。

「あなたがこの二、三ヶ月、僕のことを嗅ぎまわっていた犬だったんだね？　あなたが嗅ぎまわらなければ、マリアも丹東の劉《リュウ》も死ぬことはなかった。東洋光学に揺さぶりをかけたのもあなたなんだろ？　おかげで鴨緑江《ヤールージャン》の龍《ドラゴン》の亡霊も、消えていなくなった」

「よせ！　それ以上話すな！」

「公安にとっては、国家がすべてなんだろう。それはわかるよ。僕もあの書類を受け取って初めて武偉《ウーエイ》に言われていた話の内容がわかった。北朝鮮の……」

「それ以上話すと、本当に撃つ！」

金子警部の声は少し震えているようだった。

「まさかこんなことになろうとは、僕だってゆめゆめ思ってなかったさ」

「この期《ご》に及んで泣き言か？」

と岩本警部補が怒鳴った。

「君は黙っていたまえ」

「何だとお？」

と岩本警部補は目を剝《む》いている。

「だけど、最後に岩本、君に置き土産をあげよう。公安に引っ張られるのはご免なんでね。僕だって警察官だ。自分の始末は自分でつけるさ。警察官が北朝鮮の工作員にしてやられていたんではあまりに惨《みじ》めだ。もうプライドなんてズタズタだよ」

「北朝鮮の工作員」という単語に一同たじろいだ。

岸田警部が話を続ける。

「岩本、あとは頼んだぞ。マリア殺しの本ボシは僕だ。動機は痴情のもつれ。このネクタイで絞め殺した。ついカッとなったんだ。それくらいあの子は本当にいい女だった。僕なりに愛していたんだ。できればあの子と二人で、コロンビアででも暮らしたかった。まったく、裏社会で恐れられていたウツボが聞いて呆れるね」

岸田警部はそう言って、紫色のネクタイをスーッと撫でると笑みを零《こぼ》した。

そのネクタイは凶器になったと同時に、マリアとの思い出深い品だったのではないかと翔は感じた。

こめかみに当てられていた鋼鉄の冷たい感触が消えた……。

次の瞬間、プスッというこもった音と共に、背後にいた岸山警部が床に倒れた。

「確保！」

と岩本警部補が叫んだ。

残されたホストやヤクザたちはすでに戦意を喪失していた。

7

翔は信じられない気持ちでそのニュースを観ていた。

ＪＪもダミアンも水晶《スジョン》も京子ママも、小型の液晶テレビを注視していた。場所は『ボヘミアン』である。

アキラはビルの五階から転落したものの、奇跡的に無傷であった。

というのも、大柄な高山の体がクッションになったからである。高山は複雑骨折をし、それでも命に別状はなかった。

梅子は八月いっぱいで大久保の店を閉め、アキラと一緒に立川に帰った。

今では劉《リユウ》の母親と三人で暮らしている。間もなく新装した『延辺』が立川でオープンするはずだ。

翔はホストに切られた左上腕部を擦った。すでに痛くなかったが、腕を擦る癖《くせ》だけが残った。

京子ママが煙草の煙を天井に向かって大きく吐き出した。

水晶《スジヨン》は、遅い夕食にママの作ったパエリアを頬張っていた。

「金社長の言っていた解決策がついに現実のものとなったな」

ＪＪの言葉に、

「そのようですねえ」

とダミアンが水割りをグイッと飲んだ。

このニュースの一報は、すでに朝早くにダミアンがもたらしていた。東京経済新聞にその記事を見つけたのだ。


【エクソニーと大連日相机が合併へ～事実上の買収か】

本日十月一日、上海にて合併調印。エクソニーは大連日相机を事実上買収することで、中国国内のマーケットを手中に。大連日相机は、ビデオカメラ販売で中国国内一のシェアを誇る。エクソニー（上海）有限公司は、中国国内ではこれまで販売台数で大連日相机に大差をつけられ、二位に甘んじていた。

このニュースは他紙では報じられなかった。一般紙ではニュース性が低いと判断されたのだろう。またテレビでも、深夜のこの経済専門ニュースまで待たなければならなかった。

画面では、エクソニーの社長と大連日相机の金社長が笑顔で握手していた。

キャスターがニュースを読む。

「なお同日、エクソニー（上海）有限公司が中国東洋光学を買収しました。すでに日本でもエクソニーが東洋光学を傘下《さんか》に治めることが決定し、山下社長が電撃的に退任、エクソニーの田中光男《たなかみつお》筆頭専務が新社長に就任しています。森永《もりなが》さん、一連の合併劇をどうご覧になりますか？」

経済評論家の森永信一郎《しんいちろう》が解説する。

「中国では苦戦を強いられてきた世界のエクソニーでしたが、これで販売力が相当強化されたと思われます。東洋光学は技術的には世界一と言われるレンズメーカーですので、ここを傘下に治められたことも大きい。つまり、これまでバラバラだった、エクソニー、東洋光学、大連日相机三社の中国戦略及び世界戦略が、この合併で同じ軌道《きどう》に乗るのです。エクソニーにとっては、高くない買物だったと思いますよ」

しかし翔たちは、解説者とはまったく違った視点からこのニュースを眺めていた。

そう、マリア殺人事件に端を発した一連の事件との関連からである。

翔の目の前には、ボツにされてしまったダミアンの原稿が置いてあった。ダミアンは、八月、九月と何度も旧満州に足を運んで取材したのだ。

翔は、このレポートこそが合併劇の真実だと思った。それは金子警部が言っていたように、たしかに厄介なことだった。


——事件の発端《ほったん》は二〇〇三年に遡《さかのぼ》る……。

この一節からダミアンのレポートは始まっていた。

……この年の四月には、新宿歌舞伎町に警視庁及び法務省入国管理事務所の一斉捜査が入った。それまで歌舞伎町を牛耳っていた中国南方系のマフィア、蛇頭が姿を消し、またこの年を境に、それまで大量に密輸されていた北朝鮮からの覚醒剤がぱったりとなくなった。数年にわたって、日本政府が各都道府県警察本部や税関、海上保安庁と連携し、とくに船による海上からの密輸を徹底的に取り締まり、摘発した一つの成果であった。

ところが北朝鮮産の覚醒剤は、日本に直接運ばれなくなった代わりに、中国に流されるようになったのである。ある意味、完全に地下に潜ったわけだ。

新宿署生活保安課に勤務していたK警部は、仕事柄、歌舞伎町や新大久保の盛り場を見回ることが多かった。やがて自身も、違法カジノでのギャンブルや、女性との交際など遊興費で闇金融から多額の借金を作っていた。その額は五千万円とも一億円とも言われる。

その頃K警部が傷害罪で逮捕したのが、東北幇《ドンベイパン》と呼ばれる中国系暴力団員のSである。

SはK警部にビジネスを立ち上げないかと持ちかけた。Sの耳には、東北幇《ドンベイパン》の上部組織である川瀬組から、K警部が借金漬けであるという情報が入っていたのだ。Sは数年来、しきりに中国の友人から仕事に誘われていた。しかし自分が中国に帰ってしまうと、日本でやる人間がいなくなる。

K警部は、Sにとってはまたとない人物に映った。悪徳警官くらい、裏社会で睨みの利く人間はいないからである。

そしていざ仕事がスタートすると、K警部は、以前S自身が新宿で商っていたよりも多量の覚醒剤を扱い、販路を拡大していった。

中国側ではSと、Sのかつての友人が担当する。その友人は、北朝鮮と太いパイプを持っていた。彼は、二十年前に死んだはずの鴨緑江《ヤールージャン》の龍《ドラゴン》を白ら騙《かた》った。しかし姿は見せずにSが実務に当たっていたのだ。

かつて「鴨緑江《ヤールージャン》の龍《ドラゴン》」と呼ばれた本人は、現在、中国東北地方を代表する企業の社長だ。

彼は犯罪世界から足を洗って久しい。

しかし中朝国境の裏社会では、かつての支配者「鴨緑江《ヤールージャン》の龍《ドラゴン》」の存在感は圧倒的だった。

この亡霊の存在を信じて、取引は順調に始まった。折りしも、日本で北朝鮮産の覚醒剤が徹底的に摘発されるようになり、取扱量は増加していった。

同時期、Sの友人は、通訳として昔馴染みが社長をしているD社に就職した。日本語が達者な彼は、東洋光学が中国に進出するに際して貢献し、ほどなく通訳から営業部長に昇進した。彼は着実に任務を実行していったのである。

表向きは年代物のワーゲン・サンタナに乗り、質素な暮らしぶりをアピールしていた彼だったが、北朝鮮貿易の拠点となる丹東にはいくつもマンションを買い、Sや愛人を住まわせていた――。


「まさか李さんが、鴨緑江《ヤールージャン》の龍《ドラゴン》を騙っていたとは思いも寄らなかった」

と翔は水割りで口を湿らせ呟いた。

「それは梅子とて同じだ。彼女には真相を話してないがな。人間、知らないほうがいいこともある……」

とJJがつまみのナッツを口に入れた。

「今頃、李さんはどうしているんでしょうね?」

と翔が訊ねた。

「金社長は口を濁していたが、北朝鮮に行ったか、別の任務に就いたか、それとも……」

とダミアンが答えた。

いつから李浩《リハオ》が、北朝鮮の工作員になったのかはわからない。

たぶん覚醒剤の密輸を始めて一旦は摘発されたものの、釈放の条件として、ミサイル部品のことを依頼されたのではないかというのが、ダミアンの見方だ。大連日相机に就職したのもそのためである。

北朝鮮は李を工作員として、北朝鮮から中国に覚醒剤を密輸し、日本に流した。日本を覚醒剤で汚染させる作戦である。そして一方で中国からは北朝鮮にビデオカメラを輸出した。これは二〇〇六年、北朝鮮の万景峰号《マンギョンボウ》が日本への入港を禁止されたことから始まったと考えられる。日本製ビデオカメラが北朝鮮に入らなくなったのだ。

――ビデオカメラは、中距離ミサイルや対空ミサイルで目標を黙認し、ロックオンするために不可欠な部品である。赤外線探知のようなミサイルは、赤外線＝熱源へと向かって飛んでいく。つまりこれはエンジンである。しかしこういった熱源探知は、擬似熱源などの発射で攪乱《かくらん》される可能性が高いので、ビデオ映像で目標物を視覚的に確認し、ロックオンして飛んでゆくミサイルのほうが攪乱（ジャミング）には強い。また、ミサイルの命中精度を上げるためには、映像の精度も必要で、世界最高水準の日本のビデオカメラや液晶技術、オートフォーカス（光学測距）はなくてはならない部品の一つだ。

軍事ジャーナリスト　加藤健二郎《かとうけんじろう》

ダミアンはこのように、イラク取材で知り合った軍事ジャーナリストの解説も載せていた。

「それにしても、日本の公安は、よく分析したもんだ」

とダミアンが感心しきりに言った。

「いや、公安というより金子警部だ。あいつが個人的に分析したと俺は見ている」

ＪＪの推測にダミアンが頷く。

「……たしかに。当初、公安二課は、中国から入ってくる覚醒剤とウッボの動きを探っていたにすぎない。新宿署管内の市民からの匿名《とくめい》告発を受け、極秘裏に公安部が動いていた節がある」

「匿名の市民って？」

と翔はグラスの縁に口を持っていく。

「マリアだったかもしれないし、他の誰かかもしれない。今となっては不明だ。ウッボをよく思わない奴は多いからな」

とダミアンが説明する。

「そして昨年四月の北朝鮮のミサイル発射」

「金子警部がミサイル発射の分析を行ない、まずは二つの書類を繋ぎ合わせた……大連日相机の販売量と中国の貿易統計だ。四月は毎年、前年の統計が発表される月でもあるし、タイミングがよかった」

ＪＪが頭の中を整理するように話した。

「その後金子は、大連日相机と東洋光学の関係に着目し、何らかの手段で、一年近くかけて中国東洋光学と大連口相机の販売契約書を入手したにちがいない。すると想像に過ぎなかった彼の考えが、現実味を帯びてきたのだ。東洋光学の技術が、間接的だが北朝鮮のミサイル開発に加担している……。

金子は、書類を東洋光学の佐藤総務人事課長に送って、善処するよう迫った。総務人事課は、山下社長の古巣だし、山下社長こそが中国東洋光学を成功させた立役者だったからだ。変に社内の派閥争いの道具として利用させないためにも、現社長の影響力が強い部署を選んだのだろう。この問題を法的には問えないが、道義的責任は免《まぬか》れないのではないかと。一部上場の大手企業だ。社会的影響を考慮すると、簡単に告発することなどできない。そして、その書類を……」

「僕が盗んでしまった……」

翔は、今は手元にはない三通の書類のことを思い浮かべた。

「金子警部も焦《あせ》ったろ。だから単独でおまえの動きを見張っていたんだ」

「僕がウツボに渡したあの書類が、結局出てこなかったのは？」

と翔は訊ねた。

「それは金子警部が、いや公安部が押収したからだ。金子の真の目的は、ウツボなどではなく、あの三通の機密書類だった。自分が東洋光学に送りつけた……」

とＪＪが自信ありげに答えた。


――二〇〇九年四月五日。北朝鮮から、日本の東一二七〇キロのところに長距離弾道ミサイルが発射された。

発射基地は北朝鮮北東部の舞水端里《ムスダンリ》。

前年の十二月に、大量のビデオカメラが中国の大連日相机から北朝鮮に輸出されたのは、北朝鮮が具体的にミサイル発射に向けて動き出していたからである。

大連日相机は、中国東洋光学製のレンズを使用している。つまり日本の東洋光学の世界一のレンズ技術が、北朝鮮の長距離弾道ミサイル開発に利用されたのと同じことなのである。

この事実はあまりに重い。日本の技術が、同時に日本の脅威にもなっているのだ。

かたや中国経由で日本に密輸された北朝鮮産の覚醒剤が、新宿歌舞伎町で密売されていた。北朝鮮の作戦名は「S日作戦」。「S」とは覚醒剤の別名「スピード」のS。「日」は「日本」のことである。その密売人の元締めが、新宿署生活保安課のK警部だ。

北朝鮮は、「S日作戦」を突破口に、かつてイギリスが中国に仕掛けたアヘン戦争をイメージしていたという。

北朝鮮の対日工作が、こういったかたちで進んでいた事実に、警視庁及び警察庁幹部は驚愕したにちがいない。

「ウツボこと岸田警部は、公安にマークされていることを察知して、逃走資金を必要とした。そこで目を付けたのが東洋光学の機密書類だ。東北幇《ドンベイパン》から情報を得て、翔から盗み出すようマリアに命令する。しかしマリアは、それまでの暮らしから抜け出したかった。そして何より翔を愛してしまった。一方、劉武偉《リュウウーエイ》は書類の話を翔から聞き、北朝鮮にいたアキラを質《ただ》した。そして李浩《リハオ》に詰め寄ったんだろう。結果、マリアも武偉《ウーエイ》も殺された。しかし、武偉《ウーエイ》は、殺される直前に岸田警部にある程度のことは話していたんだろうな。だからこそ警部は、最期になって北朝鮮工作員のことを暴露した」

とJJがため息混じりに説明した。

「今回の事件には、戦前の日本の満州政策が、少なからずバックグラウンドになっているような気がする。金社長が言っていたように、満州の怨念が起こさせたような事件かもしれない。北新宿で起こった事件の根っこが、旧満州にあったんだからな」

「なるほど、JJの言うとおりかもしれませんね」

とダミアンが相槌《あいづち》を打つ。

「でも私はちょっと違うわ」

と、めずらしく京子ママが意見を言った。

「どう違うんですか？」

と水晶《スジョン》が、タオルで手を拭きながら京子ママを見る。パエリアの食器を洗ったところだ。

「マリアちゃんの持っていた愛が、みんなを動かし、これだけの事件を解決させたんじゃないかしら」

「……そうか、そうよね。私もママの話のほうが納得できる」

「都会で暮らすのって、隣に住んでいる人でさえ、どんな人だかわからないようなところがあるでしょ。だからなおさら愛が大切だと思うのよ」

「なるほど！　アイドルに必要なのも愛だったのね」

と水晶《スジョン》がパッと明るい顔を見せ、右手の拳を左手の平で叩いた。

「まさに、汝の隣人を愛せよ……だ」

ＪＪがうれしそうに言いながら、水割りを飲み干し、氷を鳴らした。

「ところで、金社長の解決策はどう見ます？」

と翔が話を元に戻した。ＪＪを見る。

ＪＪの顔つきが引き締まる。

「これはもう、金社長らしい豪腕だとシャッポを脱ぐしかないね。他の誰も、こんな芸当はできなかったと思う。何しろ自分が責任を取って、第一線から退くことを条件に交渉を始めたんだからな。

金社長が言うには、時間がかかったのは、エクソニーを説き伏せることだった。世界有数の巨大企業だし、安くない買収価格だ。決定するまで時間を要した。それにしては早かったがな。東洋光学の山下社長とは長年の付き合いがあったから、問題はなかったと言っていた。山下社長もすんなり身を引く約束をしてくれたそうだよ。これで北朝鮮のミサイル開発に関与した二社ともに道義的責任を果たしたことになった。今、山下社長には、中国の大手企業から多額の報酬でヘッドハンティングの声がかかっているという。中国東洋光学の実績が、それほどまでに評価されているんだ。

また金社長は、ウツボが交渉に当たった佐藤課長とも、綿密に連絡を取り合い、交渉の引き伸ばしをさせていたそうだ。その間に、李浩《リハオ》に最後の取引をさせると、自由放免した。昔馴染みのせめてもの温情だと言っていた。彼は気の弱さを漬け込まれ、北朝鮮の工作員にさせられた。北朝鮮の工作員だとわかった彼に、中国にも日本にも生きる場所はない。当局には李浩《リハオ》の名前が記録されている。

これら表と裏社会に通じる複雑に入り組んだ問題を、日本の外務省、経産省、中国の外交部、商務部も巻き込んで、なおかつ日本の警察当局に気遣いながら、ここまで持ってきたんだ。日本の経済界で、これだけのことをやり遂げる力量を持つ経営者などまずいないだろうね。彼の強みは何と言っても、表と裏に通じていることだから。

かつては「鴨緑江《ヤールージャン》の龍《ドラゴン》」と裏社会で恐れられていた男が、今では清濁併《せいだくあわ》せ呑む大人物になっていたのだよ。その彼が、巨悪とも言える北朝鮮の対日工作を壊滅させた。

まさに凄腕を、この目でしかと見せてもらった」

ＪＪの話をダミアンが継いだ。

「中国政府は昨年五月二十五日に行なわれた北朝鮮の核実験には批判的だった。ミサイル開発にしても、この合併で、中国からの部品調達が難しくなったことを、北朝鮮側に暗に伝えているのかもしれない。韓国の哨戒艦沈没事件では、中国は、表面上は北朝鮮の肩を持つような立場を取ったけど、今後ますます北朝鮮は、中国に飲み込まれていくように思える。五月に金正日が訪中した際、宿泊したのが大連のフラマホテルだ。警備上の問題でホテルを貸し切りにしたのに、北朝鮮が支払ったのは、使った部屋の料金だけとのもっぱらの噂だ。だから政府系の資本が入っていないホテルはどこも、金正日の宿泊を断っている。もはやそこまで経済的に逼迫《ひっぱく》している。国としての体《てい》を保てなくなってきている」

「でもそんな凄いレポートも結局はボツになったんでしょう？」

と水晶《スジョン》が、ダミアンの前のカウンターに手を置いた。

「ああ。証拠がないのが決定的だが、公安二課の金子が、ことごとく先回りして圧力をかけやがったんだ」

とダミアンが口惜《くや》しそうに言って、水割りを呷《あお》った。

「でも、『週刊ＤＯＮ！』で始まった新連載の『新宿最前線』は好評だって言うじゃない。あれは私のおかげよね」

「そのとおり！　このダミアン、京子ママに足を向けては寝られません！」

「今回の事件で、一番可哀想《かわいそう》だったのは、マリアだった。彼女がいなくなってから、もう四ヶ月になるのか」

ＪＪがグラスの氷を鳴らしながら、しみじみと言った。

翔の脳裏にマリアの愛くるしい笑顔が浮かんだ。

そこにいた四人全員が、黙禱《もくとう》するようにしばらく押し黙った。

翔は、マリアがウナギ嫌いだった理由がようやくわかった。ウツボはウナギと似てなくもないのだ。ウナギパイを静岡旅行の土産に持ってきた時点では、まだウツボと付き合っていた。そのことからも「以前はウナギ好きだった……」という彼女の話と一致している。

「ところで翔、面接はどうだったの？」

と水晶《スジョン》が、翔の席の隣に戻って座った。

「どうって……、まあまあだった」

本当はその場で不採用を言い渡されたが、翔は正直に言うのが躊躇《ためら》われた。

自尊心のせいである。

すると水晶《スジョン》が、

「ほんとにそうよ。ママの言っていたとおり」

と翔を指差し笑っている。

「何がほんとにそうなんだよ？」

と翔はむきになって言った。

「ネッ？　言ってもいいでしょう？　ＪＪ。私、もう秘密にしておくの耐えられない」

と京子ママが体を捩《よじ》った。

「しょうがねえな」

とＪＪが水割りにそっと口を付けた。

「翔って、嘘をつくと右の眉毛《まゆげ》がピクピクって動くのね。全部みんなにお見通し」

京子ママの告白に、翔はハッとして右眉を触った。

「この店に金子警部が来た時、本当はウッポからの電話だったのに、水晶《スジョン》からだと言っただろ？　あの時も俺たちは、おまえが嘘をついていることに気づいてた。だから俺とダミアンは、より注意してたんだ。おかげでおまえを見失うことなく現場に駆けつけることができた」

翔は、岩本警部補と青山巡査部長の後ろに立っていた二人の姿を思い出した。

「成田に帰ってきた時も、中国では何もなかったって、嘘をついた。いつだったか、この店で、今みたいに水晶《スジョン》が面接の話を聞いたときも嘘を言った。あれは、ヤマガタフィルムに面接に行った日だ。東北幇《ドンベイパン》に襲われて、真っ青な顔で店に飛び込んできたっけな」

ダミアンが嬉々として話した。

「あともう一回あるよ。拉致された後、左の小指を怪我してたの。ドアで挟んだなんて、あれも嘘でしょ？」

と水晶《スジョン》が腕を組んで、頬を膨らませている。

「いつから僕の癖《くせ》に気づいてたんですか？」

と翔は全員を見回した。

「成田で、京子ママが気が付いた」

とJJが、目を細めてうれしそうに言う。

「そりゃ、客商売をやっているんだもん。こうして客と対面してるでしょ。するとどうしたって表情やしぐさは、よく見えるものなのよ」

翔は電話で言っていた母親美恵子の言葉を思い出す。「目の前にあんたの顔が見えるようやわ……」当然彼女も翔の癖を見抜いているのだ。

唐突にドアが開いた。

秋の涼しい風が店内に入り込む。

「邪魔するぜ！」

と姿を見せたのは、岩本警部補である。

後ろから長身の青山巡査部長が、遠慮がちについてくる。

ダミアンがごく自然な振る舞いで、翔の前のカウンターにあった原稿をバッグに仕舞った。京子ママがテレビを消した。

「なんだ、なんだ、みなさんお揃いじゃねえか」

と岩本警部補が店内を見回す。

「何にする？　岩ちゃん」

と京子ママが訊ねた。

「俺はいつものブラッディー・マリーだ。青山はどうする？」

「じゃあ、ぼくはビールで」

「今日もやっとこ捜査会議がおわったところよ。ほんに刑事の仕事は重労働だぜ」

と岩本警部補が腕時計を見る。

翔もロレックスで確かめると午前零時になっていた。

「何の事件をやっているのよ？」

と聞きながら、京子ママが、タンブラーにウオッカやトマトジュースを入れ、勢いよくシェイクした。黒いドレスの胸元が大きく揺れる。

「それが強盗傷害事件さ。資産家の年寄り夫婦が襲われた。まったく世の中、とうなっちまっているんだか」

岩本警部補は、それとなく京子ママの胸に目を遣りながら答えた。

「ハイ、青ちゃん、ビール」

と、水晶《スジョン》が生ビールを青山巡査部長の前に置く。

「青ちゃん」なんて、初めて聞いた渾名《あだな》だ。

「警部補、ですからペラペラ話すのはまずいですって……」

と言いながら、青山巡査部長が店内を眺め回した。

彼は初めての来店である。

岸田警部の自殺で、マリア事件が被疑者死亡で解決を見た。ネクタイが唯一にして最大の物的証拠となったのだ。もとより犯行動機ははっきりしていた。痴情のもつれだと……。覚醒剤の件についても立件されている。

結果、それらすべてが岩本警部補の殊勲になった。

岩本警部補は、律儀にも捜査協力に対する礼としてこの店を訪れた。以来、常連になっているのだ。

おかげで様々な事件の話が京子ママの耳に入り、京子ママからダミアンに伝わった。ダミアンが連載を持てたのも、岩本警部補の口の軽さによるところが大きい。

「エッ？　あのポスター、君じゃないのか？」

とビールを片手に、唇に白い泡をつけながら青山巡査部長が言った。

ドアに焼肉のタレのポスターが貼ってあるのだ。

ポスターの真ん中で、水晶《スジョン》が焼肉のタレを持ってキックしている。

頭に牛の角がついた帽子を被り、着ているのはアニメっぽいコスチュームである。白のノースリーブに黒のショートパンツ、ブーツは白だ。

水晶《スジョン》はCMのオーディションに合格し、この会社のイメージガールに選ばれたのだ。その食べっぷりのよさが評価されたらしかった。

「今月からは、テレビにも出るからね。毎月二十九日に放送よ。二十九日はニクの日だからよ」

「凄いね。ついにデビューじゃないか」

と青山巡査部長が、目を輝かせて水晶《スジョン》を見つめた。

「よく見ると、君ってとっても可愛いね」

「よく見なくても可愛いよ」

と水晶《スジョン》が自分で言った。

翔は苦虫を嚙み潰したような顔をした。

水晶《スジョン》は、以前から自信過剰だったが、最近とくにひどいのである。

「京子ママ、あれ、かけてくれないか。『モスクワの窓』っていうジプシー曲。あれ好きなんだよね。悲しいが、愛に溢れているようで」

真っ赤なブラッディー・マリーを舐《な》めるように飲みながら、岩本警部補が柄に合わないことを言う。

「じゃあ、踊るわ」

と京子ママが、ビールをグイッと飲み干した。

大地から湧き上がるような迫力のある女性の声が届いた。

京子ママがカウンターの中から出てくる。

左手を腹に置き、右手を真上にまっすぐ挙げた。左足を前に出す。全身が緊張感に包まれた。表情も引き締まる。手指の先から足の先まで神経が行き届く。

音楽の波にすっと乗った。

ステップすると板敷きの床が鳴り、カスタネットが合いの手を打つ。

ドレスの裾が翻《ひるがえ》り、京子ママが旋回する。表情が恍惚《こうこつ》としてくる。色香の花びらが、店中に舞っているように優雅だ。また力強く愛に満ち溢れていた。

京子ママの汗が飛ぶ。

曲が変わっても京子ママの踊りはなかなかおわりそうにない。

こうしてこの夜も、新宿ゴールデン街『ボヘミアン』の夜は更けていく。

翔は京子ママの情熱的な踊りを見ながら思った。

愛は、人にはなくてはならないものだと……。

だが、現実は厳しい。

明日もまた就活なのである。

特定受給期間はすでに終了し、マリアが働くはずだったコンビニでバイトを始めたばかりだ。

腕にはめたロレックスを現金化する日は近い。

参考文献

『朝鮮族のグローバルな移動と国際ネットワーク』中国朝鮮族研究会編　アジア経済文化研究所
『図解雑学　警察のしくみ』北芝健監修　ナツメ社
『中国残留邦人』井出孫六　岩波新書
『歌舞伎町・ヤバさの真相』溝口敦　文春新書
『風水先生　地相占術の驚異』荒俣宏　集英社文庫

ジプシー曲ＵＲＬ

『EDERLEZI』http://www.youtube.com/watch?v=qWr-mGWj0vk
『SZELEM SZELEM』http://www.youtube.com/watch?v=r2QVUo7QOmU
『モスクワの夜』http://www.youtube.com/watch?v=uJ7C0zC4fnA

北新宿多国籍同盟

一〇〇字書評

切り取り線

購買動機（新聞、雑誌名を記入するか、あるいは○をつけてください）

□（　　　　　　　　　　　　）の広告を見て
□（　　　　　　　　　　　　）の広告を見て
□ 知人のすすめで　　　　□ タイトルに惹かれて
□ カバーが良かったから　　□ 内容が面白そうだから
□ 好きな作家だから　　　　□ 好きな分野の本だから

・最近、最も感銘を受けた作品名をお書き下さい

・あなたのお好きな作家名をお書き下さい

・その他、ご要望がありましたらお書き下さい

住所	〒				
氏名		職業		年齢	
Eメール	※携帯には配信できません		新刊情報等のメール配信を 希望する・しない		

この本の感想を、編集部までお寄せいただけたらありがたく存じます。今後の企画の参考にさせていただきます。Eメールでも結構です。

いただいた「一〇〇字書評」は、新聞・雑誌等に紹介させていただくことがあります。その場合はお礼として特製図書カードを差し上げます。

前ページの原稿用紙に書評をお書きの上、切り取り、左記までお送り下さい。宛先の住所は不要です。

なお、ご記入いただいたお名前、ご住所等は、書評紹介の事前了解、謝礼のお届けのためだけに利用し、そのほかの目的のために利用することはありません。

〒一〇一・八七〇一
祥伝社文庫編集長 加藤 淳
電話 〇三（三二六五）二〇八〇
bunko@shodensha.co.jp

祥伝社ホームページの「ブックレビュー」からも、書き込めます。
http://www.shodensha.co.jp/bookreview/

上質のエンターテインメントを！　珠玉のエスプリを！

祥伝社文庫は創刊十五周年を迎える二〇〇〇年を機に、ここに新たな宣言をいたします。いつの世にも変わらない価値観、つまり「豊かな心」「深い知恵」「大きな楽しみ」に満ちた作品を厳選し、次代を拓く書下ろし作品を大胆に起用し、読者の皆様の心に響く文庫を目指します。どうぞご意見、ご希望を編集部までお寄せくださるよう、お願いいたします。

二〇〇〇年一月一日　祥伝社文庫編集部

祥伝社文庫

北新宿《きたしんじゅく》多《た》国籍同盟《こくせきどうめい》

平成二十二年七月二十五日　初版第一刷発行

著者　岡崎大五《おかざきだいご》

発行者　竹内和芳

発行所　祥伝社

東京都千代田区神田神保町三-六-五

九段尚学ビル　〒一〇一-八七〇一

電話　〇三（三二六五）二〇八一（販売部）

電話　〇三（三二六五）二〇八〇（編集部）

電話　〇三（三二六五）三六二二（業務部）

http://www.shodensha.co.jp/

印刷所　堀内印刷

製本所　ナショナル製本

カバーフォーマットデザイン　芥陽子

造本には十分注意しておりますが、万一、落丁、乱丁などの不良品がありましたら、「業務部」あてにお送り下さい。送料小社負担にてお取り替えいたします。

Printed in Japan　　ISBN978-4-396-33596-0 C0193